LES AMANTS DU LUTETIA

ÉMILIE FRÈCHE

LES AMANTS DU LUTETIA

roman

ALBIN MICHEL

À Jérôme

« Tout adulte n'est qu'un enfant quand l'un de ses parents meurt. »

Joyce Carol Oates,
La nuit. Le sommeil.
La mort. Les étoiles.

« L'écriture est le souvenir de leur mort et l'affirmation de ma vie. »

Georges Perec,
W ou le souvenir d'enfance.

Mes parents avaient atteint un âge raisonnable pour mourir, je veux dire par là que s'ils s'étaient éteints de manière naturelle ou même accidentelle, leur disparition aurait été un non-événement, en tout cas un scandale pour personne, pas même pour moi qui étais leur fille unique et qui aurais éprouvé du chagrin, bien sûr, mais très vite, la vie aurait repris son cours, je le sais, parce qu'en dépit de tout ce qu'ils représentaient et qu'ils faisaient encore, Ezra et Maud étaient des vieux, il n'y a pas d'autre mot, or les vieux sont faits pour mourir, c'est ce qu'on appelle *l'ordre des choses.*

Leurs deux cadavres ont été retrouvés par un garçon d'étage dans une chambre de l'hôtel Lutetia, le matin du 1er septembre 2018. Il était huit heures trente-cinq. Une demi-heure plus tôt, ma mère avait appelé le room service pour commander deux continentaux avec deux jus d'orange, un thé vert pour elle et un café noir pour son mari. Le garçon a frappé une première fois à la porte, il a attendu quelques secondes, puis, n'obtenant pas de réponse, il a réitéré son geste en claironnant *Bonjour, service d'étage !*, mais comme on ne lui répondait toujours pas et que sous le poids du plateau, son poignet commençait à lui faire mal, il s'est résolu à se servir de son passe et est entré dans la chambre. Il avait la gorge sèche, il transpirait au niveau des tempes. C'était à cause de la chaleur, vingt-quatre degrés affichés dès l'aube au thermomètre, mais aussi parce qu'il n'avait aucune expérience des palaces, il n'entamait que sa deuxième semaine au Lutetia et ne savait pas s'il avait le droit de faire cela, entrer dans une chambre sans y avoir été expressément autorisé par ses occupants. Mais il avait bien réfléchi : s'il repartait en cuisine – les clients étant, disons, sous la douche –, ils lui demanderaient fatalement de revenir, or entre-temps, les boissons auraient refroidi. Ce garçon était persuadé que mes parents étaient en train de prendre leur douche, il l'a répété plusieurs fois dans sa déposition, et il en était si sûr que dès le sas d'entrée, il s'est étonné de ne pas entendre l'eau couler. Ne sachant pas l'âge qu'avaient ces clients, il a craint de les surprendre en plein coït. C'était déjà arrivé à l'un de ses collègues, une situation embarrassante. Pour se l'épargner, il s'est annoncé une troisième fois, depuis le petit couloir flanqué de placards où il se tenait immobile, mais toujours rien, si bien qu'un début de malaise a commencé à l'envahir.

Il s'est tout de même avancé, très lentement, aveuglé par le soleil qui inondait une partie de la chambre, et dans cette lumière de plein été, il a découvert les deux silhouettes de mes parents couchées sur le lit. Il n'a pas pensé une seconde qu'ils étaient morts, mais plutôt qu'ils jouaient à un jeu étrange, ou simplement qu'ils dormaient. Comme si, rentrés d'une soirée, ils s'étaient couchés tout habillés, sans avoir retiré le couvre-lit et les coussins de décoration. Mon père portait des chaussures de ville impeccablement cirées, un smoking noir, une ceinture en soie rose, un nœud papillon assorti et une chemise à plastron. Ma mère, elle, était chaussée de ballerines toutes simples, de jeune fille, et portait des collants noirs opaques ainsi qu'une robe du même ton, plissée sur toute la longueur. Une robe Issey Miyake, précise le rapport de police. Le garçon d'étage a pris le temps de scanner l'espace, espérant sans doute trouver une explication à cette scène curieuse, mais il n'y avait rien de suspect. Tout était en ordre, à sa place. Alors il est revenu aux deux silhouettes dont les visages lui étaient dérobés par la tête de lit derrière laquelle il se tenait, et son regard a buté sur la main de l'homme. C'était une main à la peau fine comme du parchemin, parsemée de taches brunes et pourvue de doigts semblables à du bois de marécage, sec et noueux. Une main de vieillard, qui ne bougeait plus du tout, et qui lui a fait penser à un petit animal mort, type rat, ou musaraigne. À cette idée, il a senti une brèche s'ouvrir en lui. Il avait compris que quelque chose ne tournait pas rond. Malgré tout, il s'est avancé d'un pas supplémentaire, et c'est là qu'il a découvert les deux têtes enveloppées dans des sacs de congélation. Les mêmes sacs exactement que ceux dont il se servait pour conserver les belles truites qu'il allait pêcher le week-end en rivière. Un cri d'effroi s'est échappé d'entre ses lèvres. Il a lâché le plateau, et thé et café brûlants se sont renversés sur son uniforme et ses mocassins tout neufs.

Si j'en crois les conclusions de l'enquête, des clients voisins alertés par ce fracas ont accouru et sont entrés dans la chambre. Ils ont vu les deux morts. Parmi eux, un négociant en vin originaire de Bordeaux accompagné d'une jeune femme qui n'était pas son épouse. Une Américaine était là aussi, hystérique. On l'a virée de la chambre, puis le garçon d'étage, qui avait recouvré ses esprits et ôté son pantalon pour apaiser la brûlure à ses jambes a appelé la réception, prévenant qu'un drame était arrivé au cinquième, qu'il fallait envoyer les secours au plus vite. Le directeur est arrivé le premier. Il n'a pas souhaité voir les cadavres. Il est resté sur le pas de la porte comme un garde du corps inquiet jusqu'à l'intervention de l'urgentiste, et quand celui-ci est arrivé, il lui a dit tout ce qu'il savait :

– C'est un couple. Je ne les ai pas vus personnellement, mais d'après l'employé qui les a trouvés, ils seraient morts tous les deux.

Le médecin a pris note de ces informations et est entré dans la pièce. Il ne savait pas ce qu'il allait trouver. Il s'attendait au pire – des corps nus, mutilés, du sang sur les murs –, le décor permettait de l'imaginer. Il pensait crime passionnel, assassinat, règlement de comptes, puis il a vu ces deux petits vieux dans leurs tenues du dimanche, allongés côte à côte sur ce lit nuptial comme de jeunes amants se tenant par la main, et il n'a pu s'empêcher de penser qu'ils étaient magnifiques. Ils avaient l'air si paisibles. On aurait dit qu'ils dormaient, tout simplement, et le médecin est demeuré une minute ou deux immobile face au lit, à les regarder et à penser que la mort devrait toujours être comme ça, comme la naissance, une affaire de choix.

Il a désinfecté ses mains, sorti de sa sacoche son bloc d'ordonnances qui contenait les certificats de décès et a procédé à l'examen des corps – prise du pouls, de la température, test des réflexes musculaires. Par pure conscience professionnelle, il aurait aimé aussi ausculter les yeux pour pouvoir attester d'une mydriase qui est toujours le signe d'un arrêt cardio-respiratoire, mais il aurait fallu libérer les deux têtes des sacs de congélation et ça n'était pas son rôle. Cela n'aurait de toute façon rien changé à son diagnostic : les fonctions vitales de mes parents étaient toutes éteintes, ce qui, en langage médical, signifie que la mort est réelle et constante. Comme attendu, le médecin l'a inscrit sur le certificat, *mort réelle et constante*, puis, dans la logique de la procédure, il s'est attelé à déterminer la date et l'heure des deux décès. À ce stade de l'examen, il ne pouvait être très précis (seule une autopsie le permettrait), mais compte tenu des cadavres qui étaient encore chauds, souples et sans lividités apparentes, il a pu raisonnablement estimer que leurs deux cœurs s'étaient arrêtés de battre au cours des six dernières heures, ce qu'il a inscrit aussi sur le certificat. Il ne savait pas, en revanche, lequel des deux avait succombé le premier, ni si l'un n'avait pas étouffé l'autre avant de s'auto-asphyxier, ce qui était tout à fait possible. Quand on retrouve un couple sans vie, on aimerait croire au consentement mutuel comme dans le mariage, mais la réalité s'avère souvent bien plus sordide. Les pactes suicidaires n'existent quasiment pas, surtout chez les personnes âgées. Généralement, c'est le mari qui tue sa femme parce qu'il n'en peut plus, comme dans *Amour* de Haneke, et qui se flingue ensuite pour ne pas finir ses jours en prison ou dans un Ehpad, rejeté par ses enfants, à endosser seul la culpabilité de l'assassinat de leur mère. Mais assassinat ou double suicide, l'urgentiste s'en moquait pas mal à ce stade, car au regard du droit, il n'y avait aucune différence : dans les deux cas, il s'agissait de morts dites violentes, constitutives d'un obstacle à l'inhumation. Sans hésitation, l'urgentiste a donc coché sur le certificat la case « Mort violente », au sens des articles 81 et 82 du Code civil, et le procureur de la République a été saisi de fait.

Très vite, la police scientifique est arrivée sur les lieux. Des hommes concentrés, rapides, méthodiques, chargés de rassembler le maximum de preuves. Ce sont eux qui ont photographié les lieux et les deux cadavres, et ôté les sacs de congélation des visages de mes parents. Il fallait le faire pour éviter toute erreur, conclure trop tôt à une asphyxie, par exemple, alors que celle-ci aurait pu maquiller une strangulation et, de ce fait, transformer un des deux suicides en assassinat. Pendant ce temps, deux autres types ont épluché les papiers qui se trouvaient en vue sur le bureau – cartes d'identité et de crédit, passeports, clefs, chéquier, argent liquide. Les identités d'Ezra et Maud Kerr ont pu alors être confirmées, identités qui, par ailleurs, avaient été données deux semaines plus tôt au service des réservations de l'hôtel pour retenir la chambre – c'était parfait, tout coïncidait.

Les deux cadavres ont été délicatement soulevés du lit, disposés dans des housses mortuaires, puis placés sur des brancards. On les a conduits en ascenseur jusqu'au camion funéraire qui les attendait en bas de l'hôtel, et ils ont été transportés à l'Institut médico-légal de Paris. Alors qu'ils n'avaient pas encore été chacun glissés dans un tiroir réfrigéré, la nouvelle d'un double suicide au cinquième étage s'était répandue dans l'hôtel. Le hall grouillait d'excitation morbide. Les gens voulaient savoir qui était ce couple, d'où il venait, quelle était son histoire, mais personne encore n'aurait pu le dire. Le commissaire lui-même n'en avait pas la moindre idée. Il pouvait simplement présumer d'un double suicide car, à son arrivée sur les lieux, on lui avait remis la feuille que mes parents avaient laissée en évidence sur une des tables de chevet, destinée à être rendue publique, dans laquelle ils revendiquaient le droit de choisir l'instant de leur mort. Une mort qu'ils disaient avoir voulu vivre ensemble, de la manière la plus douce et la plus belle possible. Ils avaient aussi laissé une lettre à mon attention, glissée dans une longue enveloppe en papier vergé, sur laquelle ils avaient écrit, à l'encre fine, *À notre fille, Éléonore.* Quand le commissaire en prit connaissance, il demanda immédiatement qu'on lui trouve mes coordonnées, et à neuf heures trente, il me téléphonait.

L'annonce d'un drame a cette particularité d'ouvrir une brèche dans le temps et de le figer à tout jamais dans notre mémoire. Ainsi, chacun peut se souvenir de l'instant précis où il a appris la mort de sa mère, l'accident de son enfant, la maladie incurable de son époux ou le suicide de son meilleur ami. Oui, chacun peut dire où il se trouvait exactement au moment de cette annonce, ce qu'il était en train de faire, s'il y avait des rires, de la joie, de la légèreté autour de lui, ou au contraire, le pressentiment funeste de ce qui allait advenir. Pour ma part, une confiance infinie en l'avenir m'habitait. Cela tenait, je crois, au fait que nous étions le jour de la rentrée, et comme chaque année à cette date, la petite fille qui sommeillait en moi s'était réveillée en établissant sa longue liste de bonnes résolutions. C'était ainsi, chaque 1er septembre, les compteurs étaient pour ainsi dire remis à zéro : tout devenait possible à nouveau, le grand amour, la série quotidienne d'abdos-fessiers, le changement radical de vie. Je n'étais rentrée à Paris que la veille au soir, ce que me rappela en un coup d'œil le dessin au crayon et à la tempera de la femme assise achetée vingt ans plus tôt au marché aux puces du Mauerpark, à Berlin, et qui ornait le seul mur plein de ma chambre à coucher, à droite de la fenêtre. Après trois semaines d'absence, j'étais bienheureuse de la retrouver. Bienheureuse d'être à nouveau chez moi. J'aurais même aimé rentrer un ou deux jours plus tôt pour reprendre tranquillement mes marques, mais mes parents avaient tant insisté pour que nous passions ce dernier week-end d'août chez eux à Ramatuelle que j'avais abdiqué, ils étaient trop vieux pour que je les contrarie. Et puis la présence de mon fils m'avait motivée. Simon partait la semaine suivante en Chine, il s'installait pour six mois à Shanghai où il avait décroché un stage dans une grande agence de publicité, et je n'étais pas idiote, je savais bien qu'à son retour, il ne se réinstallerait pas à la maison. Ces deux jours sous le toit d'Ezra et Maud seraient donc les derniers. Ensuite, comme avec n'importe quelle connaissance, il nous faudrait prendre rendez-vous pour se voir.

Je pensais précisément à cela lorsque, à neuf heures précises, l'alerte signalant mon premier rendez-vous de chantier une heure plus tard rue d'Hauteville me tira hors du lit. Il s'agissait d'un appartement haussmannien de bon standing mais où tout était à refaire, de la distribution des pièces à l'électricité en passant par la plomberie. Les propriétaires étaient des amis d'amis qui dirigeaient de concert une boîte de conseil dans le champ de l'écologie, et j'étais flattée qu'ils m'aient choisie pour m'occuper de l'endroit où ils voulaient vivre. Je pris une douche rapide, heureuse à l'idée de les revoir, puis j'allai avaler mon café sur le balcon. C'était devenu un rituel, un besoin impérieux de m'emplir de la beauté du paysage avant de démarrer la journée. J'avais d'ailleurs choisi cet appartement uniquement pour ce spectacle. Flanqué au quatorzième étage d'un immeuble moderne, il ne présentait aucun charme, mais m'offrait une vue imprenable sur la ville qui changeait à chaque heure du jour. Ce matin-là, je me souviens d'un panorama écrasé de lumière, sans nuances, comme dans une grande ville d'Amérique du Sud. Tout était flouté à l'horizon et d'un jaune si puissant qu'il m'avait semblé ne pouvoir exister qu'en peinture. Météo France avait annoncé trente-trois degrés pour le début de l'après-midi. On parlait de canicule, de dérèglement climatique, de sécheresse terriblement inquiétante. J'avais attaché mes cheveux en chignon et enfilé ma robe la plus légère, une robe rouge en crêpe de soie à fines bretelles comme je n'osais jamais en mettre à Paris, une robe de bord de mer que j'avais choisie parce qu'elle avait l'avantage de convenir aussi bien pour la journée que pour le soir, et que ce soir-là, j'aurais voulu aller boire un verre avec

Franck en sortant du bureau, ou peut-être avec Thierry, le premier qui me répondrait. J'avais connu ces deux hommes avant l'été par des amis communs, à quelques jours d'intervalle. L'un était consultant, l'autre tenait des boutiques de prêt-à-porter pour femmes, et depuis deux mois, tous deux me faisaient gentiment la cour sans que je parvienne à déterminer avec lequel j'aurais eu envie de vieillir. Car tel était l'enjeu, désormais, il ne fallait pas se mentir, ce que me rappela ma petite voisine de quatre-vingt-onze ans, Gisèle, lorsque, en partant, je la croisai dans l'ascenseur. Elle avait passé tout l'été seule à Paris et dans un sourire emprunt d'une tristesse sourde, elle m'avait dit *C'était bien calme sans vous, je suis contente que vous soyez rentrés.* Je n'aurais su dire si le « *vous* » renvoyait à moi, aux habitants de l'immeuble ou aux Parisiens en général, mais je me souviens d'avoir pensé combien mes parents avaient de la chance, à leur âge, d'être encore ensemble et en bonne santé. Notre week-end à Ramatuelle avait occupé mes pensées jusqu'au métro, au point qu'une fois assise dans ma rame, j'avais éprouvé le besoin de regarder les photos que j'avais prises d'eux. Ils étaient quasiment sur tous les clichés, soit seuls, soit avec Simon, et l'une de ces images me fit penser à une œuvre de Martin Parr. Elle les montrait assis côte à côte sur la margelle de leur piscine, les pieds dans l'eau écaillée par la réverbération du soleil. Ma mère était moulée dans un une-pièce noir de star de cinéma, mon père, lui, portait un peignoir blanc à l'éponge triple épaisseur, et des lunettes de soleil improbables dévoraient leurs deux visages. Mon voisin ne put s'empêcher de sourire en regardant par-dessus mon épaule. Je lui appris qu'ils étaient mes parents et il me répondit qu'il les trouvait *cool*, avant de descendre à la station Châtelet. Cet homme avait raison, *cool* était bien le mot qui les caractérisait. Je mis cette image en fond d'écran pour la gaieté qui s'en dégageait puis je glissai mon téléphone dans mon sac, et ce fut à ce moment-là que je reçus le coup de fil du commissaire.

Sans détour, l'homme m'annonça qu'Ezra et Maud étaient morts, que leurs deux corps venaient d'être retrouvés dans une chambre de l'hôtel Lutetia, et qu'a priori, ils s'étaient suicidés ensemble.

Je ne poussai aucun cri. Je ne m'évanouis pas non plus, mais demandai simplement :

– Pourquoi « a priori » ?

– Parce qu'ils avaient tous les deux un sac de congélation sur la tête.

On raccrocha et je sortis du métro à Strasbourg-Saint-Denis. Il faisait un peu plus chaud encore. Le boulevard de Sébastopol était noir de monde, les gens allaient et venaient à une allure folle, suivant des trajectoires connues d'eux seuls comme des fourmis ouvrières. Mon téléphone sonna une seconde fois : le commissaire. Il avait oublié de me dire que les corps des époux Kerr avaient été transportés à l'Institut médico-légal de Paris, et que c'était là-bas qu'il fallait que je le retrouve. Je crois qu'il proposa de m'envoyer une voiture et que je répondis que ça n'était pas utile, j'allais me débrouiller.

Je rangeai mon téléphone dans mon sac puis, très tranquillement, me remis en marche direction rue d'Hauteville, comme si de rien n'était, à peine une légère pression au niveau de la trachée. La circulation était dense et les trottoirs du boulevard Bonne-Nouvelle tout aussi bondés qu'à Sébastopol, des femmes asiatiques tapinaient au milieu des livreurs tandis que les gens slalomaient pour s'éviter. Je pensai qu'il ne fallait surtout pas que je sois en retard à mon rendez-vous et commençai à courir. Je traversai le boulevard, m'engageai dans une rue qui n'était pas la bonne et, ne comprenant pas pourquoi elle était de biais par rapport au boulevard et ne débouchait pas sur la paroisse Saint-Vincent-de-Paul, je me vis perdre pied. Je tournai à droite dans la rue de l'Échiquier, à gauche dans la rue du Faubourg-Saint-Denis, et ensuite, je ne sus plus où j'étais. Il faisait une chaleur à mourir. De l'eau ruisselait le long de mes tempes et de ma colonne vertébrale, collant à ma peau cette foutue robe en soie rouge. Je me disais que ça allait se voir et que ces nouveaux clients ne voudraient plus confier les travaux de leur appartement à une pareille souillonne, ce qui serait une catastrophe, un trou dans ma trésorerie que je ne pourrais jamais compenser avant la fin de l'exercice en cours. Il fallait à tout prix que je me refasse un visage, une allure. J'entrai dans le premier bistrot, commandai un café pour avoir le droit de descendre aux toilettes, et sous la lumière crue d'une ampoule à LED, je m'épongeai devant un miroir fendu en son milieu. Épouvantée par mon visage dissocié, je m'empressai de remonter à la surface. Dans la rue, je recommençai à courir et me retrouvai une nouvelle fois sur le boulevard Bonne-Nouvelle, à un endroit où la foule s'était encore densifiée. La réalité était en train de se dissoudre, prenant l'allure d'un cauchemar dans lequel je m'enfonçais comme dans des sables mouvants. Je compris alors que si personne ne venait me chercher, j'allais mourir asphyxiée moi aussi, comme mes parents, et j'appelai Vincent, le père de mon fils. Il n'y avait que lui qui pouvait me tirer de là.

Sans surprise, Vincent était chez lui, aux Lilas, en train de terminer la bande dessinée qu'il devait livrer à son éditeur à la fin du mois. Il écoutait Louise Attaque, à fond. Il s'en excusa, alla baisser sa sono, et sur un ton d'inspecteur excavé d'une série des années 70 qui d'ordinaire me faisait hurler de rire, il dit :

– J'écoute !

Je voulus lui répondre, mais j'avais la mâchoire bloquée. Rien ne pouvait sortir, et à mon silence, Vincent comprit qu'il y avait un problème.

– Léo, ça va ? Qu'est-ce qui se passe ?

– C'est mes parents.

– Tes parents, quoi ?

– Ils sont morts.

– *Qui* est mort ?

– Les deux.

– Mais qu'est-ce que tu racontes ?

– Ils sont morts tous les deux, je te dis. Mon père et ma mère. C'est la police qui vient de me l'apprendre.

Vincent ne répliqua rien, le temps d'encaisser le choc. De mon côté, j'avais déjà prononcé trop de mots, ma bouche était comme remplie de verre pilé.

– Ils ont eu un accident ? finit-il par me demander.

– Non. Ils se sont suicidés ce matin, ensemble, dans une suite de l'hôtel Lutetia.

– Mais comment est-ce possible ? Tu étais hier avec eux à Ramatuelle…

– Je n'en sais rien. Ils étaient peut-être condamnés. L'un ou l'autre, un cancer incurable, qu'est-ce que j'en sais ? Et en même temps, ils avaient l'air en pleine forme… Je deviens folle, Vincent. Je t'en supplie, viens me chercher. Je suis sur le boulevard Bonne-Nouvelle, à Strasbourg-Saint-Denis, et je ne peux plus faire un pas.

Vincent n'était plus mon mari depuis une bonne dizaine d'années, mais il demeurait la première personne sur cette terre en qui je pouvais réellement compter, et quinze minutes plus tard, il déboulait comme prévu dans sa vieille Volvo bleu marine toute déglinguée, cette Volvo qu'il adorait et qu'il conduisait déjà vingt-trois ans plus tôt lorsqu'il était venu nous récupérer, Simon et moi, à la sortie de la maternité. Il me trouva accrochée à un poteau, sur le trottoir, au milieu d'une foule indifférente. Il dirait plus tard *accrochée comme à une bouée en pleine mer*. Je n'en ai aucun souvenir. Je le vois simplement se coucher sur le siège passager pour m'ouvrir la portière, et par la fenêtre ouverte prononcer plusieurs fois mon prénom, me demander de monter. Il a dû ensuite sortir de sa voiture, en faire le tour, puis tout doucement me prendre par la taille et me guider jusqu'à ma place. La sensation qu'il m'en reste est celle d'être devenue une invalide, et c'est peut-être exactement ce que mes parents, par leur dernier geste, auront fait de moi.

Sur le poste de l'autoradio, « When Doves Cry ».

Cette chanson, cet album… Nous l'écoutions en boucle, au début de notre histoire. Il nous accompagnait partout. Au Bus Palladium, au Central, au Palace, au Pirate, et bien plus loin encore lorsque nous prenions la route sans destination précise mais toujours vers le sud, nous arrêtant au gré de nos envies dans des villages, des musées, des églises. Qui aurait cru qu'un jour, sur cette même bande-son, nous nous rendrions à l'Institut médico-légal ?

Dans le hall de ce bâtiment en brique rouge imaginé par l'architecte Albert Tournaire pour conserver les cadavres en attente d'une autopsie, un homme nous attendait. Il était assis, seul, sur la rangée de chaises près de l'accueil. Il portait un costume sombre et une chemise bleu ciel, des chaussures en cuir impeccablement cirées et de la meilleure facture. D'abord je ne vis pas son visage, seulement les deux grands golfes qui prolongeaient son front, sa chevelure compacte, frisée, d'un brun clair, et ses mains velues. Il était plongé dans son portable et je pensai qu'il avait lui aussi perdu quelqu'un d'une mort violente, mais quand il redressa la tête et qu'il nous vit, il marcha droit vers nous, le sourire teinté d'une compassion curieuse. J'imaginai alors qu'il était le commissaire, tout en me disant qu'il n'avait pas du tout l'allure d'un commissaire.

– Chère Éléonore, me dit-il en m'attrapant les avant-bras, je suis ravi de vous rencontrer. J'ai très bien connu Ezra et Maud. Vous avez eu une chance inouïe de les avoir comme parents, vous savez, c'étaient des gens vraiment exceptionnels.

J'acquiesçai poliment, d'un signe de tête, et il poursuivit :

– Le commissaire est reparti. Il a eu une urgence, il s'excuse. Mais si vous le souhaitez, il pourra vous recevoir plus tard dans la journée.

Il n'était donc pas le commissaire…

– Vous a-t-il parlé des autopsies quand il vous a eue au téléphone ?

– Non, il ne m'a rien dit.

– Je viens d'apprendre qu'elles ne pourront pas avoir lieu avant quatre ou cinq jours, malheureusement.

– Pourquoi ? demanda Vincent.

– Les médecins légistes sont débordés. Nous sommes en plein retour des grandes vacances, les accidents de la route sont trois fois plus nombreux que d'ordinaire. Ce qui m'embête, c'est que tant que les autopsies n'auront pas été réalisées, nous ne pourrons pas voir les corps. La loi l'interdit.

– Et si je ne veux pas ? m'entendis-je demander.

– Voir les corps ?

– Non. Les autopsies. Si je ne veux pas qu'on fasse d'autopsie sur le corps de mes parents, que dois-je faire ?

L'homme parut gêné. Il se racla la gorge comme

pour remettre en lui quelque chose de déplacé, puis il me répondit que je ne pouvais pas refuser.

– À partir du moment où, sur un certificat de décès, la case « Mort violente » a été cochée, le procureur de la République est saisi de fait, et cela signifie que les dépouilles de vos parents ne vous appartiennent plus. Jusqu'à ce qu'on vous les rende, elles sont à la disposition de la justice.

De la bouche de cet homme, j'appris aussi que dans le Code civil, les dépouilles ne figuraient pas dans le livre des personnes mais dans celui des biens, de sorte qu'après l'analyse de leur peau, leurs os et leurs fluides, mes parents me seraient rendus et deviendraient, au moins du point de vue du droit, ma possession, au même titre qu'une maison ou une voiture. Quand on les connaissait, cela avait de quoi faire sourire.

– Mais si on ne peut pas les voir, reprit Vincent, qu'est-ce qu'on fait là ? Qu'est-ce qu'on attend ? Je ne comprends pas.

– Leurs vêtements, répondit l'homme dont nous ne connaissions toujours pas le nom. L'Institut médico-légal refuse de les garder, même quand il s'agit des tenues que les défunts porteront dans leur cercueil. C'est un peu idiot, mais c'est ainsi. Je me chargerai de les rapporter vingt-quatre heures avant la levée des corps, c'est tout ce qu'ils exigent. La dame de l'accueil est partie les chercher, elle ne devrait pas tarder.

Pour meubler le silence, notre interlocuteur évoqua

le tribunal de grande instance où nous devrions passer ensuite pour récupérer les effets de valeur d'Ezra et Maud trouvés dans la chambre du Lutetia, puis tout à coup, il sembla se souvenir d'une chose importante. Il glissa une main dans la poche intérieure de sa veste et en ressortit une enveloppe qu'il me tendit.

– Tenez, j'allais l'oublier. C'est la lettre que le commissaire voulait vous remettre.

Comme je ne bougeais pas, Vincent la prit et me la mit entre les mains, puis m'ordonna de la décacheter. À l'intérieur, se trouvait une feuille unique, pliée en trois. Elle avait du mal à sortir. Une nouvelle fois, le père de mon fils me porta secours. Il dégagea la feuille et me la rendit libérée de son enveloppe. Je la dépliai avec précaution. Sur quelques lignes aérées, je découvris les pattes de mouche de mon père griffonnées à l'encre noire de son Montblanc. Je pus lire la première ligne, *Chère Éléonore, cher Simon*, mais après, tout se brouilla. Les lettres devinrent de petites taches, les mots des énigmes, et finalement, ce fut cet homme, inconnu, sorti de nulle part, qui prit l'initiative de nous lire à voix haute les derniers mots que mes parents avaient décidé de nous adresser.

Chère Éléonore, cher Simon,

Pour nous, l'histoire était terminée.

Mais ne soyez pas tristes.

Nous avons eu une vie magnifique.

Nous avons eu beaucoup de chance, et profité au maximum de tout ce qui nous aura été offert.

Nous allions avoir quatre-vingt-six et quatre-vingt-huit ans, que pouvions-nous nous souhaiter de mieux que de partir ensemble, et encore vaillants ?

Nous ne voulions pas être séparés par la mort. Après plus de soixante-dix ans à partager le même lit, nous n'aurions pas su vivre l'un sans l'autre. Et nous ne voulions pas non plus prendre le risque de tomber malades, d'être diminués, et de devenir dépendants. Or vient un âge où c'est inéluctable. Les épreuves s'accumulent, et même lorsqu'on les surmonte, elles constituent des paliers. Elles font de vous quelqu'un d'autre, et il n'y a pas de retour en arrière possible – celui ou celle que vous avez été votre vie durant ne reviendra plus. C'est terminé. Ces épreuves ne sont donc pas seulement des épreuves physiques ; elles sont, en raison de votre âge avancé et de votre incapacité à récupérer, des petites morts vous obligeant à enterrer une partie de vous-même. Ce qu'il reste alors de votre personne, c'est un être modifié, amoindri, dont l'image a de grandes chances de se substituer, dans le temps, à celle que vous auriez aimé laisser de vous.

Pourquoi prendre ce risque ?

Pourquoi vouloir à tout prix vivre quelques mois, quelques semaines de plus ? Pour profiter d'un énième repas au restaurant ? D'une aube naissante, d'un coucher de soleil comme vous en avez déjà admiré des milliers dans votre vie ?

Nous avons longuement réfléchi à cette question, et finalement considéré que d'une certaine manière, le jeu n'en valait pas la chandelle.

Le meilleur est derrière nous, il n'y a pas à tergiverser. Et la seule chose que nous souhaitons maintenant, c'est que dans dix, vingt, trente ans, quand un mot, un parfum ou un paysage convoquera notre souvenir, vous ne vous rappeliez pas de deux gisants sur un lit d'hôpital mais de nous, Ezra et Maud Kerr, en chemise de popeline blanche, jean brut et espadrilles comme en ce dernier dimanche d'août sur la terrasse des Bulles, profitant de votre compagnie, du bon vin, du chant entêtant des grillons, du vert tendre des vignes et de la mer au loin, scintillante comme un gros poisson d'argent sous le soleil du Midi. Oui, voilà tout ce que nous souhaitons, les enfants. Qu'il vous reste de nous notre amour infini de la vie, de sa beauté et de sa légèreté, et que du fin fond de notre sommeil éternel, vous nous entendiez rire encore. Rire, chanter, danser et célébrer la vie – Nous l'avons tant aimée !

Adieu,

Ezra et Maud Kerr

L'homme se tut, et presque au même moment, la dame de l'accueil apparut avec les vêtements de mes parents. Elle les déposa sur le comptoir accompagnés de leurs deux paires de chaussures, tandis que l'homme, s'empressant de replier la lettre, me présentait :

– Voici la fille d'Ezra et Maud Kerr.

Puis à moi :

– Éléonore, si vous voulez bien vous approcher. J'aurais besoin de votre carte d'identité.

Vincent était aussi sonné que moi. La lecture de la lettre l'avait mis KO debout, mais il trouva la force de me tirer par le bras et de chercher dans mon sac ce qui pouvait ressembler à des papiers. Il trouva mon passeport.

– Il faudrait également régler la taxe due au titre du dépôt des corps, réclama la dame de l'accueil.

L'homme sortit de son portefeuille un chèque déjà rempli et signé du compte joint de mes parents, je reconnus le logo de la Neuflize OBC. Cela me fit un coup au cœur. Il le donna à la dame de l'accueil et les mots de la lettre se mirent à danser sous mes yeux. *Pour nous, l'histoire était terminée.* Dans l'une des ballerines de ma mère, je reconnus le nœud papillon de mon père, sa ceinture de smoking, ainsi que sa pochette en soie, et ces accessoires le caractérisaient si bien qu'un instant, j'eus la sensation qu'il allait m'être rendu dans son entièreté, avec non seulement un corps mais aussi une voix, un esprit, un rire, et peut-être même sa vieille Mercedes décapotable. *Pour nous, l'histoire était terminée.* Qu'est-ce que cela voulait dire ? Mon regard buta sur le haut de la pile de vêtements, un soutien-gorge en dentelle noire dont les deux bonnets glissés l'un dans l'autre formaient un petit chapeau semblable à ceux qui protègent les conduits de cheminée. C'était le soutien-gorge de ma mère. Ou plutôt le soutien-gorge que des inconnus avaient ôté à ma mère, et cette pensée m'étrangla. *Danser et célébrer la vie.* Je vis s'imprimer sur ma rétine son décolleté moucheté de taches brunes, la chair pendante de ces bras sous lesquels d'autres bras se seront glissés pour la mettre sur le ventre et lui dégrafer l'attache dans le dos. Quand on la retourna à nouveau, que se passa-t-il avec sa poitrine ? *Le meilleur est derrière nous.* Pendait-elle sur les côtés ou s'était-elle rigidifiée comme le reste du corps ? Présentait-elle des lividités cadavériques ? Une tache verte sur l'abdomen, premier signe visible de la putréfaction ? *Que pouvions-nous nous souhaiter de mieux que de partir ensemble ?* Je n'en savais rien, je n'arrivais pas à voir. J'arrivais juste à me dire qu'à quatre-vingt-six ans, ma mère s'était faite belle pour mourir avec son mari dans la chambre d'un hôtel de luxe, mais qu'aussitôt après avoir expiré son dernier souffle, quelqu'un l'avait dévêtue et, comme mon père, elle était maintenant les seins nus, le sexe à l'air, prête à être ouverte en deux comme une vulgaire souris avant dissection. Cette image m'asséna le coup fatal. Je vis des étoiles puis ce fut le grand trou noir.

Quand je me réveillai de mon malaise, je me trouvais allongée à même le sol dans le hall de la morgue, le visage de Vincent à quelques centimètres du mien, et l'homme qui avait payé avec le chèque de mes parents, au-dessus de moi. Il me tenait les jambes à la verticale.

– Ah, voilà… Ça y est, murmura Vincent dans un sourire heureux. Tu reviens à nous. Tiens, avale ça, ajouta-t-il, et il me glissa un morceau de sucre entre les lèvres.

Je repris un peu de couleurs, mais l'on resta encore un moment comme ça, tous les trois dans cette position improbable, alors qu'une famille en pleurs venait d'arriver, et soudain je voulus savoir qui était ce type. Oui, qui était-il pour être au courant de tout, tout diriger, et me tenir ainsi les chevilles ?

– Qui êtes-vous ? lui demandai-je. Pardon, mais depuis tout à l'heure, vous êtes là avec nous et on ne sait même pas qui vous êtes. Peut-on savoir quel est votre nom et votre fonction, s'il vous plaît ?

L'homme aux golfes immenses eut l'air d'une célébrité outrée de ne pas avoir été reconnue. Il recommença à se racler la gorge et, d'une voix glaciale, il répondit :

– Désolé, je pensais m'être présenté. Je m'appelle Alexandre Duval. J'habite au Luxembourg et je m'occupe de la fortune d'une cinquantaine de familles dans le monde, dont celle des Kerr. Enfin, je *m'occupais*. J'étais l'homme de confiance d'Ezra et Maud depuis plus de vingt ans.

Plus de vingt ans. Ce chiffre résonna un long moment à mes oreilles, déposant au fond de moi une tristesse dévorante. Mes parents ne m'avaient jamais parlé de ce type. Ils n'avaient même jamais mentionné son nom – pourquoi ? J'attrapai la main de Vincent pour me sentir un peu moins seule, mais je pensais on a beau aimer les gens, cheminer avec eux, considérer qu'ils sont une partie de soi, en vérité, on ne les connaît pas, même quand on est sorti de leurs entrailles. On ne connaît personne. Les uns pour les autres, nous sommes tous des étrangers.

Les vêtements de mes parents nous furent remis dans un sac-poubelle et leurs effets de valeur, récupérés après la morgue au tribunal de grande instance de Paris, dans une pochette plastique. Celle-ci ne contenait que deux choses : une carte de crédit et leurs deux alliances, ce qui me parut parfaitement les résumer. Quand on se retrouva sur le parvis, au pied de ce gratte-ciel à la lisière de Clichy, il n'était pas midi. La température avoisinait les trente-huit degrés et l'air était irrespirable. Nous suffoquions tous les trois. Qu'allions-nous faire, à présent ?

– J'aimerais que nous passions chez Ezra et Maud, à Georges-Mandel, dit Duval. J'aurais besoin de récupérer leur livret de famille pour les démarches administratives.

Je lui rétorquai que je n'avais pas les clefs. Seule Magali, leur employée de maison, en possédait un jeu, mais la veille encore, elle était dans le Sud avec eux et j'ignorais si elle était remontée elle aussi, ou si elle s'y trouvait toujours.

Duval parut désolé par mes préoccupations logistiques.

– Mais je les ai, moi, Éléonore, les clefs de chez vos parents…, me dit-il. Ils ont tout organisé, vous savez. Ne vous inquiétez de rien.

À Georges-Mandel, Duval introduisit la clef dans la serrure de l'appartement où j'avais grandi, comme s'il s'agissait de son propre domicile. J'entrai après lui, suivie de Vincent, et nous nous retrouvâmes en butte à un silence monacal, le même silence exactement que celui qui me glaçait enfant, quand nous revenions de vacances. On se serait cru dans un musée un jour de fermeture. Au premier coup d'œil, je notai que tout, dans le salon, était à sa place – le canapé Soriana, les deux chauffeuses Paulin, les luminaires Adnet, le beau tapis moderniste et la collection de céramiques encadrant l'écran plat Sony –, mais il y avait malgré tout un changement : plus rien dans le décor n'était là pour dater les jours. Les vases étaient vides de fleurs, la table basse débarrassée de toutes ces friandises qui d'ordinaire vous faisaient de l'œil, orangettes, mendiants, fruits secs, calissons d'Aix, et il n'y avait plus de journaux ni de magazines nulle part. Il n'y avait même plus cette violente odeur de lys qui flottait continuellement dans l'air. À la place, un parfum âcre de détergent. Qui était venu faire le ménage ? La gardienne, probablement, à moins que ce ne soit eux la veille, juste avant de se rendre au Lutetia. Tout était imaginable, maintenant qu'ils s'étaient tués.

Je laissai Vincent et Duval dans le salon et m'engageai dans le couloir qui desservait la lingerie et les deux chambres. La première avait été la mienne. Ezra et Maud l'avaient retapissée de laine safran à mon départ vingt-cinq ans plus tôt, et transformée en dressing-débarras. Ma mère s'y était installé deux longs stoyaks pour pouvoir pendre les robes qu'elle ne mettait plus, ainsi que les vieux smokings et costumes de mon père, mais tout cela avait dégagé. La pièce était vide, à présent. Il n'y avait plus de tableaux, plus de photos encadrées contre les murs, à même le sol, et les planches et tréteaux qui leur servaient de buffet lorsqu'ils donnaient des réceptions avaient également disparu. Quand les avaient-ils déménagés ? Et avec l'aide de qui ? Magali ? Mes parents avaient quitté Paris à la fin du mois d'avril, soit cinq mois plus tôt, pour prendre leurs quartiers d'été dans le Midi, était-ce possible qu'ils aient organisé ce grand raout à distance, tout au long de l'été ? Le sentiment d'avoir été bernée comme une enfant ouvrit un gouffre sous mes pieds.

Plus loin, la lingerie était ouverte. Blanche, carrelée, impeccable. Je n'y trouvai rien de suspect, sinon la disparition des fleurs en pot dans les bacs ornant le rebord de la fenêtre. Ils avaient donc pensé à sauver les fleurs… Je poursuivis jusqu'à leur chambre, la dernière au bout du couloir. Celui-ci ne mesurait pas plus d'une dizaine de mètres, mais plus je m'en approchais, plus j'avais la sensation que cette pièce s'éloignait. C'était peut-être cette chaleur si éprouvante, ou bien les battements de mon cœur qui s'était emballé sans prévenir. J'avais une telle peur de ce que j'allais trouver à l'intérieur… Pourtant mes parents étaient morts et un autre que moi les avait découverts, que pouvait-il maintenant arriver de pire ? Leur porte était fermée, comme toujours. Je l'ouvris avec précaution et, sans surprise, tombai sur leur lit fait au cordeau, draps immaculés et repassés sur place comme dans les palaces. Sur la table de nuit de mon père, je reconnus le pilulier que je lui avais offert. Il y avait aussi deux livres dont je ne connaîtrais jamais les titres car je n'osai m'approcher, toujours aussi glacée par la photographie de Cindy Sherman qui occupait l'entièreté du mur au-dessus de leur tête de lit. Il s'agissait d'un autoportrait de l'artiste américaine dans une robe à rayures verticales rouges et blanches, le visage au plus près de l'objectif, recouvert d'une épaisse couche de maquillage faisant par endroits de vilains grumeaux. Cette image de Sherman était tirée de la série *Fashions* qu'Ezra et Maud lui avaient commandée en 1984 pour le compte de la marque Dorothée Bis dont ils venaient de récupérer le budget. Les photos étaient toutes parues dans le *Vogue* français et avaient fait scandale, personne encore n'ayant osé se moquer à ce point de la mode et dénoncer si clairement la violence de ses diktats. Pour se féliciter des retentissements de cette campagne, les Kerr s'étaient offert ce tirage, tablant sans doute aussi, malins comme ils étaient, sur une cote qui ne pourrait aller qu'en grimpant, et ils ne s'étaient pas trompés : l'image valait maintenant le prix d'un appartement, ce qu'ils avaient adoré me répéter plus tard d'un air gentiment moqueur en me rappelant la détestation que je nourrissais, enfant, à l'égard de cette femme au-dessus de leur couche qui semblait me dire, chaque fois que je me présentais au seuil de leur chambre : *Mais qu'est-ce que tu fais là, sale petite vermine ? Tu ne vois donc pas que tu nous déranges ?! Allez, ouste, va-t'en ! Ici, nous ne voulons pas d'enfant.*

Je restai là un moment, toute seule dans le silence de leur chambre, comme dans l'espoir de recevoir une réponse.

Pourquoi avez-vous fait cela ?
Pourquoi maintenant ?
Pourquoi ensemble ?
Pourquoi comme ça ? Et pourquoi à moi ?

Sur l'enfilade à gauche de la porte, se trouvaient quelques photos dans des cadres en argent. Je pris le temps de les observer une à une, mais le bonheur qui s'en dégageait ne fit qu'opacifier un peu plus les choses.

C'étaient des images de leur âge d'or. Des photos d'eux sur leur bateau, à la plage ou aux Bulles, la maison ovoïde et complètement délirante qu'ils s'étaient fait construire à la fin des années 70, lorsque leur agence de publicité avait commencé à vraiment bien marcher. Sur l'un de ces clichés, ils sortaient de l'eau les cheveux plaqués et la peau huilée d'ambre solaire recouverte de milliers de gouttelettes. Ils étaient allongés sur la plage arrière de leur bateau et ma mère tirait sur une cigarette, tandis que mon père attendait son tour, les doigts tendus vers elle. Même les cigarettes, mes parents se les partageaient. Ils fumaient des Peter Stuyvesant Rouge qu'ils achetaient par cartouches en duty free, à chacun de leurs voyages. Ils voyageaient tout le temps, à cette époque… Londres, Milan, Venise, Los Angeles, San Francisco, Singapour. Ils avaient des clients et des campagnes partout dans le monde, ils passaient des semaines entières à l'autre bout de la terre, et quand ils revenaient à Paris, généralement très tôt le matin, encore ensuqués de leur nuit dans l'avion, ils n'avaient qu'une seule envie, se mettre au lit quelques heures pour récupérer et puis à midi, vite vite retourner au bureau. Et moi dans tout cela ? Ils me savaient avec Magali, ils étaient tranquilles. J'avais tout ce dont j'avais besoin, ils pensaient que je ne manquais de rien.

Dans le silence pesant de leur chambre, je crus un instant entendre les trois anneaux Cartier de ma mère qui l'annonçaient toujours avant qu'elle n'apparaisse. J'allai dans leur salle de bains, comme si elle avait pu s'y réfugier, mais je ne trouvai que des sanitaires et un grand miroir dans lequel j'eus l'impression de n'avoir pas beaucoup changé depuis la veille. Et pourtant, tout avait changé. J'avais désormais un autre statut, je n'étais plus une fille, j'étais une orpheline. Je m'entendis prononcer le mot à haute voix comme pour réussir à y croire – *Je suis une orpheline* –, mais ces mots n'avaient aucun sens. Pour qu'ils veuillent dire quelque chose, peut-être fallait-il que je les livre à d'autres ? L'idée me vint alors d'appeler Simon. Personne ne l'avait encore prévenu. Il fallait le faire. Il fallait lui dire. Mais comment ? Avec quels mots ? Je cherchai en vain la formule qui passerait le mieux, puis composai son numéro et me jetai à l'eau en espérant être le moins lâche possible :

– Allô, chéri ? C'est maman. Je suis chez Ezra et Maud, avenue Georges-Mandel. Peux-tu m'y retrouver ?

– Tout de suite ?

– Oui.

– Pourquoi ? Qu'est-ce qui se passe ?

– Ils se sont suicidés ce matin. On les a retrouvés dans une chambre de l'hôtel Lutetia.

Voilà, j'avais réussi à le dire. On se fait toujours un monde à l'idée de devoir annoncer un drame, mais on ne devrait pas, ce sont les histoires les plus courtes.

Vincent m'appela et, revenant vers le salon, je les trouvai Duval et lui dans la cuisine attenante, de part et d'autre de la grande table en bois entièrement recouverte de courriers. Un accusé de réception était agrafé à chacun d'eux.

– Ce sont des courriers de résiliation, m'informa le père de mon fils. Tes parents ont dénoncé tous les contrats par lesquels ils étaient liés. Ils ont fait cela en avril, juste avant de partir dans le Sud. Regarde, les accusés datent les envois du 28 avril exactement, depuis la poste de la rue Singer.

Ezra et Maud s'étaient donc bien décidés depuis des mois… Ils avaient tout organisé, tout planifié, et malgré cela, ils avaient continué à faire comme si de rien n'était lorsqu'ils me voyaient. Je crois que cette information me fit un plus grand choc encore que l'annonce de leur mort. Vincent s'en rendit compte et dut avoir peur que je m'évanouisse à nouveau, si bien qu'il m'ordonna de m'asseoir. Ensuite, il se dirigea vers l'évier pour me remplir un verre et constata que rien ne sortait du robinet.

– Ils ont coupé l'eau, dit-il.

Duval actionna un interrupteur et ajouta :

– Et l'électricité aussi. Ils voulaient vraiment ne vous laisser aucun tracas.

J'eus un rire nerveux, qui fit à Duval l'effet d'un soufflet. Il reçut à ce moment-là un appel et sauta sur l'occasion pour se retirer dans le salon.

– Je descends t'acheter une bouteille d'eau, dit Vincent. Je reviens tout de suite, d'accord ? Et si ça ne va pas, tu appelles « l'homme de confiance »...

Cette expression que Duval avait lui-même utilisée pour se désigner m'arracha un franc sourire. Comment, même en ces circonstances, le père de mon fils parvenait-il encore à déclencher cela chez moi ? J'entendis une voix me répondre à l'oreille : *Tu vois, j'avais raison, tu n'aurais jamais dû le quitter. Mais si, tu l'as quitté. En tout cas c'est parti de toi, et maintenant tu peux me dire à quoi ça t'a menée ?*

Cette voix était celle de ma mère. Elle continua de bourdonner un moment dans ma tête, comme une vilaine mouche, puis bientôt celle de mon père se réveilla aussi : *Oui, ta mère a raison, on ne quitte pas son mari, qu'est-ce que ça veut dire ? Tu es bien avancée, maintenant, tu crois que c'est une vie ?*

Vos gueules.

– Allez, je descends, répéta Vincent en se levant.

– Non, non, ça va, lui assurai-je en posant ma main sur son bras. Trouve-moi juste un autre morceau de sucre.

Il alla ouvrir le placard que je lui désignais, mais celui-ci avait été vidé, comme mon ancienne chambre. Il ouvrit les autres, un à un. Et il ne trouva rien.

– Mais comment est-ce possible ? murmurai-je dans un souffle. Comment ont-ils pu organiser une chose pareille et garder le secret pendant toutes ces semaines ?

Vincent était aussi ahuri que moi.

– Je ne sais pas, dit-il simplement.

– Et pourquoi le Lutetia ? Pourquoi pas chez eux ? Tout ce tralala… On dirait que tout est pour de faux. On se croirait dans une de leurs pubs.

Les courriers étaient toujours étalés devant moi, sur cette grande table où Magali avait préparé tant et tant de repas, et je fus prise d'une envie de tout balancer à la poubelle. J'en attrapai un au hasard. Il était adressé au groupe Prisma Media et il disait *Madame, Monsieur, Conformément à la loi Chatel sur la résiliation des abonnements, nous vous indiquons par la présente vouloir mettre fin à nos abonnements à* Télé Loisirs *et à* Gala. *Nous vous informons également que nous suspendons dès à présent les prélèvements bancaires à venir. Bien cordialement, Ezra et Maud Kerr.* Ils étaient donc abonnés à *Télé Loisirs* et à *Gala*, ce que j'ignorais… D'autres courriers rédigés à l'identique avaient été envoyés au *Figaro*, au *Monde*, à Orange qui leur fournissait la télévision et l'abonnement internet, ainsi qu'à Nespresso, de qui ils recevaient chaque mois vingt réglettes de dix capsules chacune – 5 *giornio*, 5 *decaffeinato*, 4 *stormio*, 4 *intenso* et 2 *alto dolce*. Instinctivement, je redressai la tête et regardai en direction du plan de travail, là où était posée la machine à café. Mais elle ne s'y trouvait plus. Tout l'électroménager avait été débarrassé, le presse-agrumes, le toaster, la bouilloire, le blender, il n'y avait plus rien. Je me levai, un peu chancelante, allai à l'évier et même constat : ce qui meublait d'ordinaire ce coin si familier de l'appartement de mes parents s'était volatilisé. Quelqu'un avait emporté les aromates en pot, les éponges, le liquide vaisselle, et même la petite corbeille tressée qui contenait les gélules d'homéopathie qu'Ezra et Maud prenaient chaque matin. Les boîtes jaunes d'ampoules Oligosol de magnésium et de lithium entreposées derrière le robinet sur le rebord de la fenêtre avaient disparu elles aussi. Qui avait fait cela ? Qui était au courant de leur plan ? Qui avait acquiescé, accepté d'être de mèche ? Alexandre Duval ? Magali ? Leur notaire ? Leur jardinier à Ramatuelle ? Leur médecin traitant, leur gestionnaire de comptes, leur conseiller en patrimoine et en placements boursiers – *QUI* ? Leur coiffeuse ? Leur esthéticienne, leur concierge, leur kinésithérapeute, leurs voisins ? Quel était le principe, au juste ? Tout le monde était au courant, sauf moi ?

Tout le monde avait participé au scénario qui, en bout de course, avait abouti à ce qu'un commissaire de police m'appelle un peu plus tôt dans la matinée pour m'annoncer que la joie, le bonheur et la légèreté, c'était terminé ? Un vertige me prit.

– Ezra et Maud se sont retrouvés eux aussi sans leurs parents, lançai-je à Vincent. Du jour au lendemain, et ils y sont arrivés. Ils devaient donc penser que j'y arriverais aussi, que j'aurais hérité de leur force. Ou peut-être qu'ils n'ont même pas pensé à moi. Peut-être qu'ils n'ont été que dans la reproduction, trouvant dans ce pacte du Diable le moyen de faire de leur enfant ce que leurs parents avaient fait d'eux, des orphelins. *Tout ce que l'on connaît nous rassure.*

Duval était de retour dans la cuisine.

Je n'avais pas senti sa présence dans mon dos, mais je compris qu'il avait entendu ce que je venais de dire lorsqu'il me demanda :

– Quand vous dites qu'ils se sont retrouvés sans leurs parents, ça veut dire… ?

Une inquiétude voila le regard de Vincent. Il se demanda comment j'allais contourner la question. Mais j'y répondis sans détour :

– Ça veut dire que mes grands-parents sont tous morts pendant la guerre. Aucun d'entre eux n'est revenu.

Duval parut stupéfait.

– Je ne le savais pas, dit-il. Ezra et Maud ne m'en ont jamais parlé.

Eh oui, ici s'arrête votre privilège… eus-je envie de lui dire. À la place, je lui demandai, un peu perfide :

– Mais donc le Lutetia, vous pensiez que c'était pour quoi ? Le goût des belles choses ?

L'interphone interrompit notre discussion. Je leur annonçai que c'était Simon et me levai pour aller lui ouvrir. La veille au soir, en arrivant gare de Lyon, notre fils était directement allé dormir chez une copine, si bien que je le trouvai avec les habits qu'il portait aux Bulles du vivant de mes parents – son jean bleu brut, ses baskets, sa chemise blanche et ce cachemire rose pâle que mon père lui avait jeté sur les épaules pour qu'il ne prenne pas froid dans le train avec la climatisation. Malgré la chaleur étouffante, Simon n'avait pas réussi à l'enlever. Il se tenait droit. Il me regardait. Il était digne. Mais à l'instant où il prononça mon nom, *maman*, tout en lui se fissura. En une seconde, il redevint mon tout petit garçon. Alors je le pris dans mes bras, et nous restâmes enlacés de longues minutes, lui à pleurer la mort de mes parents et moi à me demander pourquoi j'étais toujours incapable de verser la moindre larme.

Plus tard dans la journée, nous nous retrouvâmes tous les quatre dans le salon, Vincent, Simon et moi collés serrés dans le Soriana, et Duval seul face à nous, assis du bout des fesses sur le groovy de Pierre Paulin. Les coudes à l'appui sur ses cuisses, le buste légèrement en avant, il avait récupéré le livret de famille de mes parents. Il pouvait maintenant nous annoncer ce qu'il allait se passer dans les jours à venir :

– Ezra et Maud se feront incinérer. Ils ont rédigé un testament en ce sens, que j'ai là, et qu'ils ont également déposé chez leur notaire. Dès que leurs autopsies auront été réalisées, j'organiserai donc leur crémation. Elle aura lieu au Père-Lachaise dans la plus grande des trois salles, la salle dite de la Coupole. Ils sont allés la visiter en avril dernier, et ils l'ont trouvée parfaite. Elle peut contenir environ deux cents personnes, ce qui n'est pas beaucoup compte tenu du nombre de gens qu'ils connaissaient, mais malgré tout, ils voulaient que vous puissiez avoir vos invités, aussi vous ont-ils réservé une dizaine de places. Vous me donnerez les noms de vos amis au plus vite, afin que je puisse calculer le nombre précis de faire-part à envoyer. Je voudrais tenter une version papier. Cela leur aurait plu, et avec un peu de chance, les délais d'impression le permettront. Ensuite, et toujours selon leurs dernières volontés, leurs cendres seront transférées aux Bulles, à Ramatuelle, puis dispersées par vos soins, Éléonore et Simon, au-dessus de leurs vignes. Depuis une loi de 2008, il convient d'en faire la demande auprès de la mairie – mais vu la taille de votre terrain, je ne doute pas que l'autorisation soit accordée. Et je crois qu'en plus le maire aimait beaucoup vos parents.

Le portable de Duval bipa une seconde fois. Il regarda son écran, se leva en s'excusant, puis s'éloigna pour répondre.

– Tu le savais ? me demanda Vincent.

– Quoi ?

– Que tes parents voulaient se faire incinérer. Ils te l'avaient dit ?

– Non.

– Moi, je le savais, lâcha Simon.

– Tu le savais ? répétai-je, hébétée.

– Oui, je le savais. On en a parlé un jour et ils disaient qu'ils ne voulaient pas être bouffés par les vers. C'était hors de question.

– Mais pourquoi tu as gardé ça pour toi ? Pourquoi tu ne m'as rien dit ?

– Je pensais que tu étais au courant.

Un épais silence nous tomba dessus. J'étais en colère. Je trouvais l'idée d'être incinéré respectable, et je comprenais parfaitement qu'on ait envie d'être dispersé dans un océan, une forêt ou un champ de blé. Mais je le comprenais pour les autres. Pour moi, pour mes amis, pour Vincent – pas pour mes parents ! Pour mes parents, j'aurais voulu un caveau dans un cimetière, parce qu'un caveau, cela voulait dire qu'il existait déjà une place pour moi quelque part, et plus tard pour mon fils, dans un endroit où nous reposerions ensemble. N'était-ce pas ainsi que les choses se passaient depuis la nuit des temps ? La mort vous enlevait vos proches, mais elle n'anéantissait pas vos familles. Vous aviez un toit sous lequel naître, grandir, vivre, vieillir puis mourir, et ensuite un tombeau où reposer auprès des vôtres. Vous apparteniez à une lignée, à une histoire. Vous n'étiez jamais seuls, sinon dans l'instant du passage de vie à trépas qui ne dure qu'une brève seconde. Mais maintenant, quoi ? Chacun sa merde, dans la vie comme dans la mort ?

Duval réapparut.

– Excusez-moi, c'était une petite urgence à régler.

Il avait chaud, il transpirait comme quelqu'un de souffrant. Je lui donnai un Kleenex. Il ouvrit les deux premiers boutons de sa chemise, retroussa ses manches et ajouta :

– Je voudrais vous dire un mot aussi sur la succession.

– Maintenant ? demanda Vincent en me regardant.

– Oui, maintenant, intervint Simon. Pourquoi attendre ?

– Très bien, alors allons-y. Vos parents, chère Éléonore, ont souhaité mettre en place un *dynasty trust* afin que vous, Simon et demain les enfants de Simon puissiez conserver votre patrimoine, et notamment la maison des Bulles, j'y reviendrai dans quelques instants. Mais pour comprendre le mécanisme de ce montage fiscal, il faut remonter un peu en arrière. Il y a sept ans, comme vous le savez, Ezra et Maud ont vendu M.E.K. Agency et ses filiales au groupe Omnicom, le deuxième réseau d'agences de publicité le plus important au monde. Et cette vente leur a rapporté une très belle somme.

– Combien ? demanda Simon.

– Je n'ai pas le chiffre exact en tête, mais plusieurs millions d'euros.

Je ne le connaissais pas moi non plus. L'argent n'était pas un sujet dont nous débattions avec mes parents. Ezra et Maud gardaient toujours leurs comptes secrets, ils cachaient le prix des choses. Ils étaient dépensiers, mais pas généreux, et ils détestaient par-dessus tout qu'on puisse évaluer leur train de vie. Ils avaient peur des jaloux, peur du fisc, peur de se retrouver sans rien. Ils savaient que c'était possible.

– À peu près à la même époque, poursuivit Duval, ils ont également vendu cet appartement.

– Quel appartement ?

– Celui-ci. Celui où nous sommes.

– Vous plaisantez ?

– Non. Ils ont procédé à une vente viagère. Je suis désolé, je pensais qu'ils vous auraient mise au moins au courant de cela.

– Ils ne m'ont mise au courant de rien, monsieur Duval.

– Maman…

– Quoi ?! Je mens ?!

Le cri que je poussai en disant cela me surprit moi-même. Mais j'étais au-delà du choc, au-delà de la sidération.

– Poursuivez, ordonna Simon.

Duval chercha un instant dans ses notes où nous en étions, puis reprit :

– La rente de la vente viagère était de 5 000 euros par mois, et le bouquet de 500 000 euros. Sur le produit de ces deux ventes (leur appartement et leur agence), vos parents ont reversé près de 70 % à l'administration fiscale française, ventilés entre les impôts dus au titre des sociétés, du revenu et de la fortune. S'ils avaient gardé cette somme en propre et que vous en aviez hérité, vous auriez dû à nouveau payer 40 % au Trésor public pour régler les droits de succession. Or le montant restant ne vous aurait jamais permis d'acquitter les droits de succession des Bulles en raison de l'explosion de l'immobilier sur la Côte d'Azur – merci les Russes et les Qataris ! –, bref, il vous aurait fallu vendre cette maison.

– On ne la vendra jamais, lâcha Simon.

Duval eut à l'endroit de mon fils un sourire amical, puis il sembla un instant partir loin dans ses pensées, et quand il fut de retour parmi nous, il confessa ce que mon père lui avait dit une année, alors qu'il était venu leur rendre visite aux Bulles : « Cet endroit est ce que nous avons fait de mieux sur cette terre, ma femme et moi. Quand nous sommes arrivés, il n'y avait que des ronces et des grillons, on ne voyait même pas la mer. Nous n'avons pas bâti une maison, nous avons sorti de terre un paradis, à l'abri du bruit du monde. »

Simon fut pris d'un sanglot bruyant. Vincent attrapa la main de son fils, et je pensai qu'il fallait que tout cela cesse. Il fallait que nous sortions de ce cauchemar, mais Duval arracha une feuille de son bloc et se mit à dessiner, sous forme de schéma, le *dynasty trust* mis en place par ses soins pour éviter la vente des Bulles.

– La première étape, dit-il, a consisté à créer une société luxembourgeoise de titrisation immobilière, la société Dimdak, contraction de Dim et de Kodak, deux des campagnes dont vos parents étaient le plus fiers. À cette société, ils ont prêté le montant de la vente de M.E.K. et de Georges-Mandel, et fort de cet argent, Dimdak a pu acheter Les Bulles. Dimdak a simplement émis à vos parents une reconnaissance de dette sous forme d'obligations. La vente des Bulles au profit de Dimdak a eu lieu le 27 avril 2014, en conséquence de quoi, depuis cette date, juridiquement, vos parents n'étaient plus les propriétaires de leur maison. Et puisqu'ils n'en étaient plus les propriétaires, eh bien il est logique que Les Bulles n'entrent pas aujourd'hui dans leur succession. Par ricochet, cela signifie que vous ne pouvez pas en hériter, et donc, que vous n'avez pas à vous acquitter des droits de succession que la loi française vous aurait normalement réclamés. Quant aux impôts sur la fortune immobilière, la société Dimdak étant une société luxembourgeoise, elle en est exemptée.

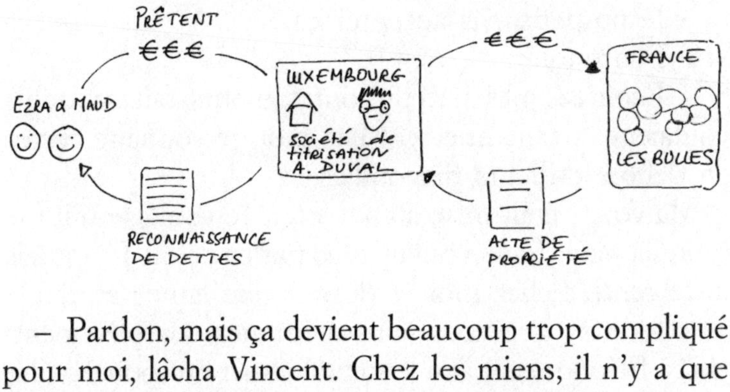

– Pardon, mais ça devient beaucoup trop compliqué pour moi, lâcha Vincent. Chez les miens, il n'y a que des pauvres, alors au mieux, on hérite des dettes ! Finalement, c'est peut-être plus simple.

Il se leva et l'on ne put détourner le regard de sa silhouette jusqu'à ce qu'il quitte la pièce.

– Ce qu'il est chiant quand il est comme ça, lâcha Simon, avant de se redresser dans son fauteuil et de dire à Duval : Je ne suis pas sûr d'avoir tout compris. Vous pouvez nous réexpliquer ?

– Réexpliquer quoi, Simon ? m'entendis-je aboyer. Ezra et Maud m'ont déshéritée de cette maison, c'est aussi simple que cela.

– Mais non, pas du tout ! s'exclama Duval. Au contraire, ils vous ont permis de la garder, car ce qui vous revient aujourd'hui, c'est la reconnaissance de dette contractée par Dimdak envers eux, et qui oblige Dimdak à vous louer Les Bulles jusqu'à ce que mort s'ensuive. Dans les faits, vous restez donc totalement propriétaire.

– Je ne peux pas accepter ça.

– Pourquoi ?

– Écoutez, mes parents ont toujours fait ce qu'ils voulaient et tant mieux. Mais moi, je souhaite rester en dehors de leurs magouilles.

Ma voix s'était mise à chevroter. Je voulais qu'il me foute la paix. Je ne voulais plus parler de ça. Je voulais juste rentrer chez moi et dormir une année entière.

– Je crois que vous vous méprenez complètement, chère Éléonore. Et j'en assume l'entière responsabilité, car cela signifie que je vous ai mal expliqué les choses. Il y a certes une optimisation fiscale dans le montage que vos parents ont fait, mais cela n'a rien d'illégal. Ce qui l'est, c'est l'abus de droit, or en l'espèce, il n'y en a aucun, parce que la titrisation immobilière a des conséquences *réelles* sur la détention des actifs. Dans les faits, vous profiterez de cette maison comme par le passé, mais vous n'en serez pas la propriétaire.

J'essayai de rassembler mes neurones, de ne pas me faire bouffer par mon émotion, et de poser les bonnes questions :

– Cela signifie que si je veux m'en séparer, c'est impossible ? Je ne peux pas la vendre, par exemple ?

– Non, répondit Duval comme à une enfant de huit ans, vous ne pouvez pas la vendre car on ne saurait vendre quelque chose qu'on ne détient pas. Or, comme je vous l'ai expliqué, Les Bulles, depuis quatre ans, appartiennent à Dimdak, et Dimdak appartient à ma société de gestion en patrimoine. Ce sont vos parents qui l'ont décidé.

Il y eut une longue minute de silence. Puis Simon, paniqué, demanda :

– Donc vous, vous pouvez vendre la maison de mon enfance ?

– Non. Enfin en théorie, oui, bien sûr. Mais dans les faits, et ce sont les faits qui comptent, ma société est tenue par contrat de vous la louer jusqu'au remboursement intégral de la somme prêtée par Ezra et Maud à sa création.

– La louer, ça veut dire quoi ? demandai-je. Que je devrai payer chaque mois ? Payer au lieu d'hériter ?

Duval transpirait de plus en plus. Il avait envie d'en finir lui aussi.

– Oui, mais vous n'aurez rien à débourser, puisque j'ai une dette envers vous qui m'oblige justement, pour l'éponger, à vous louer Les Bulles quasi gratuitement. Et c'est cette obligation qu'il faut regarder. Avec une telle clause dans notre contrat, même si je le souhaitais, je ne trouverais jamais d'acheteur !

Duval marqua une petite pause puis, voyant que j'étais en train de me noyer dans ses explications, il ajouta, compatissant :

– Ne vous inquiétez pas, Éléonore. Tout est verrouillé à votre avantage. Nous avons une grande expérience dans ce domaine. Tous les jours, nous élaborons ce type de montage pour des grandes fortunes partout dans le monde, et tout se passe très bien.

Duval me remit une pochette bleu marine comprenant des documents informatifs sur le *dynasty trust* et son objet, c'est-à-dire Les Bulles (dessins, plans, documents administratifs), puis il me précisa que par souci écologique, la signature des papiers serait entièrement dématérialisée. Mais il n'allait pas m'embêter avec ça aujourd'hui, il était charitable ! L'instant d'après, je me levai et, prétextant un besoin urgent de marcher, je quittai seule l'appartement de l'avenue Georges-Mandel. Dehors, des enfants s'en revenaient de déjeuner. C'était leur premier jour de classe et il n'était que treize heures trente, quand j'avais la sensation qu'une décennie entière s'était écoulée depuis le matin. Je repensai au coup de fil du commissaire, à la morgue, et puis à cette lettre de mes parents que Duval m'avait lue à haute voix. *Pour nous, l'histoire était terminée*. Mais de quelle histoire parlaient-ils ? Je n'avais pas la réponse, et ces mots me dévoraient le cerveau. C'était la pire heure du jour. Le mercure avait encore grimpé, floutant l'asphalte à l'horizon. En longeant les cafés de la place du Trocadéro, j'entendis une gamine désigner à une autre la femme à la robe rouge qui passait, pieds nus, devant elles. Je ne compris pas tout de suite qu'elle parlait de moi. La fillette dit que je ressemblais à un zombie, et sa copine à une folle sortie de l'asile. Au mot *asile*, je me retournai. Les deux mômes étaient maintenant en train de montrer mes pieds du doigt, d'un air dégoûté de petites pestes. Je baissai les yeux et constatai, horrifiée, que j'avais oublié de rechausser mes sandales. Deux êtres se suicident en se racontant qu'ils commettent un acte qui n'engage qu'eux, mais en réalité, c'est votre santé mentale qui fout le camp, votre vie entière qui bascule.

Les autopsies d'Ezra et de Maud furent réalisées comme annoncé par Alexandre Duval, au quatrième jour après leur décès. Elles établirent qu'ils étaient morts tous les deux par asphyxie en raison du sac plastique qu'ils s'étaient enfoncé sur la tête, mon père en premier, ma mère, trois secondes trente-sept après lui, en conséquence de quoi le rapport concluait que ces deux morts dites violentes au sens des articles 81 et 82 du Code civil ne maquillaient aucun assassinat : il s'agissait bel et bien de deux suicides.

Il fallut retourner à la morgue. J'y allai accompagnée de Simon, et bien sûr de Duval, qui non seulement ne voulait plus nous lâcher, mais trouvait toujours le moyen de se rendre indispensable – un papier manquant, une autorisation à obtenir, une démarche impossible à effectuer en ligne, et il était là. Vincent, lui, n'avait pu se libérer en raison d'un engagement dans une librairie, mais il avait été convenu qu'il nous rejoindrait en début de soirée à la maison. Duval passa nous prendre en taxi un peu avant quatorze heures, et vingt minutes plus tard, nous étions quai de la Rapée. Il faisait toujours la même chaleur abominable, comme pour nous éprouver un peu plus. On nous fit patienter un long moment à l'accueil où beaucoup de gens arrivèrent, le même masque de malheur sur leur visage défiguré, confirmant ce que nous avait dit Duval quelques jours plus tôt au même endroit : avec le retour des vacances, les morts sur la route avaient explosé, engorgeant l'établissement. Une belle femme en blouse blanche arriva finalement et prononça mon nom. Cheveux d'argent, épaules robustes, peau dorée, elle devait avoir cinquante-cinq ou soixante ans et laissait deviner un corps athlétique que j'imaginais volontiers avoir passé l'été dans les hautes vagues de l'Atlantique, quelque part entre Quiberon et Biarritz.

– Bonjour, dit-elle d'une voix étonnamment douce, je suis la psychologue de l'Institut médico-légal. Voulez-vous voir les corps de vos parents ?

D'un signe de tête, Simon opposa un refus catégorique, transpirant une peur de la mort qui me rappela celle de mes vingt ans.

– Et vous ? questionna-t-elle en se tournant vers moi.

J'aurais eu d'instinct envie de répondre comme mon fils, mais j'avais reçu la veille la visite de mon amie d'enfance, Elsa, qui avait perdu sa mère à l'âge de dix-sept ans et qui m'avait dit : « Léo, il faut que tu voies le corps de tes parents. Moi, j'ai refusé pour ma mère et j'ai mis une vie à accepter son départ. Si tu ne vois pas tes parents morts, tu ne pourras jamais faire ton deuil. »

Avant de suivre la psychologue, je regardai Simon pour m'assurer qu'il était en état de rester seul avec Duval. Il avait beaucoup pleuré depuis l'annonce, et peu dormi. J'étais inquiète pour lui.

– Vas-y, dit-il. À tout à l'heure.

Nous empruntâmes plusieurs couloirs, des escaliers dont le carrelage en damier coquille d'œuf me rappela le préau de mon enfance. La femme marchait en tête et ses pas résonnaient. Elle portait des petits talons bobines dont le cuir lui avait abîmé les chevilles. Mon attention se focalisa sur ce détail jusqu'à ce que nous croisions une femme en larmes, puis plus loin un homme qui portait lui aussi une blouse blanche. Une légère panique commença à m'envahir. La psychologue était maintenant en ligne, elle disait que nous arrivions, et j'eus la sensation d'avoir été jetée dans une mauvaise série B avec un personnage secondaire qui était en train de me conduire tout droit au royaume des morts. Comment allais-je en revenir ? Le temps que je me pose la question, nous nous étions arrêtées devant une porte sur laquelle un écriteau indiquait : SALLE DE PRÉSENTATION.

La femme actionna la poignée puis m'invita à entrer,

ce que je fis la peur au ventre. L'endroit n'avait pourtant rien d'inquiétant. Il ressemblait à une sorte de confessionnal entièrement boisé dont l'un des murs, vitré en partie haute, donnait sur une pièce plus vaste et carrelée de blanc qui me fit penser aux salles de dissection de Janson-de-Sailly, l'établissement le plus proche de l'avenue Georges-Mandel où j'avais été scolarisée de ma sixième à ma terminale. Sur des paillasses carrelées, on y ouvrait des grenouilles en deux, pour voir à quoi un cœur ressemblait.

– C'est derrière cette vitre que les dépouilles de vos parents vont vous être présentées, m'expliqua la psychologue. Elles arriveront avec l'identificateur par cet ascenseur que vous voyez sur la droite. Elles seront allongées sur des brancards, recouvertes d'un drap blanc et disposées juste là, devant nous. Puis l'identificateur découvrira leurs visages et vous pourrez vous recueillir un instant.

– Mais je ne pourrai pas les toucher ? Enfin je veux dire… Je devrai rester derrière cette vitre ?

– Oui.

– Pourquoi ?

– Parce qu'elle matérialise la frontière entre les morts et les vivants. Vous êtes vivante, madame, et vos parents sont morts.

La psychologue pensait-elle que j'aurais pu me jeter sur leurs dépouilles comme beaucoup d'endeuillés le feraient sans cette vitre, débordés par leur chagrin ?

Cela me blessa qu'elle puisse seulement l'imaginer, et je m'entendis lui répondre *Je n'ai pas de chagrin.* Elle ne manifesta aucune réaction. Des gens en deuil, elle en voyait défiler des dizaines par jour, plus rien ne devait l'étonner. Un bruit d'ascenseur brisa le silence. Je dirigeai mon regard vers les portes en acier, au fond à droite de la salle, et je les vis s'ouvrir. À l'intérieur de la cabine, comme elle m'y avait préparée, se trouvaient deux brancards recouverts d'un drap, et derrière ces deux brancards, deux infirmières en blouse blanche accompagnées d'une troisième personne immaculée elle aussi – un homme. Le petit cortège sortit de la cabine et s'avança jusqu'au milieu de la pièce pour s'arrêter devant nous, au centre du tableau vitré devant lequel nous patientions. Les infirmières repartirent aussitôt. On entendit l'ascenseur se mettre en branle et les murs vibrèrent à nouveau. L'homme était maintenant seul avec les deux cadavres de mes parents. Je remarquai qu'il portait des gants, une charlotte et un masque. Il ne lâchait pas des yeux la psychologue.

– L'identificateur, me précisa cette dernière. Il est là pour veiller à ce que les cadavres soient présentables avant d'être montrés aux familles, en particulier en cas d'accident.

Je me demandai si les suicides entraient dans la case « accident », puis je vis l'homme faire un petit signe de tête à la psychologue, se diriger vers l'extrémité droite des brancards, soulever le premier drap puis le second et découvrir ainsi les deux visages de mes parents jusqu'à la naissance de leur poitrine.

Ce que je ressentis alors ?

Rien de ce que j'avais imaginé. Aucune panique. Pas d'effroi non plus, mais cette distance tranquille que provoque la contemplation des œuvres d'art. Était-ce à cause de cette vitre qui me séparait d'eux ? De cette petite tablette en bois sur laquelle je pouvais appuyer mes mains comme devant le vivarium du Jardin des Plantes où Simon, enfant, aimait tant que je l'emmène pour assister au festin des serpents ? Je pensai au cartel qui aurait pu être apposé sur la vitre – *Couple d'humains ayant choisi l'instant de leur mort, Paris, XXIe siècle* –, puis à cette œuvre de Damien Hirst que j'avais vue quelques années plus tôt à la Tate Gallery, à Londres, *The Physical Impossibility of Death in the Mind of Someone Living*, et qui représentait un requin-tigre plongé dans une cuve de formol. Il n'y avait aucun doute sur le fait que cet animal ait été tué, sans quoi, évidemment, il n'aurait pu se retrouver enfermé dans un liquide bleu au deuxième étage d'un musée londonien, et pourtant, comme le titre l'indiquait, la plupart des visiteurs se trouvaient dans l'impossibilité *physique* d'éprouver que ce mammifère marin était mort. Même dans du formol, son enveloppe charnelle, ses petits yeux noirs et sa mâchoire aux mille dents continuaient de représenter une menace. Eh bien dans un autre registre, il n'en allait pas différemment pour mes parents. Oui, même morts, mes parents continuaient à être ce qu'ils avaient été toute leur vie durant, un couple à deux têtes dont je m'étais toujours sentie plus ou moins étrangère, vivant dans une bulle aussi hermétique au reste du monde qu'à leur propre fille, et dont la membrane n'avait jamais été si bien matérialisée que par cette vitre. Ce n'était pas aujourd'hui que j'allais réussir à la briser.

– D'autres familles attendent de voir leurs défunts, dit la psychologue. Il faudrait que nous soyons ressortis d'ici cinq minutes.

Même ici, il fallait donc se dépêcher ? Mais comment, en seulement cinq minutes, parvenir à réaliser la mort de ses deux parents ? Comment intégrer une donnée aussi irréelle, aussi absurde ? J'avais beau regarder Ezra et Maud Kerr avec toute la concentration dont j'étais capable et me répéter en boucle qu'ils n'étaient plus, les mots ne m'étaient d'aucun secours. Ils résonnaient creux. Ils ne me renvoyaient à aucune réalité tangible. Peut-être parce qu'ils n'avaient rien de deux cadavres. Je continuais de les dévisager, mais impossible de les voir autrement que sur leur transat de piscine la semaine précédente à Ramatuelle, elle avec ses beaux cheveux roux disposés en corolle autour de son visage, ses cils teints, ses sourcils tatoués, son front étonnamment lisse pour son âge et ses pommettes trop hautes, gorgées d'acide hyaluronique – lui avec sa tignasse de lion et sa peau tannée comme un vieux cuir. Ils avaient tous les deux l'air en paix, et le teint encore hâlé des retraités dont la vie ressemble à d'éternelles vacances. Pourtant, cela n'aurait pas dû être le cas. Ils s'étaient étouffés. Ils avaient souffert. Leurs cadavres avaient donc fatalement imprimé cette violence, mais toute trace en avait été effacée par les talents d'un thanatopracteur qui s'était appliqué à les maquiller par égard pour nous, leurs proches. Cet homme, ou cette femme, avait aussi cousu et leur bouche et leurs paupières par des points invisibles, faisant de mes parents le modèle parfait du tableau de maître qui m'était maintenant présenté, dans le cadre de la vitre nous séparant. Or ce tableau, puissant et magnétique, révélant la profondeur d'une intimité vermeerienne, je ne pouvais pas imaginer un seul instant qu'Ezra et Maud ne l'avaient pas pensé, composé, colorisé eux-mêmes. Toute leur vie, mes parents avaient fabriqué des images. Et toute leur vie, par ces images et par leurs slogans, ils avaient décidé de ce qui allait ou non s'imprimer dans le cerveau des gens. Leur métier leur avait donné les pleins pouvoirs. Pendant près de cinq décennies, Ezra et Maud avaient choisi ce que leurs semblables allaient porter – des collants Dim, des pulls Benetton, des chaussures Éram –, manger – des barres Ovomaltine, du Banga, de la Ricoré –, penser et même voter – Mitterrand –, comment imaginer qu'ils abandonneraient au hasard la dernière image qu'ils laisseraient d'eux ? Alors que l'identificateur rabattait les deux draps sur leurs visages et que la psychologue m'invitait à quitter les lieux, une évidence m'apparut : Ezra et Maud avaient pensé leur mort comme ils avaient travaillé leurs campagnes publicitaires. Ils s'étaient mis en scène de manière à s'inscrire pour toujours dans la mémoire collective, et les articles, reportages, émissions et colloques qui allaient bientôt tomber en cascade, plaçant leur couple dans la grande famille des amants éternels que sont Orphée et Eurydice, Tristan et Iseult ou encore Roméo et Juliette auxquels les journalistes aimeraient tant les comparer, me prouveraient que je ne m'étais pas trompée : leur double suicide en tenue de soirée dans un palace parisien aura été leur dernier coup de pub. Un coup de génie. *Un stunt* du tonnerre !* auraient-ils dit eux-mêmes en se jetant dans les bras l'un de l'autre après la bataille, seuls au monde dans leur bureau de ministre perché au-dessus de l'Arc de triomphe, au dernier étage de leur agence. Puis ils auraient retiré leurs chaussures et leur veste, ils se seraient servi un whisky *on the rocks* et l'auraient siroté lovés dans leur canapé, un vieux chesterfield

* Dans le jargon publicitaire, opération peu coûteuse dont les retombées médiatiques sont énormes.

qu'ils avaient acheté ensemble aux puces de Saint-Ouen pour fêter leur premier contrat. Il n'y avait pas de doute, et *Forbes* en son temps avait dit vrai, ils étaient vraiment les meilleurs partenaires que le monde de la pub avait enfantés.

Dans le taxi qui nous ramena de cette deuxième visite à la morgue, un souvenir occulté remonta à ma mémoire, celui de mes parents planchant à la grande table Knoll du salon, en juillet dernier aux Bulles. J'étais en effet venue deux fois durant l'été : le dernier week-end d'août avec Simon, mais également trois jours pour le 14-Juillet avec mes amis Pierre et Nicole, un couple d'architectes paysagistes qu'ils aimaient beaucoup. D'ordinaire, Ezra et Maud les entraînaient sur leur terrain pour d'interminables balades, les interrogeant sur leur pelouse, leurs vignes ou le traitement de leurs oliviers, mais cette fois, nous ne les avions quasiment pas vus. Tout le temps qu'avait duré notre séjour, ils étaient restés en tête à tête à l'intérieur, animés par un projet dont ils ne voulaient rien nous dire, comme jadis lorsqu'ils bûchaient à une nouvelle campagne importante.

« Mais qu'est-ce qu'ils fabriquent ? m'avaient demandé mes amis. Ils montent une nouvelle agence ou quoi ?! Ils se lancent dans une énième extension de leur maison ? Ils sont increvables, c'est formidable ! »

L'hypothèse de l'extension s'était avérée la plus crédible, même à leur grand âge, car ils avaient passé leur vie à cela, multiplier les « bulles » autour de la construction ovoïde originelle. Au moment de repartir, je ne m'étais pas gênée pour leur dire :

« Vous croyez que je n'ai pas compris ce que vous manigancez ? Vous avez déjà quatre cents mètres carrés, pourquoi voulez-vous encore vous agrandir ? Vous passez votre temps à vous plaindre du coût des charges et vous ne supportez plus d'y passer l'hiver à cause de l'humidité, comment allez-vous suivre le chantier ?

– Quel chantier ? Mais de quoi parles-tu ? m'avait rétorqué mon père avec brutalité. Arrête un peu de t'inquiéter pour nous comme ça. C'est insupportable, on dirait qu'on est devenus tes enfants.

– Oui, parfaitement, lui avais-je dit. Parce que s'il y a un problème, c'est moi qui devrai m'y coller. »

Ezra et Maud s'étaient regardés, et ils avaient échangé un sourire moqueur qui m'avait profondément humiliée. Un sourire qui disait : *Ma pauvre chérie, tu prends vraiment tes rêves pour la réalité. Tu adorerais qu'on te demande quelque chose mais tu sais bien que ça n'est jamais arrivé, et que ça n'arrivera jamais.* Je savais cela, en effet. Parce que très tôt dans leur vie, mes parents avaient décidé qu'ils ne pouvaient compter que sur eux-mêmes, et de ce fait, ils tarifaient toutes leurs relations. Ils payaient des gens pour les servir, les conseiller, les seconder, les accompagner, les soulager, les divertir. Ils ne demandaient rien gratuitement. Ils disaient en se marrant qu'ils voulaient pouvoir se plaindre et gueuler à leur guise, être mécontents, virer les gens si ça leur chantait. Mais en réalité, ils ne plaisantaient pas : aucun affect nulle part, telle était la règle. Et le seul moyen aussi qu'ils avaient trouvé pour se sentir libres, redevables de rien ni de personne, pas même de leur propre fille.

Ce qui m'avait également vexée ce jour-là, c'était l'idée qu'ils aient à nouveau recours à un autre architecte que moi, en cas de nouvelle extension. Mon métier consistait à aider les gens à vivre au mieux dans un espace donné, pourquoi n'en avais-je jamais fait profiter mes parents qui faisaient des travaux tous les trois ans ? Considéraient-ils que je n'avais pas de talent ? Ou que mon univers était trop loin du leur pour espérer aboutir à un projet qui nous aurait plu à tous les trois ? Nous n'avions jamais évoqué cette question ensemble. Elle était l'un des nombreux tabous qui émaillaient notre relation, au point qu'à chaque nouvel agrandissement des Bulles – il y en avait eu huit en tout, dont quatre après l'obtention de mon diplôme d'architecte –, je m'étais toujours arrangée pour passer mes vacances ailleurs. Et maintenant qu'ils étaient morts, eh bien rien n'avait changé : je n'avais pas plus à dire sur leur dernière demeure que sur les précédentes.

Ils avaient tout choisi, tout orchestré, et sans doute tout finalisé juste après ce week-end du 14-Juillet à Ramatuelle, alors que je barbotais, insouciante, avec mes amis Pierre et Nicole dans une eau turquoise à trente degrés. Ensuite, ils avaient dû contacter le Luxembourg et confié l'exécution de leurs dernières volontés à un type que je n'avais jamais rencontré de ma vie mais qui se targuait d'être leur homme de confiance depuis plus de vingt ans, Alexandre Duval. Pourquoi ne m'avaient-ils pas choisie, moi ? Pourquoi avais-je à nouveau été écartée ?

– À quoi penses-tu ? me demanda Simon.

Nous étions toujours dans le taxi, collés l'un à l'autre comme deux enfants perdus.

– À ce qui nous arrive.

On roula encore un moment dans le silence, puis le chauffeur nous déposa sur le boulevard Arago, à quelques centaines de mètres de la maison ; nous avions besoin de marcher tous les deux.

– J'aurais dû dire oui à la psychologue, murmura Simon en arrivant à Denfert. J'ai fait une connerie, j'aurais dû venir avec toi voir leurs corps.

– Pourquoi ?

– Pour les mêmes raisons que toi, croire en leur mort.

Ce serait possible une dernière fois, lors de la mise en bière, mais je n'eus pas la présence d'esprit de le dire à mon fils. Son chagrin était trop grand, il me rendait muette.

REVUE DE PRESSE

***LE PARISIEN*, 2 septembre 2018**
Main dans la main, les amants du Lutetia voulaient mourir ensemble

« On les a trouvés se tenant par la main, les yeux refermés vers d'autres matins », chantait Piaf dans ses « Amants d'un jour ». Ezra et Maud Kerr, 88 et 86 ans, étaient, eux, amants de toujours. Dans la nuit du dimanche au lundi 1er septembre, ils se sont donné la mort main dans la main, dans une chambre du Lutetia, un palace parisien chargé d'histoire. Un geste délibéré et revendiqué, un manifeste pour le droit à une mort douce, et digne.

***LIBÉRATION*, 3 septembre 2018**
Les amants du Lutetia, un pacte suicidaire assumé et revendiqué

Dimanche aux alentours de 20 h 30, deux octogénaires se sont présentés au Lutetia, vaisseau Art déco au cœur de la rive gauche, et ont demandé la chambre qu'ils avaient réservée par téléphone quelques semaines plus tôt. « Ils sont montés tout à fait normalement et ne sont apparemment pas ressortis de la soirée », a confié le directeur de l'établissement au *Parisien* qui a révélé l'histoire. À 8 h 30 le lendemain matin, le garçon d'étage est venu leur servir le petit déjeuner et c'est là qu'il a découvert les deux amants allongés sur le lit, main dans la main, un sac-poubelle sur le visage – Ezra et Maud s'étaient donné la mort ensemble.
Deux écrits ont été retrouvés sur place : le premier destiné à leur fille unique et l'autre, à l'adresse du procureur. « La loi interdit l'accès à toute potion létale qui permettrait une mort douce, lui ont écrit les époux Kerr. La loi condamne donc toute personne qui voudrait quitter sereinement la vie à des pratiques barbares comme l'étouffement, la strangulation, la pendaison, ou le saut sur une rame de métro – belle huma-

nité ! » Puisse la voix déchirante des époux Kerr être entendue par nos dirigeants.

***ACTU J*, 3 septembre 2018**
Nous irons mourir au Lutetia

Le couple d'octogénaires retrouvés morts lundi 1er septembre dans une chambre du palace de la rive gauche n'avait visiblement pas choisi ce lieu par hasard. Nos confrères d'i24NEWS ont en effet révélé que les époux Kerr avaient été des enfants cachés, et que c'est dans cet hôtel réquisitionné d'abord par la Gestapo puis par l'État français pour accueillir les survivants des camps nazis, qu'ils seront venus chaque jour de l'été 45 dans l'espoir de retrouver les leurs. C'est donc ici que tout a commencé et que tout se termine - la boucle est bouclée.

***L'HUMANITÉ*, 5 septembre 2018**
« À la vie, à la mort »

Tel était leur pacte, et ils l'auront respecté jusqu'au bout : ce 1er septembre, en se donnant la mort ensemble dans une chambre de l'hôtel Lutetia, les époux Kerr ont apporté une pièce de plus au débat sur la fin de vie dans la dignité. C'était un engagement de François Hollande, non tenu à ce jour. Jean-Luc Romero, président de l'Association pour le droit de mourir dans la dignité, le déplore et défend le suicide assisté par opposition au suicide tout court, qui n'a rien d'une mort douce et qui est une violence pour les proches aussi. L'Élysée a fait savoir qu'il y aurait un projet de loi sur la fin de vie avant la fin de l'année, mais rien n'a été dit sur le contenu, et les délais d'ici là paraissent bien courts. Les associations attendent avec impatience le calendrier législatif.

***LE MONDE*, 8 septembre 2018**
Les amants du Lutetia ou la mort comme projet de fin de vie

Camus l'a écrit dans *Le Mythe de Sisyphe* : « Il n'y a qu'un problème vraiment sérieux, c'est le suicide. Juger que la vie vaut ou ne vaut pas la peine d'être vécue, c'est répondre à la question fondamentale de la philosophie. » Cette question, les époux Kerr y ont visiblement longtemps réfléchi si l'on en croit leur petit-fils, Simon Epstein, qui s'est exprimé dans les colonnes de *L'Obs* la semaine dernière : « Je crois que les prothèses de genou et de hanche qu'ils se sont fait poser il y a sept ans auront accéléré leur décision. Ils n'avaient pas tellement peur de mourir. Ce qu'ils redoutaient surtout, c'était la séparation et la dépendance, deux souffrances qu'ils se seront épargnées. » Selon un récent sondage IFOP réalisé pour le compte de l'ADMD (Association pour le droit de mourir dans la dignité), 78 % des Français seraient favorables à la légalisation de l'euthanasie et du suicide médicalement assisté, ce qui explique le grand nombre d'hommages rendus sur les réseaux sociaux aux amants du Lutetia depuis la découverte de leurs corps. Entre autres hommages, retenons cette vidéo devenue virale dans laquelle une petite fille pose devant l'hôtel mythique et nous dit : « Où qu'ils soient, nous les espérons ensemble, et en paix. »

Entre l'annonce de leur décès et leur crémation, ces articles m'arrivèrent plusieurs fois par jour via des notifications dans la rubrique News de mon iPhone, et c'était chaque fois un petit coup de poignard dans le cœur que de voir l'histoire d'Ezra et Maud livrée au plus grand nombre. J'avais tellement peur des inexactitudes, des fautes, des affabulations. Non, mes parents ne s'étaient pas mis un sac-poubelle sur la tête, mais un sac de congélation ; non, ils n'avaient pas tous les deux subi une opération pour accueillir une prothèse de genou – mon père oui, mais ma mère n'importe quoi, ma mère, c'était la hanche –, et non, ils ne s'étaient pas rendus chaque jour de l'été 45 au Lutetia puisque le 14-Juillet de cette année-là, ils dansaient au bal de Tarbes, une photo d'eux au pied de la tour mauresque du Jardin Massey l'atteste. C'est la seule photo qui existe de cette période-là. La seule photo qui ait été sauvée de leur adolescence et c'est moi qui l'ai – je la leur ai volée aux Bulles et je ne leur ai jamais rendue.

Dans un énième article que je reçus le matin des obsèques, le journaliste qualifiait leur mort de « magnifique » et l'envisageait comme « le point d'orgue d'une histoire d'amour de tous les jours, une histoire qui aura duré plus de soixante-dix ans ». De quel droit cet homme qui ne connaissait pas mes parents, qui ne les avait jamais rencontrés, avait-il pu écrire une phrase pareille ? Moi-même, je ne savais pas si Ezra et Maud s'étaient aimés. *Réellement aimés*, je veux dire. Si dès le début de leur histoire, ils s'étaient désirés, manqué, adorés. Non, je ne savais pas s'ils s'étaient rencontrés et choisis par amour – ils ne me l'avaient jamais dit – ou si la vie les avait assemblés par commodité car ils s'étaient retrouvés au même endroit, au même moment, et que cheminer ensemble leur avait paru plus facile que d'avancer seuls. Le mot *amour* serait alors venu bien plus tard, peut-être même seulement à la toute fin, faute de mieux, pour nommer une relation qui en vérité en était totalement dépourvue. Car qu'est-ce que l'amour, sinon trouver du plaisir au bonheur d'autrui ? Et ce plaisir-là, je ne crois pas que les Kerr l'eurent jamais connu, tout simplement parce que la notion d'altérité était étrangère à leur couple. Mes parents n'existaient pas en tant qu'individus, en dehors de cette entité à laquelle leur mariage avait donné naissance. Ils n'avaient pas de vie propre. Ils avaient plein de relations mais je ne leur connaissais aucun ami, même d'enfance, qui leur aurait permis d'échapper l'un à l'autre. Ils n'avaient pas de famille non plus. Pas de mère, pas de père, pas de sœur, pas de cousin à qui chacun aurait pu se confier, ni de passion qui aurait été une fenêtre vers un ailleurs. Ils n'avaient rien qu'ils ne partageaient pas – leur feuille d'impôts, leur boîte aux lettres, leurs comptes en banque –, tout leur était commun, et ils étaient toujours fourrés ensemble, pour le meilleur, mais aussi pour le pire. Le pire ? C'était peut-être toutes ces fois où ma mère avait accueilli chez nous les maîtresses de mon père et où, taisant sa jalousie, elle s'était occupée de ces filles bien plus jeunes et plus jolies qu'elle, mannequins pour les campagnes publicitaires qu'ils dirigeaient de concert. Russes, polonaises, norvégiennes, argentines, brésiliennes, ces filles venaient passer leurs vacances aux Bulles ou leurs dimanches d'hiver à Georges-Mandel, je les revois encore allongées telles des odalisques sur le lit nuptial où ma mère leur apportait un plateau-repas pour eux trois tandis que j'avais soupé seule, dans la cuisine, un peu plus tôt dans la soirée. Ces filles sublimes, mon père les tirait à la sauvette dès que ma mère avait le dos tourné. Il faisait cela dans le garage qui abritait leur voiture commune, une magnifique Coccinelle noire décapotable, ou bien dans la Coccinelle elle-même, sur la banquette arrière, ou encore dans le bureau qu'ils partageaient au dernier étage de l'agence M.E.K., je l'avais surpris une fois, alors que je venais leur rendre visite. Et l'été, les choses étaient encore plus simples. Il lui suffisait de soulever le paréo ou d'écarter le lacet du bikini et le tour était joué. Le tour se jouait généralement sur le parking des Bulles, après le dîner, ou au cœur des après-midi brûlants dans les coins les plus frais de cette maison ovoïde dont ils avaient tout choisi ensemble, jusqu'à la moindre petite cuillère. Comment ma mère pouvait-elle supporter cela ? Où trouvait-elle la force d'abnégation nécessaire pour fermer à ce point les yeux ? N'y tenant plus, une année, je lui avais lâché le morceau. Je devais avoir treize ou quatorze ans et ma mère m'avait giflée – *De quoi tu te mêles ? Je t'interdis de parler de ton père comme ça !* Il ne fallait surtout pas abîmer l'image du couple soudé et harmonieux qu'ils formaient. Parce que ce couple était aussi une société, M.E.K. Agency, qui faisait désormais plusieurs centaines de millions de francs de chiffre d'affaires, et que, s'il explosait, c'était tout un système qui risquait de s'effondrer avec lui, des actifs, des salariés, du patrimoine immobilier. Cela ne m'empêcha pas de recommencer. Cette fois, j'étais majeure, et la jeune femme meurtrie d'avoir une mère pareille, une mère capable par soumission de donner à sa fille une si piètre image de la femme, lui avait posé la question un jour au déjeuner, devant une dizaine de convives. Mais Maud ne s'était pas démontée. Elle était demeurée d'une dignité exemplaire pour très calmement me répondre qu'il n'était pas donné à toutes les femmes d'épouser Alain Delon – *Toi, par exemple, Éléonore, tu n'épouseras jamais d'Alain Delon* – et j'avais eu envie de mourir de honte.

Aujourd'hui, cette phrase m'amuse. Ezra avait si peu de ressemblance physique avec l'acteur de *La Piscine*… Petit, chétif, les yeux marron, les cheveux bouclés et la peau laiteuse parsemée de son si typique des Ashkénazes, on l'aurait volontiers rangé du côté d'un Bob Dylan ou d'un Allen Ginsberg, mais certainement pas dans la catégorie des sex-symbols. Il n'y avait que ma mère pour le voir ainsi ! En revanche, c'est vrai, il possédait le charme des grands séducteurs, ce bagout et cette superbe qui donnaient la sensation qu'avec lui, la vie serait toujours une grande aventure. Or ma mère n'avait soif que de cela. Elle exécrait la réalité qui avait fait d'elle une orpheline. Elle voulait être un personnage de roman et que son mari lui en écrive chaque chapitre. Elle, elle ne s'en sentait pas capable. Elle avait l'impression de connaître si peu de chose, comparée à lui. Elle pouvait seulement se tenir à ses côtés, mais c'était une place qui la rendait fière, parce qu'en son temps, être l'épouse d'un homme pareil, un homme qui n'avait ni nom, ni diplôme, ni héritage, mais qui s'était montré capable de transformer en or tout ce qu'il avait touché, suffisait à se tenir droite. Ce dont elle ne se rendait absolument pas compte, c'est que sans elle, il n'était rien. Elle était son épouse, sa mère, sa compagne, sa jumelle, son associée, *son oxygène*. Il ne pouvait pas faire trois pas sans l'avoir dans son champ de vision, seul son avis avait véritablement de l'importance, et quand au détour d'une conversation elle lui rappelait qu'un jour, comme tout le monde, elle rendrait l'âme, il lui ordonnait aussitôt de se taire. Il ne plaisantait pas.

Cet attachement viscéral que mes parents avaient l'un pour l'autre mais qui sautait davantage aux yeux chez ma mère, je l'avais démasqué très tôt chez mon père aussi. Je devais avoir sept ou huit ans. Nous étions partis aux sports d'hiver, et pour faire le malin devant ses amis alors qu'il n'était monté que trois fois sur des skis, Ezra avait décidé d'entraîner Maud dans un hors-piste. Il ne voulait pas, *monsieur*, faire la queue aux remontées mécaniques. Il trouvait ça tellement plouc ! Il l'avait donc emmenée là où personne n'était encore allé, dans des champs de poudreuse immaculés, vierges de toute trace, où ils avaient pu inscrire les leurs en pionniers, *tout ce que mon père adorait*. Sa joie à lui avait dissipé sa peur à elle, et dans ce paysage sauvage de toute beauté, ils avaient eu un moment la sensation que le monde leur appartenait. Puis comme en mer, le temps avait tourné sans prévenir, et ils s'étaient retrouvés coincés dans un épais brouillard, ils n'avaient plus su où aller. *Suis-moi ! Ne me lâche pas !* avait gueulé Ezra. Ma mère avait obéi, comme d'habitude. Elle l'avait suivi au son de sa voix, et par un écart malheureux, s'était vue chuter au fond d'une crevasse. Ezra avait juste eu le temps d'entendre son cri, la coulée de neige, puis plus rien – il s'était retrouvé seul au monde.

Lorsque je l'avais récupéré, le soir, dans sa chambre d'hôtel, attendant des nouvelles du service de réanimation d'Albertville où les secours avaient déposé ma mère après six heures de recherches, on aurait dit un petit garçon sur le point de devenir orphelin. Il était assis au bord du lit dans son boxer moulant, jambes et torse nus, au plus près du téléphone, et il ne pouvait pas s'arrêter de pleurer, répétant entre deux sanglots que sans elle, il n'y arriverait pas. Je n'avais que sept ou huit ans alors, je le répète, mais je me souviens d'avoir agi comme une maman avec lui, passant la nuit à faire des allers-retours entre le lit et la salle de bains pour lui mettre sur le visage des compresses d'eau chaude, et ainsi apaiser sa peau rougie par les larmes. Au bout de trois jours, ma mère était finalement sortie du coma, puis de l'hôpital, et mon père s'était remis à la tromper.

Ma mère souffrait-elle de l'existence de ces femmes ? De la comparaison à laquelle elles la soumettaient dans le regard de mon père ? Au début, sans doute, par péché d'orgueil comme n'importe quelle épouse cocufiée, mais très vite, je crois qu'elle en avait pris son parti – *Moi, au moins, je ne suis plus obligée de me taper le devoir conjugal*, l'avais-je un jour entendue dire à une invitée. Et puis elle avait cette grande force de se moquer du qu'en-dira-t-on. Ce que pensaient les gens n'était pas son problème, d'autant que les gens savaient bien que des deux, elle était celle qui portait la culotte, ce qui, au fond, lui conférait un pouvoir sans limites. Combien de fois n'avait-elle pas décidé d'aller seule à un déjeuner ou à un dîner d'affaires ? À une assemblée générale, un rendez-vous avec un banquier, un notaire, un assureur ? Non qu'elle pensât que son époux ne lui serait d'aucune aide, mais pire, que par un geste ou une phrase inappropriés, il pourrait faire capoter l'histoire. Ezra s'en rendait compte, évidemment, et cela le rendait dingue. Régulièrement, il entrait dans des colères noires, quittait l'appartement en menaçant de ne plus jamais y refoutre les pieds, et pendant deux ou trois jours, Maud n'avait plus aucune nouvelle de lui. Il allait se réfugier à l'hôtel, chez une de ses maîtresses, ou bien passait directement de Chez Régine, leur QG de l'époque, à leur bureau, mais quels que soient le degré et le sujet de leur dispute, Maud ne changeait jamais de ligne. Elle était celle qui *savait*, qui *pouvait*, qui *réussissait*, et Ezra avait beau s'agiter dans tous les sens pour prendre sa part de leurs succès, dans ce tiroir-là de leur vie, il n'était que le mari de sa femme.

En 82 ou 83, cette réalité de leur couple fut immortalisée dans la presse et demeura pour Ezra une cicatrice indélébile. L'histoire avait pourtant commencé de manière anecdotique : une jeune photographe de l'agence réalisant un travail personnel autour des femmes avait demandé à Maud de poser pour elle, et ma mère s'était prêtée au jeu avec plaisir, sans imaginer une seconde que quelques mois plus tard, après le succès de ces tirages, elle se retrouverait non seulement exposée dans une prestigieuse galerie de Saint-Germain-des-Prés, mais en couverture du magazine *PHOTO* sous le titre « Des femmes puissantes ». C'était ainsi que la photographe avait baptisé son exposition, laquelle comptait une vingtaine de très grands portraits de femmes choisies dans des milieux divers. De mémoire, il y avait une juge, une astrophysicienne, une vétérinaire en Afrique de l'Ouest, une écrivaine, une mère au foyer qui avait eu treize enfants (cela m'avait beaucoup impressionnée), une joueuse de tennis du Grand Chelem, une pilote de ligne, une créatrice de mode, une avorteuse, Arlette Laguiller et puis ma mère que le magazine *PHOTO* avait donc choisi de mettre en une. Était-ce parce qu'à cinquante-trois ans, elle était la doyenne de ce petit groupe ? Celle qui gagnait le plus d'argent ? Ou bien parce qu'il se dégageait de sa personnalité une force saisissable au premier regard ? Sans doute un peu des trois. En tout cas, le numéro avait fait parler de lui. Un ministère des Droits de la femme venait d'être créé, Sardou avait fait un tube avec « Être une femme » et les vestes à épaulettes de Thierry Mugler explosaient, il était de bon ton de partout célébrer la puissance des femmes. À la galerie, chaque portrait avait été accompagné d'un cartel racontant le parcours et la fonction du sujet photographié. Celui de Maud, reproduit dans *PHOTO*, la présentait comme l'unique fondatrice *et* directrice de l'agence M.E.K., la plus grosse agence de publicité française après Havas et Publicis. Le nom d'Ezra, lui, n'était même pas mentionné.

Mon père en voulut à mort à ma mère pour cette exposition et ce reportage. Elle n'en était pourtant pas responsable, mais d'être ainsi gommé de sa propre histoire le rendit malade. Des mois durant, il la harcela pour qu'elle réclame d'exercer son droit de réponse. Il pensa même qu'avec un peu d'autorité, elle pourrait obtenir la couverture d'un prochain numéro, où cette fois ils poseraient tous les deux, pourquoi pas comme pour la photo dans le hall de leurs locaux de l'avenue Hoche. Cette idée saugrenue déclencha chez Maud un fou rire que j'entends encore quarante ans plus tard, et qui dévora mon père de l'intérieur. Pendant des semaines, il ne voulut plus ni lui parler, ni la regarder, il se sentait trop trahi, et ma mère eut beau faire son maximum pour tenter de rattraper le coup, rien n'y fit. Je me demandais comment ils faisaient pour travailler encore ensemble, dans le même bureau. À la maison, mon père passait ses soirées au téléphone, et depuis ma chambre je l'entendais parler de sa nouvelle boîte avec ses mystérieux interlocuteurs, une société civile immobilière censée acheter et rénover des biens laissés à l'abandon partout en France. Il avait choisi d'appeler cette boîte Kerr & Fille, et puisque je voulais devenir architecte, eh bien c'était avec moi qu'à l'avenir il travaillerait. J'étais aux anges ! Enfin l'un de mes parents me considérait pour ce que j'étais et me faisait une vraie place dans sa vie. Forte de cette révolution, chaque jour après l'école, je m'appliquais à dessiner des plans qui pourraient nous servir plus tard. Mais il n'y aurait pas de plus tard, malheureusement. Cette entité juridique resterait une coquille vide, une personne morale sans autre objet que de rendre Maud jalouse – Kerr & Fille contre M.E.K. –, et cela fonctionna à merveille : Maud, enragée contre nous (et surtout contre moi qui étais devenue sa pire rivale), envoya une lettre au rédacteur en chef du magazine *PHOTO* pour obtenir un encart de dix lignes qui rétablirait la vérité sur M.E.K. Ezra avait gagné, un partout, la balle au centre.

Cet épisode aurait pu les conduire à la séparation, toute leur vie ils s'en souviendraient comme d'un *moment dangereux*, et pourtant, les ardeurs d'Ezra ne s'en trouveraient pas plus longtemps calmées qu'après l'accident de ma mère à la montagne. Très vite, il se remettrait à séduire tout ce qui bouge, parce que pour lui comme pour la plupart des hommes de sa génération, les filles étaient un marqueur de réussite sociale. Mon père ne parlait d'ailleurs jamais de ses maîtresses, mais de ses *conquêtes*. Une femme était un trophée, un territoire qu'il disputait et sur lequel il pouvait, en cas de victoire, planter son drapeau. Et ma mère y croyait puisque les mots le disaient. Alors avec cette docilité qui caractérisait si bien son sexe, elle continuait d'accueillir et de servir toutes ces filles magnifiques qui couchaient avec son mari et qui, de campagne publicitaire en campagne publicitaire, leur rapportaient toujours plus d'argent.

Est-ce cette fortune qui aura tout pourri, tout vicié ? Parfois, je le crois, et me plais à imaginer que pauvres, mes parents auraient été plus gentils l'un envers l'autre. Plus doux. C'est une connerie, bien sûr, mais la rudesse de leurs rapports m'incline aux « si ». Une telle mesquinerie pouvait les animer. Ils étaient pleins de cette jalousie de bas étage réservée d'ordinaire aux rapports fraternels. Ils adoraient s'épier, se jauger, croiser le fer et se faire tomber. Ils étaient violents l'un envers l'autre. Ils n'avaient peur ni des coups de sang, ni des mots de trop. Ils se disaient souvent des horreurs, puis pendant plusieurs jours cessaient complètement de se calculer, façon Gabin et Signoret dans *Le Chat*, de Granier-Deferre. La première fois que j'avais vu ce film, je n'en étais pas revenue. J'avais eu l'impression que le scénariste s'était introduit chez nous en planque, pendant une de ces périodes d'ignorance réciproque dont mes parents avaient le génie. Comme Gabin et Signoret dans ce film, ils pouvaient s'asseoir côte à côte dans leur cuisine sans s'adresser un seul mot, un seul regard, et dîner chacun le plat qu'il s'était cuisiné – cela me sidérait.

Longtemps, j'ai espéré que mes parents divorcent. Pour plus de calme, plus de dignité, et peut-être aussi, c'est vrai, dans l'espoir de voir naître chez eux autre chose qu'un époux et une épouse – un père et une mère, par exemple. Ou même tout simplement un homme et une femme, ce que leur couple ne leur permettait pas d'être. C'était pour cela que par moments leur tandem me faisait horreur. Enfermés dans une cage verrouillée à triple tour, mes parents n'avaient pas d'autre choix que de s'entre-dévorer. Pourquoi restaient-ils ensemble ? Je n'arrivais pas à le comprendre, surtout du point de vue de ma mère, qui n'avait pas été écrasée par des modèles de femmes soumises. Toutes les femmes autour d'elle étaient mortes ! Et Maud n'avait rien gardé de leur héritage, aucune coutume venant de sa mère ou de sa grand-mère. Elle ne savait pas cuisiner de plats polonais, elle ne s'était jamais servie d'une machine à coudre ni même d'une aiguille et d'un dé, elle ignorait tout ou presque des fêtes juives et se fichait complètement de son intérieur. Ce qui lui plaisait, c'était sortir avec mon père.

Aller avec lui au bureau, au restaurant, dans des cocktails et dans des fêtes, et puis porter des jeans, des cuissardes, des blouses à fleurs, mais surtout, pas de soutien-gorge ! Au fond, elle était une vraie fille des années 70. Une de ces filles en col roulé moutarde qui fumait cigarette sur cigarette et qui, pour ne pas s'encombrer d'un môme dont elle aurait eu la charge, avait choisi par trois fois, avant ma naissance, d'avorter dans une chambre de bonne au sixième étage d'un immeuble de la petite ceinture. Ezra l'avait toujours soutenue, ne voyant pas, lui non plus, *l'utilité* de se reproduire. À la rigueur, à l'époque des princes et des rois, pour transmettre le nom et les terres, mais après la Shoah et Hiroshima, cela n'avait pour eux aucun sens. *La vie n'a aucun sens*, disaient-ils d'ailleurs à tout bout de champ, et ce n'était pas chez eux un abus de langage. L'absurdité de notre condition, ils l'avaient tous deux expérimentée dans leur chair, au début de leur existence, pourquoi seraient-ils allés jeter dans un tel bordel un être innocent qui n'avait rien demandé ? C'eût été d'un égoïsme crasse. Trois fois de suite, ils avaient donc fait preuve d'altruisme et eu recours à cette fameuse faiseuse d'anges, Dorothée Levanant. Je connaissais ce nom pour l'avoir entendu plusieurs fois dans leur bouche, comme le nom de celle à qui ils devaient tout, c'est-à-dire leur liberté. Pourtant, au troisième avortement, ma mère avait bien failli y passer. Elle avait souffert d'une hémorragie et s'était, selon ses propres mots, *vidée comme un goret*. Mais jamais ni l'un ni l'autre n'en avaient voulu à cette femme. À sa quatrième grossesse, ma mère avait simplement décidé qu'elle n'y retournerait pas. Ezra avait compris. Il n'avait pas fait d'histoires en dépit de sa déception, et ainsi avais-je pu tranquillement poursuivre ma croissance intra-utérine, devenant dans la vie de mes parents ce qu'ils appelleraient plus tard *un accident*. Ce mot avait souvent choqué leur entourage et ils ne comprenaient pas pourquoi. Ils disaient *Mais enfin, vous croyez quoi, que ce n'est pas par un merveilleux accident que l'Humanité est arrivée sur terre ? Un accident, ça peut être heureux !* Et puis à moi, tout bas :

– Les gens sont des cons, Éléonore, ne les écoute pas. Tu es notre très, très heureux accident.

Les deux cents invités conviés à la crémation nous attendaient massés devant le funérarium du Père-Lachaise, près de l'entrée est du cimetière, et nous y arrivâmes, Simon, mes parents et moi, dans un corbillard noir rutilant, à onze heures pétantes. Tous les convives étaient vêtus de blanc, sans exception. Les femmes portaient des robes de cocktail, des jupes aux tissus fluides, des châles qu'elles avaient sans doute jetés tout l'été le soir sur leurs épaules. Les hommes, eux, avaient revêtu leurs costumes en lin crème, des jeans et des T-shirts blancs, on se serait vraiment cru à une communion. Et le soleil éclatant ajouté aux températures encore élevées favorisait cette impression, tout comme l'architecture néobyzantine du bâtiment, qui avec son dôme d'or, ses colonnes et sa façade en pierre pavée de bandes noires horizontales me rappela la basilique Notre-Dame-de-la-Garde, à Marseille, où un an plus tôt jour pour jour, nous avions célébré l'union d'Elsa et de Lionel. Ce fut une fête mémorable, où chaque visage m'était familier. Ici, c'était exactement le contraire. Je ne connaissais personne. Je ne savais pas qui étaient ces gens présents pour mes parents. Je ne les avais pour la plupart jamais vus, et cette ignorance qui racontait à elle seule le genre de rapports que je pouvais entretenir avec eux, ainsi que leur volonté que nous soyons les seuls, Simon et moi, à porter le deuil, c'est-à-dire à être entièrement vêtus de noir telles deux taches sombres au milieu de tout ce blanc, achevèrent de me tendre.

Dès que le croque-mort coupa le contact, Simon commenta la scène :

– Ce monde, c'est dingue... Et tous si bien habillés... Ça me bouleverse.

Il sortit son portable et ouvrit l'appareil photo.

– Qu'est-ce que tu fais ?

– Je veux des souvenirs.

Sans bruit, sans flash, il prit alors une dizaine de clichés qu'il consulta dans la foulée. Il en parut satisfait. Je l'observai un instant et me demandai s'il avait pris un calmant pour affronter la mise en bière qui venait d'avoir lieu, et à laquelle il avait tenu à assister avec Duval. Je n'osais lui poser la question, mais je le trouvais suffisamment détendu pour penser que oui. Le croque-mort sortit fumer une cigarette et j'en profitai pour lui demander comment les choses s'étaient passées.

– Très bien.

Il prit encore quelques images et deux ou trois selfies sur lesquels il voulut que je figure, puis il me raconta qu'un officier de police judiciaire avait été présent dans la pièce tout au long de l'opération. C'était obligatoire en cas de crémation, ce que j'ignorais. L'homme devait fermer les deux cercueils et apposer les scellés, et il l'avait fait à l'aide d'une visseuse. Même après coup, Simon ne semblait pas y croire. *Une visseuse comme celles qui servent pour monter un meuble Ikea…* Alors que des gens se serraient dans les bras dans le cadre de notre pare-brise, il me parla du bruit sourd que cet outil avait fait en enfonçant les mèches dans le bois tendre. L'OPJ avait ensuite fait couler son bâton de cire sur chacune des vis, expliquant à Simon que cela permettait d'empêcher quiconque de réouvrir les cercueils. *Parce qu'il y a réellement des gens qui nourrissent ce genre de projet ?* lui avait demandé mon fils. *Oui, les trafiquants d'organes.* Je lui demandai de se taire, ce qu'il fit durant une minute ou deux, avant de reprendre la parole pour m'assurer qu'il avait bien mis dans les cercueils tous les objets chers à mes parents que nous avions collectés la veille ensemble – des cachous Lajaunie, de la poutargue, deux dessins de Simon enfant, une cartouche de Peter Stuyvesant, une photo des Bulles, une autre avec les salariés de l'agence M.E.K., une autre encore de leur mariage en 1946 sur le perron de la mairie du XIe arrondissement, des projets de campagnes pour Dim, Kodak et Cacharel qui leur avaient valu leur succès, du vernis rouge Saint Laurent pour ma mère, leurs paires d'espadrilles noires à tous les deux et leurs lunettes de soleil. La vodka à l'herbe de bison, l'OPJ avait refusé à cause de la crémation, c'était une matière trop inflammable. Simon avait donc repris la bouteille, mais en échange de ce refus, il avait demandé s'il pouvait photographier ses grands-parents et cela lui avait été accordé.

– Tu veux voir les images que j'ai faites ? me demanda-t-il en me foutant son portable sous les yeux.

– Non merci.

– Pourquoi ? C'est bête, ils étaient tellement beaux dans leurs tenues de bal…

Simon parlait des tenues dans lesquelles on les avait retrouvés le matin du 1er septembre dans la chambre du Lutetia. Duval les avait rapportées du pressing et les agents de Darmon Funéraire les leur avaient enfilées : ils porteraient donc ce fameux smoking et cette robe Issey Miyake pour toujours et à jamais, tel qu'indiqué dans leur testament.

Simon prit encore une série de photos et se mit à filmer les convives, mais il n'ajouta plus rien. À quoi bon ? Je connaissais la suite. Il y avait eu ce qu'on appelle *la levée des corps*, puis leur transport en corbillard dans lequel nous nous trouvions à présent. Le cortège était parti une demi-heure plus tôt du parking de l'Institut médico-légal et c'était là, au milieu des utilitaires, fourgons et limousines noires, que j'avais attendu mon fils et mes deux parents morts tout le temps qu'avait duré la mise en bière, entourée de Vincent, d'Elsa et de Magali qui ne s'était pas arrêtée de pleurer. Magali travaillait depuis quarante ans au service de mes parents. Comme chaque année, elle avait passé près de cinq mois avec eux à Ramatuelle sans les lâcher d'une semelle, et si le dimanche après notre départ, elle s'était autorisée à s'absenter une nuit, ce n'était que pour retrouver sa sœur à Saint-Raphaël, qu'elle n'avait pas vue depuis deux ans. Les yeux bouffis par les larmes, la peau rougie et le nez dégoulinant de morve, elle m'avait répété en boucle qu'elle ne se le pardonnerait jamais, qu'Ezra et Maud étaient morts par sa faute, et que si elle n'avait pas été voir sa sœur qu'au demeurant elle ne pouvait pas encadrer, rien de tout cela ne serait arrivé. On avait bien tenté de la consoler, mais rien n'y avait fait : le visage dans ses mains jointes en prière, elle avait hoqueté près d'une heure sans discontinuer, au point de me donner la sensation qu'elle était la fille et moi l'employée de maison. Et si Vincent n'avait pas été là pour la faire monter dans sa voiture, je suis à peu près certaine qu'elle aurait pris ma place dans le corbillard.

– Tout est prêt ! Tout est magnifique ! s'exclama Duval dont la tête venait d'apparaître dans le cadre de ma fenêtre. Les fleurs, l'orchestre, leurs portraits sur le chevalet… Vous allez voir, vous allez adorer ! Et puis personne n'a fait faux bond, c'est extraordinaire.

– Oui, vraiment extraordinaire…, murmura Simon, dont la voix me sembla subitement surgie d'un rêve.

– Pourquoi vous ne m'avez rien dit pour la tenue ? demandai-je à Duval. On est les seuls en noir. On est ridicules.

– Mais vous n'êtes pas ridicules, Éléonore, vous êtes en deuil. Je vais commencer à faire entrer les convives, vous n'aurez qu'à suivre le mouvement. Et puis quand tout le monde sera installé, on lancera l'arrivée des deux cercueils. Mais cool, tranquille… La prochaine crémation n'est qu'à quatorze heures, ça nous laisse le temps.

Duval referma ma portière, et le voyant se poster de dos entre le capot avant et la foule à qui il indiqua d'un geste que le moment était venu d'entrer à l'intérieur du crématorium, je remarquai qu'il s'était changé. À l'Institut médico-légal, il ne portait pas de blanc, et maintenant il en était entièrement revêtu.

– Il s'est changé, dis-je à Simon.

– Oui, j'ai vu. Et alors ?

– Rien. On aurait pu se changer nous aussi.

– Mais qu'est-ce que tu t'en fous ? On ne va pas à une soirée à thème, on va à une crémation ! Je voudrais sortir, s'il te plaît.

Je repliai mes jambes pour le laisser passer, et quand il fut dehors, je refermai immédiatement ma portière. Je ne voulais pas qu'on vienne me dire bonjour. Je ne voulais aller nulle part sans Elsa et Vincent, qui m'avaient promis de m'escorter. Qu'est-ce qu'ils foutaient ? Je leur posai la question dans un texto groupé et, quand je relevai la tête, Simon avait disparu dans la foule des invités. La plupart étaient maintenant entrés dans le funérarium, et il n'en restait qu'une petite poignée à proximité du corbillard. J'en profitai pour sortir et m'éloigner un peu. Trois femmes dont les visages ne m'étaient pas inconnus me suivirent des yeux. Puis l'une d'elles s'approcha :

– Anna. Tu ne me reconnais pas ?

– …

– Anna Mélidès, la fille de Carmen.

– Oh mais oui, pardon…

Carmen avait été la secrétaire de mes parents pendant plus de vingt ans. Elle était morte désormais, mais l'évocation de son seul prénom fit affluer en moi des souvenirs de l'agence que nous avions partagés, nous les enfants, comme des cousins issus de germain, et j'en éprouvai une nostalgie à me faire monter les larmes.

– Ça leur ressemble tellement d'être partis comme ça…, dit Anna. Quelle flamboyance… Exactement à l'image des Noëls qu'ils nous organisaient chaque année, je ne sais pas si tu t'en rappelles ? En tout cas, pour nous qui n'avions pas grand-chose, c'était vraiment extraordinaire.

Oui, bien sûr que je me souvenais des Noël de M.E.K… Cela se passait toujours au siège, dans la grande salle du rez-de-chaussée, où la hauteur de plafond était suffisante pour accueillir la plus grande taille de sapin. Un sapin XXXL aussi bien décoré que chez Harrods à Londres, avec des guirlandes lumineuses, des rubans, des figurines et, à son pied, des cadeaux par dizaines, de toutes les tailles et de toutes les formes. Aucun enfant des membres de l'agence ne manquait ce rendez-vous. C'était un véritable enchantement, comme les lancements de produits dont nous étions la cible et qui se fêtaient dans des cinémas, des cirques, des parcs d'attractions. Nous en repartions les poches pleines de bonbons et de cadeaux promotionnels, c'était la joie. Ces opérations marketing permettaient de créer des liens au sein de la boîte, entre les salariés, mais aussi entre nous, leurs enfants. Nous devenions des amis, des frères et sœurs de cœur, des amoureux, et nous avions envie de nous voir davantage. Voilà comment une année à la Toussaint, Anna, l'aînée des sœurs Mélidès, s'était retrouvée invitée aux Bulles, et moi plusieurs week-ends chez elle, à Grigny. Les trois sœurs habitaient avec leur mère dans un F3 en haut d'une tour depuis laquelle on avait l'impression d'être sur le toit du monde. Les couchers de soleil y étaient magnifiques. On les contemplait assises par terre sur le balcon, adossées contre la baie vitrée et les jambes repliées contre nos poitrines, collées les unes aux autres comme si on avait été sur une plage. Et avant cela, on avait eu le droit de jouer seules au pied de l'immeuble, sans la surveillance d'aucun adulte, cela me paraissait fou… J'avais huit ou dix ans, et n'avais jamais connu de liberté aussi grisante. Une fois le soleil disparu, on rentrait, on se mettait à table, Carmen nous servait une pizza surgelée tout juste sortie du four et ensuite on dépliait les sacs de couchage pour dormir toutes les quatre dans le salon, quelle fête ! Ezra et Maud n'avaient pas de famille, mais avec leur agence, ils étaient parvenus à créer quelque chose qui y ressemblait véritablement. Nous en étions la branche la plus aisée, et de mon point de vue la plus triste parce que j'étais enfant unique et que mes parents n'avaient ni le temps, ni l'envie de s'occuper de moi au-delà de ce qui était absolument indispensable, mais eux, leurs salariés, et par ricochet leurs enfants, ne voyaient pas du tout les choses du même œil. Dans leur regard, Ezra et Maud étaient au contraire de *grands flamboyants*, comme les avait qualifiés Anna, des gens doués pour rassembler et pour célébrer, fêter, dépenser, offrir, prendre soin. Sans le revendiquer, ils s'inscrivaient dans la grande tradition d'un paternalisme industriel que personne n'aurait pensé à fustiger, tout simplement parce que le métier de la publicité venait de naître et qu'il s'inventait au jour le jour. Aussi donnait-il un formidable coup de jeune aux vieilles structures patriarcales et conventionnelles qui s'avérerait peut-être illusoire par la suite, mais qui pour l'heure offrait aux jeunes créateurs la sensation de pouvoir contribuer au changement. Pour cela, il suffisait d'avoir de l'imagination, de l'audace, d'être force de proposition. Et cela se matérialisait par le fait que, dans les bureaux de l'avenue Hoche, l'ensemble des salariés de l'agence M.E.K. travaillait comme aux États-Unis, sur un seul et même plateau sans cloisons ni hiérarchie de postes. C'était le fameux *open space* encore relativement nouveau en France dans les années 70, saturé de lumière, partout pourvu de plantes vertes pour délimiter les différents espaces et dans lequel les gens évoluaient librement, de manière aussi fluide, aurait-on dit, que s'ils avaient été dans de l'eau. Cet endroit me faisait tellement rêver… Chaque fois que j'y passais du temps, je n'avais qu'une hâte, grandir et devenir architecte pour à mon tour appartenir à une communauté aussi harmonieuse que semblait l'être celle qui évoluait sous mes yeux. Cette communauté était l'œuvre de mes parents, la famille professionnelle à laquelle leur couple avait donné naissance, et tout ce qu'il en restait aujourd'hui était là. Je sais que cela leur aurait fait infiniment plaisir.

Anna me serra dans ses bras puis repartit vers ses sœurs, et quelques minutes après, Vincent, Elsa et Magali arrivèrent enfin, essoufflés et en nage. Ils ignoraient qu'ils pouvaient entrer avec leur véhicule, si bien qu'ils l'avaient garé dehors et avaient traversé sous le cagnard tout le cimetière à pied.

– Mais où sont les gens ? me demanda Vincent. Ils sont déjà à l'intérieur ?

– Oui.

– Oui ? répéta Magali. Alors j'y vais, je ne veux pas rater le début !

On la regarda monter en trottinant la volée d'escaliers, et Elsa dit :

– Oui, allons-y aussi, non ?

– Mais vous êtes complètement assoiffés…, m'entendis-je répondre. Vous ne voulez pas plutôt aller boire un verre ? Ça ne va pas démarrer tout de suite, on a le temps.

Vincent se marra, *les chiens ne font pas des chats*. Il me disait cela car c'était exactement ce que mes parents avaient fait le jour de notre mariage. Ils s'étaient pointés à la mairie de Boulbon avec vingt minutes d'avance, et pour échapper à la chaleur écrasante, mon père avait proposé d'aller se désaltérer un peu plus bas sur la grande place, au Café du commerce. Ma mère ne lui avait pas dit non. Ma mère, excepté dans le travail, n'avait jamais su dire non à son mari, même le jour du mariage de sa fille, si bien qu'en poussant la porte de ce bistrot ils étaient tombés par hasard sur d'anciens clients, avaient bu un premier pastis pour fêter ça, puis un autre, puis encore un autre, et la rencontre était tellement inattendue qu'ils en avaient oublié l'heure et la raison pour laquelle ils avaient fait deux heures de bagnole depuis Ramatuelle pour rejoindre un petit village provençal coincé entre le Rhône et la Montagnette. Mais pendant ce temps, je n'avais pas cessé de les chercher dans la salle, de guetter leur arrivée. Et ce qui est terrible, c'est que c'est l'unique souvenir que je garde de mon mariage. Un souvenir teinté de chagrin mais aussi d'espoir, celui de les voir débarquer enfin, jusqu'au dernier moment. Et puis tout au long de cette cérémonie, la boule au ventre bien sûr, la gorge nouée. Et à la toute fin la colère face à leur stratégie de défense quand à peine sortis de la mairie nous les avions vus titubant vers nous, hilares, déjà bien éméchés, et qu'à tous nos amis, ils avaient dit :

« Mais pourquoi notre fille est-elle si furax ? Ok, on a raté les “oui”, mea culpa. Pour autant, il n'y a pas mort d'homme. Nous, quand on s'est mariés, on était tous les deux, c'est tout. On n'avait plus nos parents, plus personne. On n'avait même pas de témoins, il a fallu qu'on aille en alpaguer dans la rue ! Et alors ? C'est ça qui nous a empêchés d'être heureux ? De rester ensemble ? Non, alors qu'ils soient aussi heureux que nous ! Qu'ils y arrivent, au lieu de pleurnicher ! Et après on en reparlera. »

Et puis à moi :

« Oui, Éléonore, tu as bien entendu, tâche d'être heureuse, et crois-nous, ça n'est pas un job à la portée de tous. Et surtout ça commence aujourd'hui, alors souris un peu. Souris, nom de Dieu, sinon sur les photos, c'est tout ce qu'il restera, ta tête de cabinet le jour de ton mariage, c'est ce que tu veux ? »

Les gitans avaient commencé à gratter leur guitare et sous les platanes, Ezra et Maud s'étaient mis à danser, à faire leur show comme d'habitude, si bien qu'assez naturellement, nos amis avaient formé un cercle autour d'eux et commencé à taper dans leurs mains. De cela, je me souviens parfaitement, mais du reste ? Les mots du maire, le regard de Vincent, le goût des plats, le trajet en décapotable, la pluie de riz, la nuit d'après ? Mon mariage entier aura été happé par leur absence à la cérémonie, puis par leur omniprésence ensuite. Car ensuite, il y avait encore eu de la musique, de la danse et du champagne, et ils n'auraient raté cela pour rien au monde. Mes parents ne rataient jamais ce qu'ils aimaient, mais ne se tapaient jamais ce qui les emmerdait. C'était une règle immuable, un principe de vie, *ce qui est pris n'est plus à prendre.*

– De toute façon, lâcha Vincent, ils ne pouvaient pas me blairer, ils n'auraient pas pu t'entendre me dire oui.

– Tu te trompes. Ils t'aimaient bien, c'est ça le pire. Ils te trouvaient intelligent, original, ils avaient même fini par juger ton métier acceptable, surtout après ton premier succès en librairie, mais tout ce qui ne les concernait pas directement n'avait aucune importance. Ils étaient tellement égoïstes. Égoïstes au point qu'ils n'avaient aucun moyen de s'en rendre compte.

– Je sais, je suis resté quinze ans avec toi, je te rappelle… Tu es prête ? Alors prends mon bras et *yallah* ! On n'est pas comme eux, nous. On y va, à leur fête.

Sous le dôme peint en bleu et constellé d'étoiles, dans le prolongement d'une travée fleurie de lys Casablanca, la première chose que je vois ce sont les deux repose-cercueils qui attendent les dépouilles de mes parents. Ils sont éclairés d'une lumière crue semblable à celle d'une poursuite, tandis que le reste de la salle est plongé dans le noir comme au théâtre. Vincent s'engage le premier dans l'allée et nous guide jusqu'au premier rang. Tous les regards sont braqués sur notre petite troupe. J'essaie de les oublier, mais plus je me rapproche de la scène, plus le parfum puissant des lys m'assaille, et me déclenche la même nausée qu'aux Bulles et à Georges-Mandel, jamais je ne m'y suis faite. Simon est déjà installé dans la rangée qui nous est réservée. Je m'assois à côté de lui, Vincent à côté de moi, et Magali à la gauche de Vincent, à côté d'Elsa. Il ne reste qu'une place à la droite de Simon. Je lui donne mon sac pour qu'il le pose dessus, mais il refuse :

– Désolé, c'est la place de Duval.

J'encaisse.

– Et où est Duval ?

– Avec les croque-morts, j'imagine. Il va lancer l'entrée. Tiens, c'est le livret qu'il a fait imprimer pour les invités.

Simon me tend une feuille A4 pliée en deux, dans un grammage épais, sur la première page de laquelle figure le portrait le plus connu d'Ezra et Maud, celui qui accueillait les clients dans le vaste hall du siège de leur agence, avenue Hoche, où il était accroché au-dessus de la réception. C'est aussi le visuel que la presse utilisait pour illustrer ses articles sur M.E.K., et celui que mes parents reproduisaient à longueur d'année sur toutes sortes d'objets promotionnels, briquets, magnets, mugs, T-shirts, boîtes d'allumettes qu'ils laissaient à leurs futurs clients en guise de carte de visite. Ce portrait avait été pris aux Bulles par Jean-Paul Goude en 84 ou 85, et le seul fait de le voir me renvoie à cette journée de prise de vue. Qui s'en souvient dans cette salle, à part moi ? Il faisait chaud comme aujourd'hui, il y avait des assistants partout, de la lumière artificielle projetée en plein jour, des draps noirs pour attraper les reflets et moi qui me baladais pieds nus, en short, seule enfant dans cette ambiance de plateau. Mes parents connaissaient bien le photographe pour lui avoir confié la campagne Kodak qui avait connu un succès retentissant, et d'une certaine manière, ils en portent à jamais les stigmates sur cette image, tous les deux vêtus, comme les petites Kodakettes, d'une marinière à rayures rouges et blanches. Ils sont assis sur les marches moulées dans la résine qui mène au salon fosse, mon père est au premier plan, ma mère juste derrière lui, son bras coule sur son torse telle une couleuvre et ses jambes, calées de biais, repliées en équerre, lui servent de dossier. Leurs corps s'entremêlent, dirait-on. On ne sait plus bien qui est à qui. Une fois de plus, ils ne font qu'un, forment cet être à deux têtes dont le médecin qui les a découverts au Lutetia a parlé aux enquêteurs, seulement ici, ils ne sont pas encore ces vieilles personnes auréolées de leurs noces de diamant, magnifiées par la longévité de leur union dont seul ressort leur amour réciproque. Ils sont dans la force de l'âge. Ils sont au mitan de leur cinquantaine, un même sourire carnassier dévore leur figure, et ce que moi je perçois de leur couple en regardant cette photo, c'est l'entreprise. C'est l'agence qu'ils ont fondée ensemble vingt ans plus tôt et à laquelle ils ont donné leur nom, leur visage, leur corps, leurs soirées, leurs week-ends, leurs vacances – *leur vie*. Il n'y a plus de frontière entre elle et eux. Elle est eux, ils sont elle, et chaque jour, elle les aspire davantage, ce qui n'est un problème pour personne dans cette décennie où l'argent est la seule valeur étalon, où il faut en gagner toujours plus tant la réussite ne se mesure qu'à cela, au fric, mais par chance, Ezra et

Maud ont choisi la bonne branche, la publicité explose et M.E.K. est une machine à cash, l'argent coule à flots, on ne sait plus quoi en faire, on a des billets plein les poches qu'on appelle des Pascal, ce sont des billets de cinq cents francs, les plus gros billets qu'on puisse trouver sur le marché, et on les dépense sans compter, en fringues, en vacances, en restaurants, en nounous pour aller au restaurant et pour partir en vacances sans enfant, et puis le reste, on le glisse sous le matelas comme avant-guerre, mais puisqu'il en arrive toujours plus, on va en déposer cent briques par cent briques dans des mallettes de barbouzes sur des comptes en Suisse au cas où un jour on en aurait besoin, on ne sait jamais de quoi l'avenir est fait, et l'argent, c'est la liberté, *c'est la seule chose qui sauve*, même en temps de paix il faut se souvenir de cette vérité, mes parents me le répéteront à l'envi, et en bons petits soldats ils en amasseront encore et encore plus, *toujours plus*, et ce qui est bien, c'est que ça n'est vraiment pas compliqué, il suffit de trouver les bonnes idées, des phrases et des images qui font mouche, c'est tout ce que demandent les marques, pour le reste elles suivront, elles ont compris que rien n'était trop beau ni trop fou pour créer des besoins qui n'existent pas – il faut bien ce qu'il faut pour soumettre les foules.

Ce jour-là aux Bulles, tout à leur pose face à l'objectif de Jean-Paul Goude, mes parents ne voient pas cet assistant qui m'emmène dans le garage où le matériel du photographe est entreposé. Ils ne savent pas qu'il me prend tout contre lui, contre son sexe que je sens durcir au niveau de ma hanche, et que tout en me montrant les différents objectifs à visser sur le boîtier, il me caresse les cuisses, la taille, les fesses qu'il vient chercher sous mon short. À la fin, l'homme me dépose un baiser humide sur la bouche, mais ça va vite, *très vite*, comme un pickpocket qui vous arracherait votre portefeuille à la sauvette, alors vous pensez que vous avez rêvé, que vous êtes devenue folle, mais quand même, vous devenez toute rouge et vous avez honte, vous y pensez le soir en vous couchant puis les jours qui suivent, ça veut bien dire quelque chose, non ? Oui, bien sûr, mais je garde tout pour moi. Je ne dis rien à mes parents parce que je les connais, je sais trop ce qu'ils me répondraient : *Oh, Léo, ce que tu peux être prude ! Tout te choque et t'effarouche, arrête un peu de faire ta bonne sœur !* C'est ce qu'ils me disent aussi quand je les croise nus dans l'appartement et que je détourne le regard. Mes parents adorent se balader nus. Ils prétendent que leur génération a gagné ce droit de haute lutte, et que ce n'est pas une petite rabat-joie de mon espèce qui les en privera. Ce mot de *rabat-joie*, c'est la pire chose qu'ils puissent me dire. C'est ce qui me donne envie de leur cracher au visage et juste après de m'arracher la peau à mains nues. C'est pire que leurs sexes à l'air qui me dégoûtent, et bien pire aussi que le baiser de cet adulte. Il était beau, lui au moins, et si je suis honnête, cela ne m'avait pas déplu.

Les premières notes de l'orgue retentissent.

Ce sont des notes de funk, de disco, de soul et de RnB que tout le monde connaît. Des notes qui viennent du fin fond de la salle, qui se répercutent jusqu'au premier rang et donnent la sensation d'être dans la cabine même du disc-jockey, là où la musique se décide. Les gens se regardent, incrédules, auraient-ils atterri dans une boîte de nuit ? L'un d'eux se lève et se met à danser. Alors un autre dans une autre rangée lui répond, puis un autre, puis encore un autre, et bientôt l'assistance tout entière se tient debout, prête à se déhancher, alors que les cercueils font leur entrée sur « September », d'Earth, Wind and Fire.

– Maman, allez ! Lève-toi ! crie Simon. Regarde, c'est génial, ils sont morts et ils nous font danser !

Je ne sais pas comment, mais je le fais. Je trouve le courage de me lever, et peut-être même d'applaudir, entraînée malgré moi dans ce grand mouvement de gaieté. Les cercueils continuent de descendre la travée centrale. À mi-chemin, je vois les croque-morts qui les soutiennent. Ils ont enfilé pour l'occasion des vestes à paillettes colorées que les spots font scintiller. Ce ne sont plus les employés des pompes funèbres qui portent les dépouilles de mes parents morts à quatre-vingt-six et quatre-vingt-huit ans sous le dôme de ce funérarium, mais les membres ressuscités du groupe mythique des années 70, avec leurs pantalons pattes d'eph', leurs bottes de cuir et leurs hauts colorés aux motifs psychédéliques comme seuls Maurice White et Philip Bailey en portaient. Je me dis *Ils m'auront tout fait*. Je me dis, depuis la nuit des temps les êtres humains s'occupent de la mort de leurs proches parce que c'est ce qui les aide à canaliser leur chagrin, à faire correctement leur deuil. Ils choisissent la couleur et le bois du cercueil, les vêtements du défunt, le type de fleurs, le déroulé de la cérémonie, et chacun de ces choix est un petit caillou sur le chemin de leur résilience. À quel moment de notre histoire contemporaine tout a foutu le camp ? À quelle date exactement les gens se sont dit qu'ils ne pouvaient plus laisser leur mort entre les mains de leurs enfants, et qu'il fallait qu'ils s'en occupent eux-mêmes ? Je n'en sais rien, sinon que mes parents sont ces gens-là, des êtres convaincus de leur droit inaliénable à disposer d'eux-mêmes. Des gens libres, audacieux, pourvus d'une fantaisie sans limites, à qui tout le monde voudrait ressembler, mais que personne ne souhaiterait avoir comme parents. Et ils sont les miens.

Maintenant, leurs cercueils dansent.

Trois petits pas en avant, deux petits pas en arrière, une légère pause, un déhanchement, puis ça repart. Les gens hurlent, sifflent, n'en reviennent pas. Beaucoup ont sorti leur portable et tendu leurs bras au-dessus de la mêlée pour capter un peu du spectacle, tandis que derrière moi, j'entends quelqu'un dire qu'il voudrait exactement le même enterrement. La même fête, la même joie. Au passage des dépouilles, certains se penchent pour toucher le bois des cercueils et embrasser leurs doigts, comme si mes parents étaient des rockstars, ou bien les rouleaux sacrés de la Torah. À cette évocation, un rire silencieux m'échappe, en souvenir de la choucroute qu'ils allaient chaque année s'enfiler à La Lorraine le jour de Kippour. Mais qui le savait, à part moi ? Qui savait même qu'ils étaient juifs ? Quand je l'ai découvert, je devais avoir dix ou douze ans. C'était un été, on venait d'arriver aux Bulles et on avait trouvé une croix gammée taguée sur notre portail, *Welcome home*. Ezra et Maud n'avaient rien dit. Pas un mot. Ils ne m'avaient rien expliqué non plus, mais voir mon père effacer lui-même cette merde au white spirit, car il était *hors-de-question-que-le-gardien-voie-ça-le-lendemain-à-son-réveil*, m'avait fait plus d'effet que n'importe quel discours. Des croix semblables, il y en avait eu aussi sur la façade de M.E.K., avenue Hoche. Cela avait donné lieu à un petit scandale, un papier dans le journal de l'arrondissement, le discours d'un élu et cette fille dans la cour qui m'avait dit *Ah bon, mais t'es juive ? C'est dingue, ça ne se voit pas du tout !* C'est vrai que je ne portais aucun signe ostentatoire. Pourtant une petite Maguen

David, à l'adolescence, j'aurais bien voulu, pour faire comme ma copine Cécile Sarfati, mais mes parents m'auraient arraché les yeux. Ils ne croyaient pas en Dieu. Ils disaient qu'après Auschwitz, croire était le plus grand des blasphèmes. Ils détestaient autant les croix gammées que les étoiles, et je remarque d'ailleurs, quand ils passent devant nous, qu'il n'y en a pas sur leurs cercueils. Le cortège monte les marches de l'estrade, les rois du disco s'avancent jusqu'au milieu de la scène, puis déposent délicatement les deux dépouilles sur les repose-cercueils et la musique s'arrête.

Duval est sur scène, un micro à la main. Je ne l'ai pas vu revenir.

– Bienvenue à tous, nous dit-il, et merci du fond du cœur d'être si nombreux pour le dernier adieu d'Ezra et Maud.

De longs applaudissements retentissent. Duval attend le retour du silence complet puis se lance :

– Je voudrais vous parler, pour commencer, du parcours exceptionnel des époux Kerr. Je voudrais vous dire comment tout a commencé, avec un bottin. Ezra et Maud n'avaient pas dix-huit ans, aucun diplôme, aucune qualification, pas de famille non plus pour les entretenir, et c'est en feuilletant ce gros annuaire qu'ils ont trouvé la première petite agence qui les a embauchés. Ils l'ont choisie parce qu'elle était à côté de chez eux et qu'elle ne réclamait rien, sinon qu'ils soient motivés et assidus, ce qu'ils étaient ! Ils y ont fait des catalogues et des PLV pour des boutiques de quartier, un travail ennuyeux à souhait, mais ils y ont appris les rudiments du métier et quand en 1961, ils se sont présentés chez Delpire, cela les a follement avantagés, ils savaient de quoi ils parlaient. Ezra et Maud ont découvert ce grand éditeur d'art tout à fait par hasard, un samedi après-midi en entrant chez un concessionnaire Citroën pour prendre des renseignements sur la nouvelle DS décapotable. On leur a donné le catalogue et ils sont littéralement tombés en extase devant les photos. Elles étaient signées William Klein. *Voilà ce qu'il faut qu'on fasse*, se sont-ils dit, *vendre du rêve aux gens !* Et le lundi suivant, ils se présentaient ensemble chez l'annonceur.

Duval poursuit son monologue et je revois, en pensée, les premières photos de Sarah Moon pour Cacharel qui tapissaient nos toilettes, ces posters géants de jeunes filles vaporeuses et romantiques auxquelles j'aurais tant voulu ressembler. Il y avait aussi, sur la table basse en verre de notre salon, ces grandes planches pelliculées au format à l'italienne avec des 2 CV dessus auxquelles mes parents tenaient comme à la prunelle de leurs yeux, et des livres d'art édités par leur ancien patron que je n'avais pas le droit de toucher – *Les Américains* de Robert Frank, *Les Danses à Bali* de Cartier-Bresson, *Les Parisiens tels qu'ils sont* de Robert Doisneau ou encore *Exils* de Koudelka. J'adorais la facture de ces gros livres et la manière dont Delpire était écrit sur la tranche, la queue des *e* qui dépassait de l'interligne et ce *r* qui venait recouvrir le dernier *e* comme pour l'embrasser – on aurait dit que le tout avait légèrement bu. Duval évoque maintenant le premier spot télévisé de l'ORTF pour le Boursin réalisé par Publicis, un petit film de deux minutes dans lequel l'acteur Jacques Duby se réveille en sursaut, traverse son appartement en panique, claque plusieurs portes, déboule dans sa cuisine, se rue vers le frigo et y trouve, enfin soulagé, son petit fromage « ail et fines herbes » favori qu'il s'enfile sur une tartine de pain frais.

– Pour Ezra et Maud, dit Duval, ce spot est un électrochoc. Ils comprennent que leur métier ne sera plus jamais le même et que, dans les années à venir, les marques seront prêtes à investir des millions pour que des gens leur trouvent les images et les mots qui feront vendre leurs produits. Une nouvelle ère commence pour le monde, et pour eux, une nouvelle aventure, celle de M.E.K. Nous sommes en janvier 69. Pour lancer leur « petite entreprise », ils rédigent un publi-rédactionnel qu'ils font paraître dans *Le Monde* et dans *Le Figaro*, et qui s'intitule : « Lettre à un jeune P-DG ». Je voudrais vous la lire pour que vous compreniez vraiment qui ils étaient, l'humour qu'ils avaient, et l'ambition qui les habitait.

Duval marque une courte pause, puis se met à lire :

– « *Monsieur, ne dites pas : Cette lettre n'est pas pour moi ; mon affaire est trop petite. Lisez-la d'abord.*

Vous jugerez ensuite. Nous avons la faiblesse de penser qu'une agence de publicité peut quelque chose pour vous. Nous ne sommes qu'une jeune agence et pourtant nous avons choisi de nous adresser à vous par le truchement d'un grand journal. Le prix des pages de ce journal vous permet de contrôler le degré de notre foi dans notre métier. »

La salle de la Coupole est prise d'un grand rire suivi de courts applaudissements, puis Duval reprend la parole pour introduire un ancien directeur de projet de l'agence dont le physique allongé me rappelle vaguement quelque chose. Cet homme dit s'exprimer au nom de tous les anciens salariés de mes parents. Il évoque lui aussi leur audace, leur liberté, leur courage, et il raconte, à l'appui de ces éloges, ce déjeuner où, emportés par leur idée de campagne de *teasing* – l'une des toutes premières, « *Un jour, j'enlève le haut* » –, Maud s'est retrouvée seins nus chez Bofinger. Les clients choqués avaient alerté le chef de rang qui était venu demander à ma mère de se rhabiller, mais Ezra, ne ratant jamais une occasion de faire un scandale, avait haussé le ton et répondu *Mais monsieur, dites à ces connards que nous ne sommes pas là pour nous amuser. Nous travaillons, nous !* Il avait alors enlevé sa chemise, ordonné à ses collaborateurs d'en faire autant, et tout le monde s'était retrouvé à poil pour terminer le repas, comme à la plage. Dans la salle, les gens rient à nouveau, d'une seule voix, dirait-on.

Pour se donner du courage, le publicitaire attrape le pupitre de ses deux mains et dit tout le manque qu'il éprouve déjà de mes parents. Sa voix se brise, il est ému aux larmes. À la fin, il doit même marquer une petite pause pour ne pas craquer et Simon me dit, en me pressant la main :

– Tu as vu comme ils étaient aimés ? C'est un truc de dingue…

Le publicitaire quitte l'estrade et c'est une petite femme, toute menue, qui lui succède. Elle affirme qu'au salon – de coiffure ? – tout le monde vénérait les Kerr, qu'ils étaient des exemples, et que la façon dont ils sont partis les maintiendra à jamais dans ce rôle de guides, de modèles. Elle sourit beaucoup, comme si c'était un jour de fête, puis Duval revient au centre, fait un signe de main dans notre direction. Je crois un instant que c'est moi qu'il invite à le rejoindre et je lui signifie que non – *Non, non, je n'ai pas du tout envie de parler, je n'ai rien préparé et de toute façon, je ne saurais pas quoi dire* –, mais je me trompe, ce n'est pas moi qu'il interpelle, il sait bien que je ne souhaite pas intervenir, je le lui ai encore dit ce matin à la morgue, c'est Magali. Elle a choisi de dire les paroles de la chanson de Piaf, « Les Amants d'un jour ». Vincent l'accompagne jusqu'à l'estrade, elle se retrouve aux côtés de Duval, et j'ai l'impression qu'elle est plus petite encore que d'ordinaire, comme si le chagrin l'avait rétrécie. Duval lui passe le micro.

Ses mains tremblent, ses lèvres aussi. Oui, ses lèvres tremblent beaucoup, de sorte qu'elle est incapable de lire quoi que ce soit, et au bout de cinq minutes, des larmes roulent à nouveau sur ses joues, lui dessinant deux rigoles de Rimmel noir. Duval se penche à son oreille, sans doute pour lui proposer de retourner à sa place, mais elle fait non de la tête, enfant farouche et butée qui ne lâchera rien. Elle relève le menton, prend une inspiration et se lance. Les premières strophes sont inaudibles. J'entends juste *On les a trouvés / se tenant par la main / les yeux refermés / vers d'autres matins*, et puis beaucoup plus loin : *Mais ils m'ont planté / tout au fond du cœur / un bout d'leur soleil / et tant de couleurs / que ça me fait mal / que ça me fait mal.* La lumière s'éteint.

Quand elle se rallume, Simon m'annonce qu'il a préparé quelque chose. Il se lève, rejoint la scène, et explique à l'assemblée que pour lui, ses grands-parents sont indissociables des Bulles, leur maison de Ramatuelle où il a passé une grande partie de son enfance. Et tout en disant cela, il lance des diapositives où nous apparaissons tous – Ezra, Maud, Magali, Lionel, Elsa, Vincent, Pierre, Nicole, le jardinier, le pisciniste, des mannequins, des invités, des inconnus. Ce sont des images qui ont été prises aussi bien l'été que l'hiver, dans la cuisine, le salon, devant la cheminée ou au bord de la piscine. Sur certains de ces clichés, je me découvre jeune et en maillot, en très très grand sur cet écran, et cela me fait rougir. Je n'entends plus ce que dit mon fils, bien que ma gorge se noue. D'autres photos défilent, du temps de ma propre enfance, et ce sont mes parents maintenant qui deviennent plus jeunes que moi. On les voit aussi sur leur chantier, alors que la maison est à moitié construite, au milieu des ouvriers. Petit à petit, Les Bulles sortent de terre. L'effet rendu est assez incroyable, et chaque pièce est décrite par Simon dont la voix s'est mise à chevroter sous le coup de l'émotion. Je n'en reviens pas de découvrir tout ce qu'il sait de ce lieu. Où a-t-il trouvé les informations, les images ? Sur l'une d'elles, je crois reconnaître ma chambre originelle, celle qui a été détruite pour installer le puits de forage. Ezra et Maud avaient prévu de me reconstruire une bulle ailleurs qui n'aurait abrité que ma chambre – le rêve ! – en contrebas de la cuisine. Ils avaient même prévenu Jacques Couëlle de cette volonté d'extension, mais pour une raison que j'ignore, le projet a finalement été abandonné et, à compter de cette date, j'ai indifféremment occupé l'une ou l'autre des cinq chambres d'amis, en fonction du nombre et de l'importance des invités. Toutes ces chambres étaient magnifiques, avec vue mer et salle de bains individuelle, je n'avais pas à me plaindre, mais d'un séjour à l'autre, je ne pouvais jamais rien y laisser. Il fallait enlever mes maillots de bain, mes shorts, mes pyjamas, mes *Picsou Magazine*, et tout remiser au garage. Il fallait laisser les lieux vierges pour d'autres que moi, comme à l'hôtel. Le jour où j'avais saisi cela, j'avais foutu à la poubelle ma collection de Barbapapa ainsi que la Barbamaison que mes parents m'avaient offerte pour mon anniversaire. Cette maison de dessin animé qui ressemblait comme deux gouttes d'eau à la nôtre comptait huit chambres, une pour Barbapapa et Barbamama, et sept autres pour chacun des enfants. Oui, chaque enfant avait droit à sa propre chambre chez les Barbapapa, et il fallait que moi j'occupe celle des invités ? Je n'aurais pas pu supporter plus longtemps cette famille sur mes étagères.

Ce qu'il s'est passé ensuite dans la salle de la Coupole, il m'est impossible de le rapporter avec précision, ces images des Bulles m'avaient trop remuée. Je sais seulement que les prises de parole se sont encore enchaînées, entrecoupées d'autres tubes – « Gaby, oh, Gaby » / « Walking on the Moon » / « Besoin de personne » – et que sur un grand écran descendu du plafond, un film en Super 8 a été projeté. On y voyait des corps nus, huilés d'ambre solaire ou au contraire emmitouflés dans de grands manteaux de fourrure, des visages joyeux floutés par des volutes de cigarette, et des enfants qui semblaient vivre à l'état sauvage, les cheveux hirsutes, le minois sale, installés sur la capote repliée du cabriolet de leurs parents. C'était à la fois mon enfance et celle d'une autre, comme les archives d'une époque qu'on m'aurait donné à voir et qui formaient un récit plus grand que ma propre histoire. On aurait dit un très long spot publicitaire pour une vie faite de mille et un petits bonheurs, une succession de clichés qui à la fin me donna le tournis. Aujourd'hui, j'ai l'impression que ces images se sont agrégées entre elles, formant une sorte de magma dont le dessein était sans doute de toucher trop de gens pour m'atteindre moi aussi, leur fille unique. Résultat, il ne m'en reste rien, et cette amnésie finira par beaucoup m'inquiéter.

Au cœur de l'hiver suivant, j'en parlerai à la généraliste que j'irai consulter pour insomnie chronique et crises de panique à répétition, et elle n'en sera pas surprise. Elle me parlera de *dissociation*, m'expliquera ce mécanisme de défense classique selon lequel un individu, pour pouvoir supporter un choc traumatique, se déconnecte de la réalité. Elle évoquera les victimes des attentats de *Charlie Hebdo*, des terrasses et du Bataclan, et elle me dira :

« Le double suicide de vos parents, c'est votre 13-Novembre à vous. »

Ai-je pris conscience du cataclysme provoqué par le double suicide de mes parents en entendant ces mots d'une professionnelle ? Ou ai-je tout compris dès le début ? Dès le coup de fil du commissaire ? Dès la morgue ? Je suis incapable de le dire, mais ce qui est certain, c'est que l'intuition d'un fil invisible qui pouvait relier cet événement à d'autres drames survenus dans notre famille était ancrée en moi, au point qu'au moment où les deux cercueils de mes parents ont été avalés par les flammes, je me suis entendue dire qu'on les mettait dans le four. Oui, c'est la phrase qui m'est venue – *Voilà, ça y est, ils mettent mes parents dans le four* – et je me suis souvenue que cette phrase n'était pas la mienne, mais la leur. Elle leur appartenait. Cent fois, enfant, j'avais en effet entendu Ezra et Maud dire que leurs parents étaient morts dans les fours. Ils disaient *dans les fours*, pas *dans les camps*, et cent fois, la petite fille que j'étais avait imaginé ses grands-parents couchés dans un plat en pyrex gigantesque, leurs deux corps recouverts d'huile, d'ail et d'aromates, enfournés à cent quatre-vingts degrés tel notre joli poulet du dimanche. De ces aïeux, je ne savais rien. Ni leur âge, ni leur prénom, ni leur nationalité exacte, ni leur métier. Mais je connaissais la façon dont ils étaient morts car c'était la seule chose qu'Ezra et Maud avaient retenue de leur courte vie, *dans les fours*, et à ce moment précis, une autre évidence m'apparut – mes parents avaient choisi et la mort brutale et la crémation pour cette unique raison, demeurer encore, en cet instant, les enfants de leurs parents. Si tel était le cas, le *Kaddish* de Ravel qui clôturait la cérémonie était évidemment pour eux.

Instagram

Lesamantsdulutetia ...

Amants / Amour éternel / Droit de mourir dans la dignité

Lesamantsdulutetia Paris, 1974, soir d'élection présidentielle.
Chers amis,
Cela fait un mois tout juste que mes grands-parents, Ezra et Maud Kerr, se sont suicidés ensemble, un mois que leurs corps ont été retrouvés dans une chambre de l'hôtel Lutetia, et j'ai décidé d'ouvrir ce compte Instagram pour

leur rendre hommage. Ce sera pour moi l'occasion de vous montrer qui ils étaient et quel rôle majeur ils auront joué dans l'histoire de la publicité, c'est-à-dire dans l'histoire du XXe siècle, mais aussi de défendre leur dernier geste, le droit absolu pour chacun de mourir dans la dignité. Mes grands-parents auraient pu se suicider aux Bulles, leur maison dans le Midi, qu'ils adoraient. S'ils ont choisi ce palace mythique, c'est qu'ils voulaient marquer les esprits, et dénoncer la loi. Car comment la France, pays des droits de l'homme et des Lumières, peut-elle être si en retard sur ce sujet ? Dans un commentaire sur le site de *L'Obs*, un Français raconte qu'il a dû aller jusqu'à Liestal, dans le canton de Bâle, en Suisse, pour que sa femme puisse quitter la vie en paix. Elle était malade depuis un moment et avait adhéré à une association ouverte aux étrangers (essentiellement des Français, des Anglais et des Allemands). Une association qui assiste plus de 1 300 personnes à mourir chaque année. Là-bas, cette femme n'a eu à remplir qu'un simple dossier, et quand elle a été prête, la date du décès a été fixée. Le couple a pris la route la veille, réservé une chambre dans un hôtel, comme pour un séjour de loisirs, et le lendemain, ils se sont présentés à l'appartement loué par l'association pour réaliser les suicides médicalement assistés. Là encore, tout s'est déroulé le plus banalement du monde. Le décor était simple. Il y avait juste un lit, un canapé, une bibliothèque, et sur un mur, un calendrier avec la photographie d'une sculpture de Canova représentant un

couple d'amoureux. La femme est venue s'allonger sur le lit. Son mari s'est ensuite couché à ses côtés, il l'a prise dans ses bras et il l'a tenue serrée contre lui jusqu'au bout, sans la lâcher. De son côté, l'infirmière a posé les quatre questions rituelles : *Quel est votre nom ? / Quelle est votre date de naissance ? / Savez-vous ce qui se passera lorsque vous déclencherez la perfusion ? / Est-ce bien ce que vous souhaitez ? – Oui, c'est ce que je souhaite. Je veux mourir*, a répondu la femme, et la molette de la perfusion qui contenait le natrium pentobarbital a été actionnée. Trente secondes plus tard, la femme s'endormait. Deux minutes plus tard, son cœur s'arrêtait.
Comme pour toute assistance au suicide qui a lieu en Suisse, cette scène a été filmée, et la vidéo a ensuite été envoyée par l'infirmière au procureur du canton, qui a déclenché une enquête judiciaire afin de s'assurer de la parfaite lucidité de la défunte. Un médecin légiste est venu sur place constater le décès. La police est passée ensuite, et enfin les pompes funèbres. La femme avait choisi d'être incinérée, comme Ezra et Maud, de sorte que la crémation a eu lieu en Suisse, puis les cendres ont été transférées en France la semaine suivante, où une petite cérémonie a pu avoir lieu avec la famille et les amis. Comment pouvons-nous accepter que des gens doivent aller en Suisse, en Espagne, en Belgique, au Luxembourg ou aux Pays-Bas pour faire cela, comme s'ils étaient des criminels, des hors-la-loi ? Ces gens ont toute leur vie été de bons citoyens. Ils ont travaillé, voté, payé leurs

impôts, et voilà qu'ils doivent se cacher pour refuser de finir comme des légumes ? À mon avis, c'est tout simplement honteux. Et cette honte-là, mes grands-parents l'ont refusée. Voilà pourquoi ils ont mis les pieds dans le plat en allant mourir au Lutetia, sous le feu des projecteurs. Mais ils n'ont pu le faire que dans le secret, et ma mère et moi nous sommes retrouvés complètement écartés de leur projet. Nous n'en avons rien su. Nous n'avons pas pu les accompagner jusqu'au bout. Nous n'avons pas pu, à cause de la législation française sur la fin de vie, leur dire une dernière fois notre amour, et entendre le leur. C'est un chagrin irréparable. Il faut que cela cesse. Pour ceux qui partent, mais aussi pour ceux qui restent. Puisse ce compte apporter sa petite pierre à l'édifice.

JJacques_from_paris Bravo pour votre initiative que je soutiens complètement, jeune homme ! On ne peut que s'incliner devant cet amour qui défie la mort. Car l'amour et la mort ne sont qu'une même chose, c'est Ronsard qui le dit !

Claire26oct Moi aussi, suis tout à fait d'accord avec vous. On a parfaitement le droit de décider qu'on arrive au bout de sa vie. Et partir avec celui ou celle qu'on a tant aimé, comme vos grands-parents, c'est une fin magnifique. La plus belle des fins.

joiedevivre @claire26oct Oui, absolument magnifique ! Ce qui est triste, c'est juste le sac plastique sur la tête... Quand j'ai lu cette info dans la presse, je me suis dit que ça devait être vraiment douloureux de mourir comme ça, par étouffement. Le peintre Bernard Buffet est parti de cette façon, dans son atelier du Var. La France est un grand pays, elle s'honorerait à adopter une loi sur l'euthanasie. Cela permettrait de ne pas se voir déchoir peu à peu, ni d'être une charge pour ses proches. On absorberait une substance létale et on s'endormirait pour l'éternité. Si possible à deux, comme Ezra et Maud Kerr. C'est tout ce que je nous souhaite, à mon mari et à moi.

Je découvre ce compte Instagram quelques jours après que mon fils s'est envolé pour Shanghai, et comme il ne m'en a pas touché un mot, ma surprise est totale. Nous sommes un dimanche soir, veille d'octobre. Jusque-là, tout le monde, à tour de rôle, s'est beaucoup occupé de moi (Vincent, mes amis Elsa et Lionel, Pierre et Nicole, Christophe mon associé, Magali et même Gisèle, ma petite voisine de quatre-vingt-onze ans), mais il a été convenu que chacun devait maintenant reprendre le cours normal de sa vie, et pour la première fois depuis le double suicide de mes parents, je me retrouve seule à la maison. Une sensation de vertige épouvantable. Alors pour conjurer l'angoisse, je m'installe derrière mon ordinateur et tape « les amants du lutetia » dans la barre de recherche de Google. Le compte Instagram de Simon sort en troisième occurrence, après l'article du *Parisien* et celui de *Paris Match*. En seulement soixante-douze heures d'existence, je constate que @lesamantsdulutetia ont déjà un demi-millier d'abonnés. Je n'en reviens pas. Je lis le post de Simon et les commentaires, puis je les screenshot et les envoie tout de suite à Elsa et à Vincent pour avoir leur avis. Vincent ne me répond pas, Elsa me demande si j'ai les boules. Je réponds honnêtement, *un peu*, tout en étant incapable de lui dire ce qui me les fout le plus, la divulgation publique de plusieurs photos de mes parents, complètement ivres, le soir de l'élection de François Mitterrand, la volonté de Simon d'entrer dans une démarche militante sur la fin de vie, ou tout simplement les commentaires des gens qui trouvent mes parents formidables.

– Déconnecte-toi, me dit Elsa. Et laisse tomber Insta, ça rend les gens fous. Tu n'as vraiment pas besoin de ça en ce moment.

J'ai du mal à écouter mon amie. Je me crée un compte et passe trois quarts d'heure à rédiger un commentaire hargneux dans lequel je déverse toute ma colère, mais par miracle, je finis par retrouver un éclair de lucidité, j'efface tout et d'un clic, referme la fenêtre ouverte sur Safari. Je tombe alors nez à nez avec mon fond d'écran qui représente Simon à l'âge de huit ans. C'est un portrait que j'ai réalisé avec un appareil jetable, un été à Ramatuelle. L'image n'est vraiment pas de bonne qualité, mais je l'aime pour le regard espiègle que mon enfant m'adresse. Il est torse nu, il porte juste un fin collier en perles de bois autour du cou et sa peau est bronzée, ses cheveux très blonds alors qu'ils deviendront bruns à l'adolescence. On dirait un petit sauvage, un enfant des îles qui marche toujours pieds nus et qui, à longueur de journée, mâchouille une de ses mèches de cheveux. Cet été-là, je lui dis tout le temps, *tu es mon petit sauvage à moi*, et je lui attrape le crâne des deux mains pour lui baiser le haut du front. L'odeur mêlée du chlore et de la crème solaire qui se dégage de sa peau est le parfum que je préfère au monde.

À cette époque, je suis toute sa vie, et Simon est toute la mienne. Je suis tellement heureuse de l'avoir… Je me suis séparée de son père à l'automne, c'est mon premier été en célibataire, et toute la journée, mes parents me demandent comment j'envisage l'avenir maintenant que j'ai décidé de divorcer, comment je vais faire pour élever seule mon enfant, pour retrouver quelqu'un, pour ne pas terminer vieille fille. *Vieille fille, c'est quand même ce qu'il y a de pire !* me disent-ils, et ne pas leur sauter à la gorge me réclame un effort de chaque instant. À leur contact, j'ai la sensation que ma vie est devenue un concours d'escalade. Je me trouve au pied d'un mur de plusieurs centaines de mètres, et depuis leur place dans le jury, ils m'observent en attendant de voir de quelle manière je vais bien pouvoir me planter. Je ne sais pas comment j'envisage l'avenir. Je n'en ai aucune idée. *On verra bien*, je leur réponds en serrant les dents et les poings sous la table, et je me lève et je vais rejoindre mon fils dans la piscine, je le prends dans mes bras, je le dévore de baisers, je le fais tournoyer, sauter en l'air, je le coule, je le jette dans l'eau, je le rattrape par les pieds, ce qui le fait hurler de rire, et ce rire est ma force. Mes parents peuvent me dire ce qu'ils veulent, plus rien de ce qu'ils pensent ne m'atteint. Je suis avec mon fils. Je suis avec mon Simon béni, adoré, et l'amour qu'ils ont été infoutus de me donner, c'est lui, cet enfant, qui m'en couvre désormais au centuple. Comment aurais-je pu alors imaginer qu'un jour, il deviendrait cet adulte exaspéré de ne pas me voir me réjouir du suicide de ses grands-parents ? Car le fond du problème est là, il a fini par le reconnaître la veille de son départ, quand il m'a avoué qu'il n'avait pas du tout compris mon refus de répondre à une interview pour le journal *La Croix*. Selon lui, si Ezra et Maud s'étaient suicidés au Lutetia en laissant le courrier que l'on sait, c'était bien la preuve qu'ils voulaient qu'on parle de leur acte. Un acte qui était pour lui *politique*. Et s'il comprenait que je me sente écartée, perdue, trahie, il m'en voulait de les juger. Il considérait que je ne pensais qu'à moi, que j'étais *aveuglée par mon égoïsme*. Cette phrase, il me l'a jetée au visage à l'aéroport, juste avant qu'il ne passe les contrôles. Même Vincent en est resté sans voix.

Quand l'escalateur l'a avalé, je me suis mise à pleurer. Vincent et moi étions seuls, à présent. Nous n'avions plus d'enfant à charge, plus de parents dont il fallait s'occuper, et ni lui ni moi n'avions refait notre vie. Qu'allions-nous faire ? Travailler uniquement, lui à ses BD, moi à mes chantiers ? C'était une perspective désespérante, et pourtant nous n'en avions pas d'autre. Je lui ai demandé si ce destin était celui que nous nous étions imaginé à l'époque de notre rencontre, sur les bancs de cette école d'arts appliqués où l'on avait fait de nous des enragés prêts à tout pour écraser nos concurrents et obtenir le meilleur classement, le meilleur poste, le meilleur salaire. Vincent n'a pas su quoi répondre, et j'ai eu la sensation que le système nous avait eus, comme tout le monde. Comme les perdants de la première heure. Pourquoi nous raconte-t-on que la vie est une jungle ? Pourquoi nous dit-on qu'elle est une guerre de tous contre tous ? Ce sont des choses auxquelles on croit lorsqu'on est jeune. Alors on s'arme jusqu'aux dents, on se bat avec la fureur d'un lion, on dégomme tout ce qui bouge, tout ce qu'on peut, et puis un beau matin on se réveille et on réalise qu'en réalité, la vie n'est rien d'autre qu'un grand désert, un interminable tête-à-tête avec soi-même, et tout ce que l'on a dépensé en énergie pendant des années pour être le plus performant possible paraît dérisoire, juste ridicule.

– Je ne peux pas croire qu'on soit là à chialer tous les deux, a murmuré Vincent. Parce que lui aussi était en train de verser sa petite larme. Et le pire, a-t-il ajouté, c'est d'entendre la voix de mon père qui me disait à l'époque *Tu verras, tu feras moins le malin, quand ce sera ton fils qui partira.* Ces mots-là, nom de Dieu… Ça me flingue de les entendre. Mon père me les a dits la veille de mon départ pour New York, il m'avait emmené dîner au Courtepaille sur la nationale derrière chez nous. Quand je pense qu'il est mort deux mois plus tard…

– On aurait peut-être dû faire d'autres enfants, ai-je dit après un silence. Tu voulais, toi.

– Oui, mais pas toi. Tu avais peur.

– Tu sais ce que m'a sorti Simon, quelques jours après la crémation d'Ezra et Maud ? Qu'au moment venu, on ferait bien de se suicider ensemble, nous aussi.

Vincent a éclaté d'un rire si franc qu'il a entraîné le mien. Un jeune couple avec un bébé nous a jeté un regard mauvais. Ils devaient l'avoir tout juste endormi.

– Simon ne plaisantait pas ! j'ai dit. Il était très sérieux. Selon lui, le suicide est le plus beau cadeau que des parents peuvent faire à leurs enfants : partir de leur plein gré, et en bonne santé.

– Le salopard… Il n'a pas envie de nous avoir sur le dos, c'est tout. Encore une fois, mon père avait raison, il n'y a pas plus ingrat que les enfants. Tout compte fait, je suis bien content qu'on n'en ait fait qu'un.

Il a souri, déposé un baiser sur ma joue, puis il a mis son bras autour de mes épaules et nous avons quitté la zone des départs.

Ce dimanche-là, en rentrant de l'aéroport, Vincent ne veut pas me laisser seule. Il s'installe dans la chambre de Simon et reste dormir avec moi, mais malgré sa présence, je suis incapable de trouver le sommeil. Je me tourne et je me retourne dans mon lit pendant des heures, jusqu'au moment où je décide de me relever pour aller admirer Paris depuis le salon, le visage collé à la baie vitrée. Le spectacle est particulièrement extraordinaire. La ville ressemble à une illustration d'album, et dans le bleu profond du ciel, j'imagine un petit personnage naviguant sur un tapis volant. Je voudrais être lui, léger comme une plume. Mais si je sautais, aurais-je le temps d'avoir cette sensation ? En tirerais-je un quelconque plaisir ? Depuis mon quatorzième étage, le sol me paraît aussi faux qu'une maquette. Tout est si petit, si dérisoire, et bientôt la perspective de n'être plus rien commence à me séduire. Je fais coulisser la fenêtre, je sors sur le balcon. Il fait froid, mais je reste là bien que je sois pieds nus et en petite chemise, le buste penché au-dessus du vide à regarder les quelques passants traverser le boulevard. Je suis heureuse que Simon soit à Shanghai : si je saute, il ne pourra pas voir le carnage. À quel étage vit-il, lui, dans son appartement de coloc ? J'ai oublié de le lui demander et une légère panique m'envahit. Il n'est que la deuxième génération. Peut-il avoir envie de se jeter, lui aussi ? Nous jetterons-nous tous, les gens de notre famille ? Et si le suicide était une maladie héréditaire ? Une maladie cachée que mes parents portaient en eux sans le savoir et qu'ils nous avaient transmise ? J'ai lu quelque part qu'un suicide dans une famille laissait des traces sur cinq générations. Environ quatre cents ans. Cela signifie que les enfants des enfants des enfants des enfants de mes parents seront complètement *fucked up* ? Je me penche au-dessus du vide et je me vois dégringoler en torche, à toute vitesse, jusqu'à ce qu'une peur bleue me submerge et que je rentre vite m'enfermer à l'intérieur.

Les deux urnes funéraires de mes parents sont là, posées au pied de mon bananier. Je suis contente de leur avoir trouvé cette place dans la lumière, auprès de cet arbre. Cela date d'il y a seulement quelques jours. Au retour du crématorium, j'avais choisi de les planquer au fond de mon placard à chaussures, sans doute par trouille de ce que m'avait appris Duval sur cette loi de 2008 qui interdit de garder les cendres d'un défunt à son domicile. Simon et Vincent s'étaient bien foutus de moi, *De quoi as-tu peur ? Que la police des cendres débarque chez toi et te foute en taule ?* Non, la police ne m'effrayait pas. Mais Duval oui, je l'avoue, un peu. Comme convenu, l'homme de confiance de mes parents s'était chargé d'obtenir du maire de Ramatuelle l'autorisation de disperser leurs cendres sur le terrain des Bulles, mais quand il avait compris que nous ne ferions pas tout de suite le voyage en raison du départ de Simon pour Shanghai qui ne pouvait être repoussé plus longtemps, il avait réclamé que nous les laissions au columbarium. Il s'était renseigné, pour cent cinquante euros par urne, le Père-Lachaise pouvait nous les garder un an. Je lui avais dit :

– C'est gentil, mais je vais plutôt les prendre chez moi.

– Ah non, s'était-il offusqué, ça c'est impossible. Comme je viens de vous l'expliquer, chère Éléonore, la loi l'interdit.

Il était si sûr de lui… Si fort du pouvoir que lui avaient prêté les Kerr… Mais pour la première fois, je ne m'étais pas démontée.

– Monsieur Duval, je n'en ai rien à foutre de ce que dit la loi. Ce sont *mes* parents, et leurs cendres resteront dans mon appartement jusqu'aux vacances de Pâques, quand Simon rentrera d'Asie et que nous irons ensemble les disperser aux Bulles, dans leurs vignes.

L'agent des pompes funèbres était alors apparu avec les deux urnes. Sur chacune d'elles, une plaque indiquait les noms et prénoms d'Ezra et de Maud ainsi que leurs dates de naissance et de mort. Sans un regard pour Duval, j'avais pris mon père d'une anse, ma mère de l'autre, sept kilos à eux deux, et à bout de bras, je les avais sortis de cet endroit sordide et les avais portés comme de gros bébés jusque sur les sièges arrière du taxi qui m'attendait sur le boulevard de Ménilmontant.

– C'est bien, c'est super de les prendre chez toi, m'avait dit Vincent. C'est au moins quelque chose qu'ils n'auront pas décidé. Quelque chose qu'ils t'auront laissée faire.

Il était temps que je retourne au bureau. Je n'en avais pas envie, ou plutôt je ne me sentais pas prête vu l'état de sidération dans lequel j'étais depuis l'appel du commissaire, mais les gens autour de moi le souhaitaient tous. Ils pensaient qu'être obligée de me lever le matin, sortir de chez moi, voir du monde et être à nouveau sollicitée intellectuellement m'aiderait à renouer avec mes émotions. Mon associé Christophe, lui, était plus prosaïque : s'il avait réussi à tenir la boutique en septembre, les projets commençaient sérieusement à s'accumuler et il n'était plus possible de repousser encore nos rendez-vous avec certains clients. Nous avions notamment, parmi les dossiers urgents, des premiers plans à montrer à un couple de Parisiens qui avaient acheté un terrain dans la vallée de Chevreuse pour s'y faire construire une maison de campagne. Lui travaillait dans la banque, elle dans les assurances, et ils avaient sept enfants à eux deux en garde alternée, ils ne supportaient plus leurs week-ends à Paris. C'était un projet relativement simple, sur lequel j'assurai Christophe de pouvoir travailler seule. Je m'y attelai en continu durant les quinze premiers jours d'octobre, et la veille de notre rendez-vous, toquai à sa porte pour lui montrer le résultat. Nous avions l'habitude de faire comme ça, un point ensemble avant chaque présentation, même quand l'un ou l'autre n'avait pas participé au travail, mais cette fois, en raison du retard pris par ma longue absence, Christophe n'avait pas pu se libérer, aussi arriva-t-il au rendez-vous aussi vierge que les clients, et dans la même excitation à l'idée de découvrir mes dessins.

Sur le mur destiné aux projections, je lançai les premiers plans de masse et de situation, puis les plans d'aménagement, de coupe et d'esquisse. Un silence monacal régnait dans la pièce. Personne ne commentait. J'enchaînai avec les plans de perspective, les projections en 3D, tout en tentant de déchiffrer dans le regard de Christophe ce qu'il en pensait, mais son visage était inexpressif. Il fixait les images le menton calé dans le creux de sa paume et le poing replié sur sa bouche, ce qui d'ordinaire signifiait *Attends, je réfléchis.* J'avançai encore, déclinai les possibilités d'aménagement du jardin avec trois propositions d'inspirations différentes, et quand j'en eus terminé avec l'extérieur, je réalisai que cela faisait vingt minutes que je parlais et qu'ils n'avaient toujours pas fait la moindre petite remarque. Il n'était plus possible de ne pas interroger leur silence.

– Pardon, mais il y a quelque chose qui ne va pas ?

Le mari et la femme échangèrent un rire bref, incrédule. Christophe, lui, avait les yeux baissés. Je ne comprenais pas.

– Vous vous souvenez de notre cahier des charges ? demanda le mari. Ma passion pour les photos et les tableaux, ça vous parle un peu ?

– Oui…

– Oui ? Vous vous souvenez d'avoir entendu que j'étais collectionneur ?

– Oui…

– Et que je possédais beaucoup d'œuvres ?

– Oui, je m'en souviens.

– Alors, où pensez-vous que je pourrai les accrocher, avec les murs que vous avez dessinés ? Il n'y en a pas un seul de droit dans tout votre projet. *Pas un seul !* Vous nous avez pris pour qui, les Barbapapa ? C'est un scandale de se foutre de la gueule des gens à ce point, un scandale. En tout cas, vous pouvez compter sur nous, on vous fera une belle pub !

On perdit évidemment ce projet, Christophe ne m'en blâma pas mais reconnut qu'il était peut-être trop tôt, en effet, pour que je reprenne le travail. Il me commanda un taxi pour que je rentre chez moi, puis, une fois seul, appela Vincent pour lui dire qu'il était très inquiet à mon sujet, parce que j'avais proposé une maison bulles à des clients. Vincent promit de réfléchir à une manière de m'aider.

Instagram

Lesamantsdulutetia ...

Amants / Amour éternel / Droit de mourir dans la dignité

Lesamantsdulutetia https://www.change.org.pour-une-fin-de-vie-digne

Bonjour à tous,
Avant de se tuer, Ezra et Maud ont laissé un courrier au procureur de la République dans lequel ils ont accusé

l'État de condamner les gens comme eux à une mort violente, en leur refusant la possibilité d'ingurgiter une potion létale. Pour que leurs voix soient entendues, je lance aujourd'hui une pétition sur change.org réclamant l'inscription du droit de mourir dans la dignité au rang de nos droits fondamentaux. J'ai besoin de votre soutien, mes amis, et de votre relais. Plus nous serons nombreux à signer, et plus nous aurons une chance d'être entendus ! Merci à tous !

leloupdessteppes Vous pouvez compter sur moi !!!

clarinette_618 Done !

Juju&manu @lilimarionv Belle initiative, bravo.

mimiausoleil45 Ma mère nous a malheureusement quittés l'an dernier et depuis, mon père est l'ombre de lui-même. Il a perdu le goût de tout, et il n'attend qu'une chose, la rejoindre. J'aurais tellement aimé qu'ils puissent partir ensemble, comme vos grands-parents. Leur courage nous oblige.

yael_yayou #lesamantsdulutetiaforever

gaspardetiennelulel ♥♥

mamiegateaudusamedi Je suis une grand-mère et j'espère que lorsque je serai grabataire, mes petits-enfants penseront comme vous ! Je ne veux pas qu'on me voie baver.

fabricelelannet Bonjour, je suis croyant et je considère que la vie est sacrée, qu'on ne peut pas y porter atteinte. Mais l'histoire des amants du Lutetia me touche. Ils portent un message d'amour, comme celui que porte le Christ.

laurette27 @playboy212 Chiche on le fait ? Quand on sera vieux ?
barbalala Bonjour monsieur. Je suis cheffe de service d'une unité de soins palliatifs à l'AP-HP, et je suis un peu surprise que vous fassiez de vos grands-parents les ambassadeurs du droit de mourir dans la dignité, car à ma connaissance ni votre grand-mère ni votre grand-père n'étaient souffrants. Ils n'étaient donc pas « en fin de vie » au sens où on l'entend dans mon service. La loi Leonetti du 22 avril 2005 qui donne le cadre légal de l'exercice de ce droit est très claire sur ce point : elle nous dit que la fin de vie concerne DES GENS ATTEINTS D'UNE MALADIE GRAVE EN PHASE TERMINALE DONT LA SOUFFRANCE EST INTOLÉRABLE. Les amants du Lutetia étaient vieux, mais la vieillesse n'est pas une maladie.
gael_levasseur Hey, keep cool, **@barbalala** ! Pas besoin de se vénère comme ça...
barbalala @gael_levasseur Vous, je ne vous ai pas sonné. **@lesamantsdulutetia** Ce que vos grands-parents ont revendiqué par leur geste, c'est le droit au suicide assisté. Mais a-t-on envie d'une société où n'importe quel individu qui serait déprimé, fatigué ou tout simplement lassé de la vie aurait un droit opposable au suicide, garanti par la puissance publique ? Au secours. Par ailleurs, l'expression « droit de mourir dans la dignité » que vous employez me pose un vrai problème. Car cela signifie quoi ? Que vos grands-parents ont été dignes parce qu'ils sont allés au-devant du naufrage et qu'ils nous ont épargné le

spectacle d'une déchéance physique et intellectuelle que nous ne souhaitons pas voir ?
barbalala @lesamantsdulutetia (Instagram limite le nombre de caractères par commentaire, c'est très ennuyeux. Je suis obligée de vous répondre en plusieurs fois, désolée pour ça.) Les vieux sont des êtres improductifs au coût d'entretien très élevé, je vous l'accorde, chose parfaitement aberrante dans une société marchande qui envisage l'humain avant tout à l'aune de ses diplômes, de son salaire, de son statut social et de sa consommation, mais est-ce une raison pour les pousser gentiment vers la sortie en leur susurrant à l'oreille combien ils sont DIGNES d'alléger nos charges en se supprimant ? Et les autres, alors ? Les handicapés mentaux, les tétraplégiques, les Alzheimer, les fous, les détenus, les sous-tutelle, qu'en faites-vous ? Vous les considérez indignes de vivre, ces gens-là ? Et si oui, que proposez-vous ? De tous les exterminer ? Vous avez posté il y a quelques jours l'affiche du film *Amour*, de Michael Haneke, mais je me demande si vous avez bien compris le sens de cette œuvre. Ce film n'est pas un plaidoyer pour l'euthanasie, c'est un sublime éloge de notre vulnérabilité. C'est une déclaration d'amour pour ce que nous sommes au plus profond, des êtres fragiles et aimables jusqu'au bout. Et c'est cet amour de Georges pour Anne qui nous bouleverse, évidemment, pas le fait qu'il la tue. D'ailleurs, la tue-t-il vraiment ?
joiedevivre Ah oui, vraiment !
barbalala Non. Trintignant est tout le contraire d'un meur-

trier. Tout au long du film, il est d'une attention sans faille. Il n'a qu'un désir, satisfaire et soulager une Emmanuelle Riva que l'on sent dériver de scène en scène, tel un petit bateau à moteur qui n'aurait plus d'essence. Chaque jour, il l'aide à faire ses exercices. Elle est allongée sur le dos dans ce lit médicalisé et il plie et déplie ses jambes sur sa poitrine, puis comme à une enfant, il lui donne de la compote à la cuillère, et enfin, il lui raconte des histoires qu'elle n'a même pas la force d'écouter de bout en bout, mais qu'importe puisque sa voix l'apaise et qu'il n'a pas d'autre dessein. Et lorsqu'au réveil, il remarque qu'elle est mouillée, eh bien, il n'en fait pas tout un plat. Il s'occupe d'installer des serviettes sur sa chaise roulante et il lui dit, en souriant, « Ce n'est pas un drame ». Tout l'amour du monde est dans cette phrase, monsieur. *Tout l'amour du monde*. Alors quand vous réclamez, comme vous le faites, un droit au suicide assisté, sachez que c'est cet amour-là que vous enterrez.

De : simon.epstein@me.com
A : eleonorekerr12@gmail.com
Objet : Succession Kerr

Maman,
Je t'ai transféré le mail de Duval il y a cinq jours, et je n'ai toujours pas de réponse de ta part. Serait-il tombé dans tes spams ? Nous sommes déjà en novembre, il t'a encore laissé trois messages auxquels tu n'as toujours pas daigné répondre, quant à Magali avec qui j'ai longuement parlé hier, elle me dit qu'elle t'a appelée plusieurs fois pour te demander si tous les tableaux, les objets et les meubles de Georges-Mandel devaient aller aux Bulles, mais pas de son, pas d'image de ta part. Elle doit donc se débrouiller seule pour organiser un déménagement de toute une vie. Tu trouves ça normal ? Je te rappelle qu'elle n'est pas la fille de tes parents, toi oui. Mais bref, passons. Je ne t'écris pas pour te blâmer. Je t'écris pour qu'on sorte de ce

blocage ubuesque où tu nous mets tous. Pour l'instant, nous avons de la chance, les bénéficiaires du viager sont contraints de rester à Bordeaux parce que la femme accouche bientôt et qu'elle est alitée, mais dès qu'elle aura eu son bébé, ils seront de retour à Paris et ils voudront s'installer à Georges-Mandel. Maman, il faut donc que L'APPARTEMENT SOIT VIDÉ AU PLUS VITE. Garde les urnes si tu veux (moi personnellement, je m'en fous, même si tu te mets hors la loi), mais réponds à Magali. S'il te plaît. Et signe ces papiers que Duval te demande de signer, parce que sinon, comme tu le sais, tout cela va finir par nous coûter de lourdes pénalités fiscales.
Je t'embrasse,
Simon

De : eleonorekerr12@gmail.com
A : simon.epstein@me.com
Objet : Succession Kerr

Et si je n'avais pas envie de garder Les Bulles ?
Et si je considérais que cette maison m'avait apporté plus de chagrins que de joies ?
Et si je préférais passer mes vacances à voyager, à découvrir de nouveaux territoires et à n'avoir, contrai-

rement à mes parents, aucun problème d'intendance, de chaudière, de jardinier et de femme de ménage ? Je me fous de tout cela, Simon. Je n'en veux pas. Je veux être libre, c'est tout. Or, même morts, Ezra et Maud me refusent ce droit. Ils me cadenassent, et de la manière la plus pernicieuse qui soit. Tu connais cette phrase de Jankélévitch, « Les morts dépendent entièrement de notre fidélité » ? Eh bien c'est cette fidélité qu'Ezra et Maud ont achetée en choisissant de vendre Georges-Mandel pour nous faire garder Les Bulles. C'est leur esprit qu'ils veulent que nous perpétuions en continuant à faire vivre cette maison, mais je te le dis en toute franchise, je ne sais pas si j'ai envie d'accepter cette charge. Non, *je ne sais pas.* Tu n'as qu'à le dire à Duval. Après tout, il y a encore deux mois, je n'avais jamais entendu parler de ce type. Qu'est-ce que je lui dois ? Rien.
Maman

De : simon.epstein@me.com
A : eleonorekerr12@gmail.com
Objet : Succession Kerr

Si je réfléchis bien, depuis le début tu reproches à Ezra et Maud d'avoir agi en égoïstes, de ne pas s'être posé la question de ton chagrin, mais tu fais exactement

comme eux. Tu fais comme si cette maison n'était pas aussi celle de mon enfance. Tu ne signes pas ces papiers en croyant les faire chier, et il n'y a que moi que tu emmerdes.
Pardon de te le dire, mais je trouve ton attitude un peu nulle. Ezra et Maud t'ont épargné le pire, regarde dans quelle galère papa est avec mamie, il a passé son temps à gérer ses aides-soignantes et maintenant il l'a mise dans un mouroir, tu crois que ça a été facile ? Rends-toi un peu compte de ta chance. La seule chose que tu peux reprocher à tes parents, c'est de ne pas nous avoir informés de leur projet. Mais ce n'est pas leur suicide qui t'est difficile à encaisser, ni même leur mort. C'est leur secret. Seulement, dis-toi bien que ce secret, c'est la loi qui le leur a imposé.
Simon

Mon fils disait peut-être vrai. Oui, peut-être que si mes parents m'avaient demandé de les accompagner jusqu'au bout, comme Emmanuèle Bernheim avait pu le faire avec son père, et si ensuite j'avais pu aussi, comme elle, appeler quelqu'un pour lui dire *Tout s'est bien passé*, titre qu'elle avait donné à son très beau récit tiré de cette expérience, je n'aurais sans doute pas vécu leur disparition comme un abandon. Au contraire, je me serais sentie confortée dans mon rôle de fille. J'aurais pu à la fois donner et recevoir cet amour à côté duquel nous étions si longtemps passés, et connaître cette sensation de réparation qui, j'imagine, permet d'être en paix. Or c'était tout l'inverse. Plus les jours m'éloignaient de leur mort, plus je me sentais aspirée par un tourbillon noir peuplé d'avocats et de conseillers fiscaux robotisés qui me pourchassaient jusque dans mes rêves. Je ne dormais plus. C'était bientôt la fin de l'automne, et quand je rentrais du bureau, il faisait déjà nuit, mais je n'allumais aucune lampe. J'allais directement m'affaler dans le canapé face aux deux urnes funéraires de mes parents, je mettais le *Kaddish* de Ravel, en boucle, et j'entrais dans une sorte de conversation silencieuse avec ce qu'il me restait d'eux. Je leur demandais s'ils étaient contents de me voir dans cet état, et quel plaisir cela leur faisait de m'avoir brouillée avec mon fils. C'était tout de même un petit exploit, moi qui m'étais toujours félicitée d'entretenir des relations idylliques avec lui. Maintenant, Simon ne voulait quasiment plus m'adresser la parole. J'avais pourtant insisté, tenté plusieurs fois de le joindre après son dernier mail, mais sans succès. Il avait dit à son père que pour préserver nos rapports, il valait mieux que nous ne nous parlions plus pour le moment. J'allais donc chercher de ses nouvelles sur @lesamantsdulutetia. Il y était très actif. Chaque jour, il publiait au moins deux posts – des articles, des interviews, des podcasts et des extraits d'émissions de télévision ou de radio où l'on parlait d'Ezra et Maud, ce qui me laissait penser qu'il s'était créé une alerte « les amants du Lutetia » sur Google. Ainsi, dès que ces mots apparaissaient sur la Toile, il était instantanément averti par mail, et comme il s'était fait installer un VPN sur son ordinateur pour contourner la censure chinoise, il n'avait aucun mal à aller visiter les sites européens et américains qui les mentionnaient. Depuis Shanghai, il était devenu une sorte de vigie. Rien de ce qui paraissait sur @lesamantsdulutetia ne lui échappait, au plus grand bonheur de ses abonnés. Leur nombre avait augmenté à une allure folle. Au début du mois de novembre, ils étaient près de 45 000 à le suivre. Ce succès était dû à l'utilisation des hashtags #droitdemourirdansladignite, #assistanceausuicide #suicideassiste #findevie #vieillesse #choisirsafindevie, qui permettaient d'attirer les internautes intéressés comme la confiture les abeilles, mais aussi au contenu lui-même, car entre deux articles de presse, Simon avait le chic pour publier des documents beaucoup plus intimes qui accrochaient les gens – des photos de famille, des petits films en Super 8 et des objets ayant appartenu à Ezra et Maud dont il racontait l'histoire avec talent dans des posts qui ressemblaient à des morceaux de roman. Où trouvait-il le temps d'alimenter ce compte de manière aussi riche et de répondre aux dizaines de commentaires quotidiens ? On aurait dit que c'était devenu son métier. Et d'ailleurs, comme dans tout métier, il commençait à avoir les emmerdes qui allaient avec, me disait son père, en l'occurrence devoir répondre aux demandes de placement de produits en tout genre des acteurs de la silver économie : vendeurs de couches, de lits en maison de retraite, de sonotones, de contrats prévoyance obsèques. Cela faisait beaucoup rire Vincent.

Le succès d'Ezra et Maud ne se limitait pas à l'Hexagone. Leur histoire avait maintenant dépassé les frontières, avec une pleine page dans le *New York*

Times, le *Corriere della Sera*, le *Folha de S. Paulo* et le *Times of India.* En Angleterre, une association de psychiatres avait même organisé un séminaire autour de leur cas, et demandé à Simon une intervention en visioconférence. J'avais pu la suivre en me connectant à un *live* sur Instagram et constater combien son engagement était salué, applaudi. Il en tirait une force palpable, qui crevait l'écran. Au cours de cette intervention, Simon avait fait défiler sur un grand écran derrière lui des images de la cérémonie au funérarium du Père-Lachaise. Sur ces clichés, on pouvait distinguer très clairement les invités, les deux cercueils, les employés des pompes funèbres dans leur costume à paillettes et même nous, au premier rang. Je compris alors pourquoi il avait passé son temps à prendre des images. Il avait déjà son idée de site en tête, et je me sentis trahie. Pourquoi avait-il gardé cela pour lui ? J'en parlai à Vincent, mais il me rabroua :

– Qu'est-ce que ça peut te faire ? Arrête un peu de lui chercher des poux dans la tête. Si ce compte Instagram est sa manière de faire son deuil, en quoi ça te dérange ?

– La vie intime de mes parents étalée sur les réseaux sociaux, en quoi ça me dérange ? Des photos d'eux dans leur cercueil, des photos de moi petite fille et adolescente sur la terrasse des Bulles ? La dernière lettre qu'ils m'ont écrite ? Pardon, mais j'aurais juste aimé qu'il me demande mon avis. Est-ce trop demander ?

Ce qui m'exaspérait aussi, dans la démarche de Simon, c'était qu'il fasse comme si mes parents étaient le premier couple de personnes âgées à avoir passé un pacte suicidaire. Sa manière d'en faire des héros, de glorifier leur acte et de les hisser au rang de symboles de ce fameux « droit de mourir dans la dignité » avait cela de détestable qu'elle rendait invisibles tous ceux qui, avant eux, s'étaient supprimés pour des raisons bien plus désespérées. Or, si mon fils espérait vraiment faire avancer les choses, comme il le répétait à longueur de post, il fallait qu'il parle de ces gens. Il fallait qu'il montre dans quelle impasse ils se trouvaient au moment de leur passage à l'acte. Jusque-là, personne ne s'y était attelé. J'avais fait l'expérience, pour voir. J'avais tapé « Pacte suicidaire personne âgée » sur mon portable et constaté que non seulement ces couples n'apparaissaient qu'à la troisième ou quatrième page d'occurrences, mais que deux ou trois lignes seulement leur étaient consacrées, à la rubrique des faits divers et sans photo, sans commentaire, telle la poussière sous le tapis de notre mauvaise conscience. Pourquoi ? Ces gens qui n'avaient pas eu les moyens de mettre en scène leur propre mort dans les draps soyeux d'un palace cinq étoiles ne nous interrogeaient-ils pas sur la fin de vie ? Sur notre rapport à la mort, sur notre façon de traiter nos anciens ? Ne méritaient-ils pas, eux aussi, que nous nous posions pour les regarder une minute et questionner leur solitude, leur misère, leur désespoir ? Chacun de ces couples avait opté pour une solution tragique, sans fard, sans esbroufe, et j'éprouvais un tel sentiment d'injustice à leur endroit, comparé au traitement médiatique dont mes parents avaient bénéficié, qu'un soir, je me retrouvai à recopier leurs noms et leur histoire sur des fiches bristol, et à les punaiser au-dessus de mon bureau. Je ne voulais pas les oublier. Et je ne voulais pas oublier non plus que si mes parents avaient été pauvres, ou riches mais sans fantaisie, personne ne se serait souvenu d'eux.

Parmi ces couples d'anonymes que j'avais patiemment recensés, il y avait d'abord cet homme et cette femme de soixante-quatorze et quatre-vingt-un ans, à Simandre, en Saône-et-Loire, qui avait envoyé une lettre aux pompes funèbres pour leur dire qu'il fallait venir chercher leurs cadavres à leur domicile. À la porte, les croque-morts avaient trouvé un Post-it indiquant de suivre le tuyau jaune, ce qu'ils avaient fait, et ils s'étaient retrouvés devant la cabane au fond du jardin où le couple s'était enfermé la veille, asphyxiés au gaz. À Dôle, dans le Jura, c'était des octogénaires qui s'étaient supprimés au fusil. Comme mes parents, on les avait retrouvés tous les deux allongés sur un lit, mais ça n'était pas celui du Lutetia et ça n'avait fait rêver personne – résultat, deux lignes seulement dans *Le Progrès du Jura.* D'autres encore avaient été repêchés dans le canal de Vouziers, dans les Ardennes, corps gonflés comme des baudruches, et à Courson, c'était un vieil homme qui avait abattu sa femme avec un 22 long rifle avant de le retourner contre lui. À Trélissac, des époux avaient choisi de s'intoxiquer aux médicaments. Lesquels ? Personne ne l'avait dit et on ne le saurait jamais. À Bernay, un fils avait découvert ses deux parents pendus dans la salle de bains, mais l'article n'expliquait pas avec quoi, ni pourquoi ils avaient commis ce geste. Il y avait aussi ces gens dans l'Aude, ensemble depuis soixante-cinq ans, et qui, un beau matin, avaient décidé de se glisser l'un sur l'autre dans le congélateur du restaurant de leur nièce. Un congélateur… Comment cette idée folle leur était-elle venue ? Avaient-ils imaginé pouvoir un jour ressusciter, tel Hibernatus ? Et ces époux dans leur voiture, à Neuville-Saint-Vaast, qui avaient installé un tuyau à leur pot d'échappement et relié celui-ci à l'intérieur de l'habitacle où l'on avait découvert leur fille handicapée, à l'arrière, morte elle aussi – que s'étaient-ils dit ? Qu'ils se retrouveraient là-haut tous les trois et que l'éternité leur serait plus douce que le calvaire de leur quotidien ? Un calvaire auquel deux vieillards, à Saint-Rambert-en-Bugey, avaient fini par mettre fin en s'échappant de leur maison de retraite pour aller se jeter sous un train. Pourquoi les gens ne connaissaient-ils pas cette histoire ? Pourquoi, au lieu de fantasmer sur l'amour éternel en regardant la photographie de cette chambre « Eiffel Deluxe » du Lutetia que la plupart n'auront jamais les moyens de se payer, ne se confrontaient-ils pas aux corps déchiquetés de ces personnes âgées, à la bouillie de leurs chairs éparpillées entre les rails ? Car c'était cela, la réalité des pactes suicidaires chez les personnes âgées. Des histoires toutes plus sordides les unes que les autres, de misère, de solitude, de très grande précarité, des histoires secrètes tissées dans l'angoisse de l'inconnu et la peur d'échouer, des scénarios mis en œuvre contre les proches, contre les soignants, contre la loi.

Un soir, j'avais recensé tous ces destins tragiques dans un mail que j'avais envoyé à Simon. J'avais bon espoir qu'il en parle sur son compte Instagram, mais il n'en a rien fait. Il m'a juste répondu que j'étais folle.

Pour fêter les quinze ans de notre divorce, Vincent m'invita dans un restaurant argentin. Chaque année, il tenait beaucoup à ce repas d'anniversaire. Il prétendait qu'un divorce est bien plus difficile à réussir qu'un mariage et que, lorsqu'on y parvient, il ne faut surtout pas se priver de le célébrer. Il avait choisi argentin pour la viande, il voulait que j'en mange parce qu'il était convaincu que je manquais de fer et que j'avais besoin de reprendre des forces. J'avais surtout besoin qu'on ne me parle ni de mes parents, ni de Simon, ni de la succession, et je le formulai d'entrée de jeu.

Vincent ne s'attendait pas à tant de détermination de ma part, cela le déstabilisa, mais parce qu'il n'était pas quelqu'un qui obtient les choses par la force, il se contenta de faire glisser sur la table la carte d'un psychiatre du nom de Weber que son éditrice lui avait recommandé. Ce médecin, me dit-il, lui avait littéralement sauvé la vie après que son mari l'a quittée pour un homme. Je pris la carte par politesse, je la rangeai dans mon sac et, pour passer à autre chose, je m'empressai d'avaler coup sur coup deux verres du Terrazas de los Andes qu'il nous avait commandé, un puissant malbec dont les effets se font rapidement ressentir.

Cette soirée me fit du bien, et pas seulement à cause de l'alcool ingurgité. Elle m'apparut comme une parenthèse de légèreté dans cet automne pris dans le béton de mes angoisses. Pourtant, aussitôt remontée dans mon taxi, une profonde tristesse m'envahit. J'ignore si elle était liée à la perte de mes parents ou à l'échec de mon histoire avec Vincent en dépit de toute l'amitié et la tendresse que nous nous portions encore, mais il suffit que j'aperçus un couple de personnes âgées déambuler sur les quais pour fondre en larmes.

– Mais qu'est-ce qui se passe, chère madame ? me demanda le chauffeur de taxi. Vous avez passé une mauvaise soirée ?

– Non… Très bonne, en plus…

– Alors ? Qu'est-ce qui ne va pas ?

– Beaucoup de choses.

– Eh bien, dites-les. Les taxis sont faits pour ça. Si vous saviez ce que j'entends, depuis vingt ans que je fais ce métier.

Je voulus bien le croire, mais était-ce une raison pour faire comme tout le monde, considérer l'oreille des gens comme une poubelle où déverser ses petites souffrances ?

– Il nous reste un quart d'heure de trajet. Je vous écoute. Après, vous vous sentirez mieux, je vous assure.

– Non, monsieur, ça n'ira jamais mieux. Mes deux parents se sont suicidés ensemble au début du mois de septembre et depuis, j'ai l'impression que c'est moi qui n'en finis pas de mourir.

Le chauffeur arrêta son carrosse au milieu du boulevard et, se tournant vers moi, il me dit :

– Mon père s'est suicidé aussi. C'est complètement dingue, mais je vous jure que c'est vrai. Il s'est suicidé en 1997, six mois après que le haut-fourneau où il travaillait a fermé.

Une voiture nous klaxonna méchamment. Le chauffeur se déplaça jusqu'à l'arrêt de bus où il mit ses warnings pour pouvoir poursuivre :

– Mon père avait passé toute sa vie dans cette mine à extraire l'acier, alors quand il s'est retrouvé au chômage à cinquante-huit ans sans aucune perspective de reconversion, il n'a pas supporté.

L'homme eut soudain les yeux qui brillaient, et si j'avais eu un peu de délicatesse, j'aurais quitté son taxi pour le laisser pleurer en paix, mais la persistance de ce chagrin, plus de vingt ans après les faits, me commanda de lui poser cette question qui m'obsède :

– Est-ce que vous lui avez pardonné ?

L'homme hésita un certain temps. Puis il finit par me dire :

– Non, si je suis honnête, je ne lui ai pas complètement pardonné. J'étais déjà adulte, pourtant. J'avais trente-cinq ans, une femme, un marmot, je comprenais très bien le désarroi et la honte, le sentiment d'inutilité qui avait pu envahir mon père, mais une part de moi restait hermétique à tous ces arguments. Avec les années, j'ai identifié cette part-là comme l'enfant qu'on demeure au fond de soi tout au long de la vie. Cet enfant-là avait la haine, il lui en voulait à mort. Et cette haine, figurez-vous que j'ai fini par la retourner contre moi en me répétant chaque jour pendant trente ans que j'étais un nul, un minable, parce que je n'avais pas réussi à me faire aimer de mon père, suffisamment aimer pour qu'il choisisse la vie, et non la mort. Des parents qui vous tournent le dos, c'est un abandon dont on ne se remet jamais.

Instagram

Lesamantsdulutetia ...

Amants / Amour éternel / Droit de mourir dans la dignité
https://www.change.org.pour-une-fin-de-vie-digne

Lesamantsdulutetia Liste non exhaustive de tout ce qui me manque avec mes grands-parents :
Les étés passés avec eux au bord de la Méditerranée / les parties de boules au village / le bruit des bracelets Cartier de ma grand-mère qui l'annonçait avant qu'elle n'apparaisse / leurs impers beiges imprégnés de tabac / leur paquet de Peter Stuyvesant Rouge / les virées en

Mini Moke sur la route de Sainte-Anne / les rognons au vinaigre du dimanche / le vin carafé / la terre battue des courts de tennis sur leurs chaussettes immaculées il y a des siècles de cela / l'Eau de Botot / la mousse à raser Nobacter / Youth-Dew d'Estée Lauder que Maud portait depuis toujours / les petits déjeuners chez Sénéquier / le linge de chez Porthault / la vaisselle avec des cœurs quand j'allais dormir chez eux / la Submariner rouge et bleu au poignet tacheté de son de mon grand-père / et, je ne sais pas pourquoi, ce petit livre sur sa table de nuit l'an dernier annoté à chaque page, *La Plus Précieuse des Marchandises*, de Jean-Claude Grumberg. Sans doute le dernier livre qu'il ait lu.
mohammedazia Que de beaux souvenirs ! C'est précieux, vous avez de la chance.
yvesrouledade Je suis sans doute plus vieux que vous et mon père aussi utilisait de l'Eau de Botot. Toute une époque ! Ça me rend nostalgique. Courage à vous.
lafouine3000 Bracelets Cartier, Submariner, Sénéquier… Ça va, on se fait pas trop chier chez les milliardos ?
marielacazettelemejean @lafouine3000 Vous portez bien votre nom, vous, la fouine 3000 ! Qu'est-ce que ça peut vous foutre, si les amants du Lutetia avaient de l'argent ? C'était le vôtre ? Ils vous l'ont volé ? La jalousie à ce point, c'est une maladie. On a en ras-le-bol des gens aigris. Passez votre chemin.
lafouine3000 @marielacazettelemejean Ouin, ouin, ouin…

eva266 Magnifique peinture de Paul Signac. Merci !
barbalala @lesamantsdulutetia Petite question : vous dormiez souvent chez vos grands-parents ?
lesamantsdulutetia @barbalala Quand j'étais petit, oui, ça m'arrivait.
barbalala @lesamantsdulutetia Combien de fois par an ?
lesamantsdulutetia @barbalala Pourquoi tant de curiosité ?
barbalala @lesamantsdulutetia Dans toutes les descriptions que vous avez livrées d'eux, j'ai cru comprendre qu'ils étaient des gens plutôt libres, très fêtards, toujours par monts et par vaux. Pas vraiment le genre à se faire appeler papi, mamie ni à changer les couches. Mais bon, le processus est assez classique... Quand les gens meurent, on a tendance à sublimer le passé.
lesamantsdulutetia @barbalala Mes grands-parents étaient des gens libres, oui madame, vous avez bien saisi leur profil, et vous pouvez même aller jusqu'à dire qu'ils étaient des égoïstes, c'est ce que pense ma mère, mais ça ne les empêchait pas de m'aimer.

De : simon.epstein@me.com
A : eleonorekerr12@gmail.com
Objet : Succession Kerr

Maman,
Nous voilà début décembre et nous en sommes toujours au même point. Tu ne réponds à rien. Tu fais la morte. Je ne comprends pas quel est ton problème. Ce montage au Luxembourg qui nous permet de contourner les droits de succession ? Aujourd'hui, huit Français sur dix réclament leur suppression. Huit Français sur dix les considèrent comme une double imposition, notamment sur une maison dont les propriétaires auront déjà payé, de leur vivant, les frais d'enregistrement au moment de l'achat puis, chaque année, des taxes foncières et d'habitation – faudrait-il que tu fasses partie des deux Français restants ? Ce serait bien notre chance ! Ezra et Maud se sont faits tout seuls, tu le sais. Ils ont pris tous les risques. Ils ont gagné leur

fortune à la force du poignet, créé de la richesse et des emplois, et pour eux, bâti cette maison comme un coin de paradis pour abriter leurs jours heureux, puis les nôtres. Est-ce de leur faute si depuis les années 70, la Côte d'Azur n'a eu de cesse d'attirer les oligarques russes et les princes des Émirats arabes unis au point de faire exploser le marché de l'immobilier ? Non, alors je ne rougirai pas des astuces trouvées par mes grands-parents pour nous léguer cette maison. Maintenant, si toi, ça te pose problème, je te propose une solution très simple :

Renonce à la succession.

Je me suis renseigné, les démarches sont simplissimes. Tu n'as même pas besoin de revoir Duval. Il te suffit de remplir le formulaire de « renonciation à succession par un majeur » que je t'ai mis en pièce jointe, et de l'envoyer au greffe du tribunal de grande instance de Paris accompagné de la copie intégrale des actes de décès d'Ezra et Maud, la copie intégrale datant de moins de trois mois de ton acte de naissance, ainsi que la copie recto-verso de ta pièce d'identité. Le mécanisme civil de la représentation se mettra alors en branle et comme je suis ton seul descendant direct, je deviendrai héritier à ta place. Ce sera gagnant-gagnant. Tu seras dégagée de toute obligation et Les Bulles resteront dans la famille, comme Ezra et Maud le souhaitaient.

J'ai réfléchi dans tous les sens, maman, c'est de loin la meilleure solution. Il faut qu'on avance, maintenant, et que la nouvelle année nous permette d'aller de l'avant.
Simon

En raison du décalage horaire, je reçus ce mail de Simon à quatre heures du matin. Bien sûr, je fus incapable de me rendormir. À sept heures, j'appelai Vincent pour lui apprendre la nouvelle – *Notre fils me demande de renoncer à l'héritage de mes parents. De mieux en mieux, non, qu'en penses-tu ?* – mais il devait dormir encore et je n'eus droit qu'à sa messagerie. À huit heures, je décidai de lui apporter des croissants. J'espérais qu'il soit seul tout en envisageant la possibilité de tomber sur Ludivine, l'une de ses anciennes étudiantes aux Beaux-Arts qu'il fréquentait plus ou moins depuis trois ans, mais ce fut une créature inconnue aux pieds nus et aux jambes interminables qui m'ouvrit la porte. Elle portait pour seul vêtement un T-shirt I LOVE NY qui lui arrivait à mi-cuisses, elle avait dû le piquer à Vincent en sortant du lit. J'eus le temps de voir que les ongles de ses orteils étaient peints en jaune, tout comme ceux de ses mains, et qu'elle avait de beaux yeux verts sous une frange qui lui barrait le front.

– Oui ? questionna-t-elle d'une voix de fumeuse à peine réveillée. C'est pour quoi ?

Je lui répondis, en bégayant, que j'étais venue voir le père de mon fils mais que je repasserais plus tard, il n'y avait pas d'urgence et désolée pour le dérangement, quand je l'entendis, lui, gueuler depuis la chambre :

– C'est qui ?!

– Ton ex !

La créature fit volte-face et traversa l'atelier jusqu'au couloir plongé dans des ténèbres qui l'avalèrent aussitôt. Quelques secondes plus tard, de cette même obscurité, apparut Vincent, en caleçon et vieux T-shirt Snoopy. Simon aurait adoré.

– Qu'est-ce qui t'arrive ? demanda-t-il, inquiet.

– Rien, je suis désolée. Je ne sais pas ce qui m'a pris de venir comme ça. Je t'appelle, ok ? Je t'appelle. À plus tard.

– Hey…

Vincent m'attrapa le bras et, d'un regard, m'intima l'ordre de me détendre. Je l'avais surpris avec une autre fille que Ludivine, et après ? Ça n'était plus moi la femme trompée. Si ?

– Assieds-toi, dit-il. Je vais te faire un café.

La cuisine était un îlot que j'avais conçu dans la pièce principale, dérobé en partie par une sorte de bar. Vincent passa derrière, tandis que j'ôtais sac et manteau et déposais les croissants sur sa table de travail. Sur une desserte à côté, je reconnus ses dizaines de feutres, ses crayons, ses pinceaux qui étaient des petits-gris, des poils de martre, des usés-bombés, des brosses plates, et cet univers si familier me pinça le cœur. J'adorais vivre dans le dessin, mais le savais-je assez au moment de notre séparation ? L'humiliation d'avoir été trompée avec cette illustratrice qu'il retrouvait chaque week-end en province dans des salons du livre où il était invité pour faire la promotion de ses BD avait tout emporté. Tout balayé sur son passage. Ce n'était pourtant pas une histoire d'amour. Vincent avait juste cédé à son désir, et il avait fait le maximum ensuite pour effacer sa faute, mais j'avais été incapable de lui pardonner. La rage que j'éprouvais à son endroit était trop grande, trop profonde. Elle me venait évidemment de ce que j'avais vu ma mère souffrir d'être cocue, et d'ailleurs, nous en parlions beaucoup, Vincent et moi, mais ces discussions ne m'étaient d'aucun secours : je me levais le matin et j'avais toujours envie de le tuer.

Dans ces semaines si douloureuses qui avaient précédé notre séparation, Vincent passait son temps à laisser partout des dessins de cochons à l'allure humaine, ou des petites limaces adorables qui disaient dans des bulles : *Je t'aime / Tu es la femme de ma vie / Je suis vraiment trop con / Je voudrais que tu me pardonnes mais je ne sais pas comment*. Mes amies trouvaient ça irrésistible, mais moi, ça me rendait dingue qu'il utilise son talent pour m'amadouer. Je ne voulais pas qu'il m'amadoue. Je voulais qu'il paye. Et dans ce but, j'avais trouvé à l'école un parent d'élève à qui j'avais fait un rentre-dedans pas possible jusqu'à ce qu'il m'invite à dormir chez lui. J'avais dit à Vincent je sors dîner, et j'étais rentrée à sept heures du matin pour emmener mon fils à l'école, pleine de l'odeur du sexe d'un autre. *Œil pour œil, dent pour dent.* Ce jour-là, Vincent avait compris que la surenchère n'en finirait pas tant mon besoin de vengeance répondait à une blessure bien plus ancienne que celle qu'il m'avait infligée, et qu'elle nous démolirait tous les trois. C'était une blessure contre laquelle il ne pouvait rien, car on ne peut jamais rien contre l'enfance. Aussi, avant que les choses ne deviennent trop laides, avait-il décidé que nous n'irions pas plus loin, et il me le formula le soir même, après que Simon fut couché. Nous étions aussi dévastés l'un que l'autre.

Sur le pas de la porte, sa valise à la main, il m'avait dit :

« Quand je t'ai vue la première fois, assise sur les marches de l'école, j'ai tout de suite su que je voulais vieillir avec toi. Tu es la seule femme avec qui j'aurais voulu vieillir, Éléonore, et ça n'arrivera pas. »

J'avais trente ans, et j'avais été infoutue de saisir la beauté d'une telle déclaration. J'aurais juste voulu qu'il me dise *j'aime ta peau, tes seins, tes fesses, ton parfum, ton sexe, jamais je ne pourrais me passer de ton sexe*, mais maintenant que tout cela n'était plus l'essentiel, je me demandais si je n'aurais pas dû faire comme ma mère, accepter d'être trompée.

Il revint avec une cafetière turque et deux petits verres sur un plateau qu'il déposa à côté des croissants. La cafetière était brûlante. Il attrapa la poignée à l'aide d'un torchon et, quand il versa le café, le verre explosa.

– MERDE !!!! hurla-t-il en se dégageant.

Il s'était brûlé la main, et le café avait taché la planche sur laquelle il travaillait. On resta figés tous les deux quelques secondes, à contempler le désastre. Puis la fille réapparut dans l'embrasure de la porte et demanda, éberluée :

– Ça va ? Y a un problème ?

Vincent était reparti à la cuisine se passer la main sous l'eau froide.

– Non, dit-il. Il n'y a aucun problème. C'est bon, tu peux aller te rendormir.

La fille disparut à nouveau, sans demander son reste, et à moi, il dit :

– Je suis déjà en retard et je vais devoir tout recommencer… J'en peux plus.

La planche était foutue, en effet. La couleur avait bavé dans chaque case, il l'épongea malgré tout et, le regardant faire, mon œil tomba sur la photo de notre fils avec sa grand-mère dans une large coupelle achetée ensemble sur l'île d'Ios vingt ans plus tôt. Vincent devait s'en servir comme modèle pour ce nouveau projet sur sa mère. Lui aussi n'en avait donc pas fini avec ce sujet, continuant d'explorer une veine autobiographique qui le faisait toujours autant souffrir. Cette prédisposition à se faire tant de mal me fascinait.

– Je refais du café ?

– Non, c'est bon. Simon m'a écrit hier, il me demande de renoncer à la succession.

Un ange passa.

– Et ?

– Rien. Je voulais que tu le saches.

Il y eut un autre silence, plus lourd et plus désagréable. Cela me donna envie de partir, mais j'étais cimentée à ma chaise. Vincent n'avait pas assez dormi. La fatigue lui dessinait deux poches noires sous les yeux, et comme pour s'en nettoyer, il prit sa tête entre ses mains et se frotta énergiquement le visage.

– Éléonore, ça va faire trois mois que tes parents sont morts. Tu ne peux pas continuer comme ça. As-tu pu appeler Weber, le psychiatre dont je t'ai donné les coordonnées ?

– Non.

– Non. Et tu vas me dire que ça va, mais c'est faux. Regarde-toi. Tu as perdu plusieurs kilos, tu dessines des maisons bulles à tes clients, Elsa et Lionel t'ont proposé vingt fois de t'emmener dîner mais tu refuses systématiquement toutes leurs invitations, tu laisses Magali se démerder seule avec le déménagement de l'avenue Georges-Mandel, tu ne veux toujours pas répondre à Duval ni signer les papiers qu'il te réclame et, pour couronner le tout, te voilà en froid avec ton fils. Ils auront donc réussi à te flinguer toi aussi, en même temps qu'eux ? C'est ça que tu veux ?

L'air me manquait. Je me levai et allai marcher jusqu'à la verrière qui donnait sur les petits jardins ouvriers au bout desquels d'autres ateliers nous faisaient face. Dans l'un d'eux, un couple et deux enfants étaient assis à une grande table. Les enfants dessinaient, la femme était au téléphone et le mari lisait son journal. Pendant des années, nous avions, nous aussi, été ce genre de famille, et je pensai que s'il n'en restait rien, ce n'était pas la faute aux tromperies, au divorce, au départ de notre fils devenu adulte – tout cela, nous l'avions finalement très bien surmonté –, mais au double suicide de mes parents. Depuis qu'ils étaient morts, ils n'avaient eu de cesse de ronger nos liens, et maintenant nous étions trois électrons enfermés dans nos petites bulles. Dans nos solitudes. Vincent avait raison, Ezra et Maud avaient réussi à tout flinguer, à tout carboniser sur leur passage.

– Tu ne veux pas revenir t'asseoir ?

Je fis l'effort. Dans l'angle d'une feuille Canson, Vincent avait eu le temps de me croquer au crayon de papier, de dos face à la véranda, et à côté, il avait écrit :

La vie est belle, de temps en temps.

J'esquissai un sourire qui lui fit plaisir. Et puis, il me demanda :

– Qu'est-ce que tu ressens ? Essaye de m'expliquer.

– Un immense abandon.

Il n'y avait pas d'autres mots. Il parut sincèrement désolé. Il prit ma main dans les deux siennes comme s'il s'était agi d'un petit oiseau blessé, et il dit :

– Éléonore, on abandonne les gens dont on ne veut plus avoir la charge. Les enfants, les vieillards, les invalides… les animaux domestiques. Mais toi, tu n'es rien de tout cela, n'est-ce pas ? Tu es majeure. Tu es en bonne santé. Tu es libre. Tu gagnes ta vie, tu ne dépends de personne. Personne n'a donc le pouvoir de t'abandonner. Et s'il faut que tu ailles voir quelqu'un pour t'aider à le comprendre, eh bien nous irons voir quelqu'un. Weber ou un autre. Je trouverai la bonne personne. Et je t'accompagnerai aux premières séances. Je m'organiserai.

– C'est Simon qui t'a demandé ça ?

– Mais arrête avec Simon ! Ton fils n'est pas ton ennemi. Il est simplement inquiet pour toi. Et moi aussi, je le suis.

La colère était revenue et Vincent n'aimait pas ça, il

n'avait jamais su quoi en faire. Il se leva comme pour s'en débarrasser. Il aurait voulu que je disparaisse. Il allait m'ordonner de partir, je le sentais. Je l'attendais. Mais il hésitait, se demandant sans doute s'il pouvait aller jusque-là. La réponse était non, alors il dit :

– Je vais te raccompagner chez toi. Il faut que j'aille voir ma mère à Dourdan.

Et la fille qui dormait dans son lit ? Elle pouvait bien attendre. De toute façon, elle ne se réveillerait pas avant quatorze ou quinze heures. C'était là l'avantage de sortir avec des filles très jeunes. Le week-end, elles allaient danser, buvaient trop, se couchaient à l'aube et n'émergeaient qu'au milieu de l'après-midi, ça laissait le temps de faire des choses.

On alla chercher sa Volvo au garage et l'on traversa Paris dans le silence. Les embouteillages étaient monstrueux, cela prit un temps fou. Arrivé à l'angle du boulevard Arago et de l'allée Nina-Simone, Vincent se gara sur le bas-côté puis se tourna vers moi. Il avait eu le temps de calmer ses nerfs, de renouer avec son empathie naturelle, et de sa voix douce et fraternelle, il m'assura qu'il était là pour moi, qu'il le serait toujours, même si Simon était grand et loin désormais, que cela ne changeait rien, parce qu'un jour nous avions décidé de fonder une famille et, quoi qu'il advienne dans nos vies, cette famille existerait toujours. Je ne trouvai pas le courage de le remercier mais je pensai que dans mon malheur, j'avais vraiment beaucoup de chance, j'aurais pu avoir des connards de parents et aussi faire un enfant avec un con, c'était une chose qui arrivait à tellement de gens.

Une voiture klaxonna derrière nous.

– Vas-y, m'ordonna Vincent. Je t'appelle.

– Ça t'embête si je t'accompagne ?

– Où ça ?

– À Dourdan.

– Pourquoi veux-tu m'accompagner à Dourdan ?

– Pour rester avec toi. Pour voir ta mère.

– Ma mère ne reconnaît personne, Éléonore. Ça ne sert à rien de lui rendre visite.

– Oui, mais moi, je la reconnaîtrai.

– Non, non, tu ne vas pas venir avec moi à Dourdan. C'est une très mauvaise idée.

Le type derrière nous klaxonna à nouveau. Vincent lui dit d'aller se faire foutre en lui faisant un doigt dans son rétroviseur latéral.

– Ça me fait plaisir de t'accompagner.

– Oui, mais ça n'est pas un endroit où tu veux aller. Au programme des ateliers, monter soi-même son propre cercueil en carton et le customiser, ça te va ?

– Je ne te crois pas.

– Tu as tort. Ma mère a monté le sien et tu sais ce qu'elle a peint dessus ? Les coquelicots de Van Gogh. Tu ne te souviens pas ? Elle avait la litho dans sa cuisine.

– Mais ils veulent qu'elle soit enterrée dedans ?!!

– Oui, c'est l'idée. Quand j'ai appelé la direction de l'Ehpad pour leur dire que finalement, le macramé, c'était quand même pas si mal comme activité, ils m'ont répondu qu'il fallait être écoresponsable et en finir avec les six cent mille cercueils en bois vendus chaque année en France. Il paraît que ça nous coûte onze millions d'arbres sains, soit près de trente mille kilomètres carrés de forêt qui partent chaque année en fumée pour nos morts. Tu le savais ? Moi pas. Et le gars m'a dit : « C'est le plus grand gâchis écologique qui soit ! Si ça ne tenait qu'à moi, je peux vous dire que je ferais comme à Washington, je légaliserais le compost humain pour qu'on soit tous recyclés et que les morts aussi réduisent leur bilan carbone. » Donc laisse tomber la visite à l'Ephad. Rentre chez toi, commande-toi un Uber Eats et écoute les Daft Punk, ce sera beaucoup plus fun.

– Avec les deux urnes funéraires de mes parents ?

Vincent n'avait plus d'arguments. Il murmura que j'étais impossible et prit la direction de l'A6.

Les terres labourées d'Île-de-France étaient recouvertes de givre. Elles s'étalaient devant nous à perte de vue, telle une mer de glace, sous un ciel laiteux derrière lequel tentait de percer un soleil rond et blanc semblable à une pleine lune. Enfin, l'hiver était là. C'était le premier pour Vincent sur ce trajet. L'hiver précédent, Nicole habitait encore chez elle. Je n'arrivais pas à me rappeler la date exacte à laquelle elle avait fugué, mais je sais qu'il faisait doux parce que c'était un argument dont j'avais usé pour rassurer Vincent. Sa mère s'était volatilisée durant cinq jours et il avait cru devenir fou. J'étais allée avec lui déclarer sa disparition à la police, puis il avait organisé des battues en continu et placardé tout son quartier de petites annonces semblables à celles qu'on épingle pour les chats et les chiens perdus, avec la photo de sa mère en médaillon. Finalement, c'était une adolescente qui l'avait retrouvée dans un parc voisin, en peignoir et chaussons noirs de terre. Nicole avait été immédiatement hospitalisée, et après concertation avec son médecin traitant, Vincent avait dû prendre la douloureuse décision de la placer en Ehpad, elle n'était plus jamais retournée chez elle.

– Il faut que je te dise quelque chose, m'annonça-t-il alors que nous franchissions la frontière de l'Essonne.

– Quoi ?

– Depuis trois semaines, ils l'ont changée de service. Elle était trop désorientée, alors ils l'ont mise dans une unité protégée, une unité CANTOU, ça s'appelle, c'est réservé aux résidents atteints de troubles cognitifs. Ma mère est enfermée dans ce truc toute la journée et elle ne peut pas en sortir.

Vincent s'était mis à pleurer. Cela me fendit le cœur. Et pourtant, si fou que cela puisse paraître, j'aurais aimé être à sa place. Oui, j'aurais aimé pouvoir rouler vers mes parents séniles, parce que j'enviais ce cadeau que les parents font à leurs enfants dans leur très grande vieillesse, pouvoir enfin les sentir vulnérables et ainsi les aimer à nouveau, sans bémols, de cet amour pur, aveugle et entier d'avant l'adolescence. J'étais certaine que sentir renaître cet amour en soi valait réparation de tous les ratés d'une relation dysfonctionnelle.

Vincent accéléra, et les entrepôts devinrent un long ruban de couleurs primaires. Je posai la tête sur la vitre et fermai les yeux, comme au tout début de notre histoire lorsque nous prenions la route sans destination précise. Nous adorions cela. Et sans doute y repensais-je maintenant parce qu'il n'avait jamais changé de voiture et que nous écoutions encore le même disque, les voix de Deneuve et de McLaren chantant en duo « Paris Paris ». C'était étrange comme ce titre serait à jamais associé dans mon esprit à ce départ de Ramatuelle, à la fin d'un mois d'août, avec Les Bulles et mes parents que je regardais rétrécir dans le rétroviseur. C'était notre premier été en amoureux. Nous passions dans la région, et je n'avais pas pu faire l'économie de m'arrêter embrasser Ezra et Maud chez qui finalement nous étions restés deux nuits. Ils recevaient alors de « nouveaux amis » (leur grande spécialité), une bande de Marocains qui venaient de faire fortune et dont la vulgarité n'avait d'égale que leur bêtise. Il avait fallu se les farcir à tous les repas, l'après-midi au bord de la piscine, et encore le soir après dîner sur la terrasse où nous n'avions qu'une envie, écouter le silence. Ces abrutis n'avaient pas compris à quel point nous les méprisions, ils nous avaient demandé nos numéros, puis pendant des mois nous avaient envoyé des messages pour nous inviter dans leurs propriétés de Casablanca, Marrakech, Essaouira, Marbella. Une des femmes du groupe, toujours vêtue de robes en filet très courtes, de maillots en triangle minuscules et de talons vernis vertigineux, nous avait même envoyé des photos de son palace pour nous allécher. Dans ses messages, elle nous appelait *mes chéris / mes amours / mes petits chats*, et nous parlait de grandes fêtes à venir que nous ne pouvions absolument pas rater. Dès le début, Vincent avait gagé qu'elle organisait des partouzes. C'était tout à fait plausible, et sur ce chemin de terre qui nous rendait à notre liberté, nous nous étions demandé, hilares, si Ezra et Maud y participaient. L'idée me faisait horreur, bien sûr, mais c'était le tout début de mon histoire avec Vincent, et après ces deux jours abominables, je voulais l'assurer que je n'avais rien à voir avec mes parents, que leurs fréquentations me désolaient et que je pouvais parler d'eux avec la distance qui sied aux étrangers. Je voulais aussi me débarrasser de la honte qu'ils m'inspiraient. Je voulais laisser cette honte dans cette maison pour toujours, et ne plus jamais y revenir. C'était une honte indissociable de mon enfance, et je crois que je la quittai vraiment cet été-là, parce que je savais que Vincent deviendrait mon mari et le père de mes enfants, et que la vie qui nous attendait me rendrait heureuse. Le soleil dans le pare-brise me le disait. Il nous éclaboussait de toute sa lumière dorée, magnifique, et cela me donnait envie d'épouser l'avenir comme mon regard épousait le paysage, un grand océan de vert tendre et de ciel cobalt. Je me souviens que ce jour-là, nous avions roulé jusqu'à la nuit, puis fait une halte en Bourgogne chez des gens qui avaient transformé leur résidence principale en maison d'hôtes. Le phénomène de location chez l'habitant commençait à peine et cela nous avait paru délirant. Le lendemain au petit déjeuner, alors que les enfants de nos hôtes nous étaient montés sur les genoux, nous nous étions amusés à imaginer une vie dans le Cantal ou en Normandie, à recevoir chaque jour des inconnus. *T'es dingue ! Paris, Paris !* avait claironné Vincent, et nous avions repris la route direction la capitale, McLaren et Deneuve en duo dans les oreilles.

Le temps qui nous séparait de cette époque était immense, et pourtant il me parut soudain incroyablement présent, tangible, comme si j'avais pu le toucher du doigt. Je revis alors tous les voyages que nous avions faits dans cette Volvo déglinguée, Marseille, le port de Naples, les prairies vallonnées du Lot, Grenoble encerclé de montagnes à la tombée du soir et toutes ces routes en lacet, ces milliers de ronds-points, ces Leclerc, ces Champion, ces Intermarché avec leur grand parking désert, ces clochers, ces mairies, ces bistrots silencieux, ces chiens perdus et ces stations-service à ne plus savoir qu'en faire, sinon des pleins et des pauses sur des aires d'autoroute de fin du monde. C'était hier et à la fois il y a un siècle, mais comment être sûr que c'était nous ? J'aurais voulu y retourner pour vérifier. Et pour le temps que nous aurions encore eu devant nous, un temps si long que nous aurions renoué avec cette illusion bénie d'être éternels.

L'album de Malcolm McLaren était arrivé à sa fin. Vincent bascula sur la radio et tomba sur une chercheuse au CNRS qui commentait un rapport tout juste sorti sur la croissance grise. Décidément, le sujet nous poursuivait… Cette femme disait qu'en 1950 il y avait cinquante-quatre millions de personnes de plus soixante-cinq ans dans le monde et qu'il y en aurait un milliard cinq dans moins de trente ans. C'était le visage de la société tout entière qui allait changer, et ce changement, selon elle, était un véritable défi pour les politiques publiques en matière de niveau de vie, de soins de santé et d'assistance.

– Ça me déprime, lâcha Vincent.

Il tourna le bouton des fréquences et tomba sur Radio Classique qui diffusait une sonate pour piano de Schubert.

– C'est vrai que ça, c'est beaucoup plus gai !

Ma remarque ne le fit pas sourire. Il continua un moment de se balader sur les ondes et retomba sur la chercheuse. Elle parlait maintenant de la hausse des maladies neurodégénératives, c'est-à-dire de sa mère.

– Putain, j'y crois pas…, lâcha-t-il.

Mais cette fois, il continua d'écouter. La chercheuse disait que de cette hausse résultait une population en perte d'autonomie de plus en plus grandissante et qu'à cela, en raison de la crise et des nombreux divorces, s'ajoutait le problème de l'isolement et de la pauvreté, avec des niveaux de retraite intenables face au coût de la vie toujours plus élevé.

– Alors ? demanda-t-elle. Qu'est-ce qu'on fait de ça ? Comment règle-t-on le problème ?

– Comme dans *Soleil vert*, proposa le journaliste. Les vieux, on les mange !

La chercheuse s'efforça de rire pour ne pas plomber l'ambiance, mais pour sa part, elle n'avait pas de réponse. Elle voulut tout de même citer Simone de Beauvoir dans *La Vieillesse* qui, selon elle, posait la seule question à laquelle nous devions répondre : « Que devrait être une société pour que, dans sa vieillesse, un homme demeure un homme ? »

– Ouais, j'avoue, bonne question, reconnut Vincent, et il arrêta le moteur.

Nous étions arrivés à l'Orée du Bois.

La résidence pour personnes âgées se trouvait avenue des Acacias, à Dourdan, en lisière d'une forêt domaniale. C'était un Ehpad implanté au cœur d'un parc arboré de cinq hectares, dont la mention, sur son site internet, avait convaincu Vincent d'y mettre sa mère. On se gara sur le parking Visiteurs où il n'y avait aucune autre voiture, et Vincent m'expliqua que les familles venaient généralement après le déjeuner, comme s'il se sentait obligé de se justifier. Dehors, le froid glacial nous agressa aussitôt le visage, la cornée. Il devait faire au moins quatre ou cinq degrés de moins qu'à Paris, comme dans les cimetières. Mes yeux se mirent à pleurer.

Je remontai derrière Vincent l'allée dallée jusqu'à l'entrée de la résidence. De chaque côté, des rangées de pensées, une pelouse impeccable. Les portes vitrées s'ouvrirent à notre passage. Il y en avait deux, séparées par un petit sas depuis lequel je découvris une dizaine de résidents qui patientaient dans le hall. La plupart étaient en chaise roulante, encore en pyjama et en chaussons. Certains manifestèrent une réaction à notre arrivée mais d'autres pas la moindre, comme si nous n'avions pas plus de consistance qu'un courant d'air. Je demandai à Vincent pourquoi ces gens étaient là, ce qu'ils attendaient, et Vincent me répondit *rien, ils restent ici simplement pour regarder les entrées et les sorties. Ça les divertit.* Une de ces personnes au visage si ridé que je n'aurais su dire si c'était une femme ou un homme m'adressa un beau sourire. Je le lui rendis, et au moment où je la dépassai pour rejoindre les ascenseurs, je remarquai qu'il ou elle lisait le *ELLE*, mais à l'envers.

L'étage où se trouvait Nicole était une succession de couloirs aux couleurs vives qui me donnèrent l'impression d'avoir atterri dans une crèche, ou au pays des Lego. On passa du vert au bleu cyan, puis du bleu cyan au jaune, au vert et au orange, sans que je comprenne très bien à quoi correspondait ce code couleur. Je baissais la tête, toujours dans les pas de Vincent, la trouille au ventre, exactement comme j'avais marché quelques semaines plus tôt derrière la psychologue dans les couloirs de l'Institut médico-légal. Après tout, nos existences se résumaient peut-être essentiellement à cela, au nombre ahurissant de couloirs que nous empruntions dans nos vies, de la naissance à la mort. Nous nous retrouvâmes dans un hall en forme d'étoile, puis nous traversâmes une sorte de passerelle en verre qui enjambait des champs que l'hiver avait mis à nu. L'été, ça devait être beau de marcher au-dessus des blés, ou des tournesols. Je pensais qu'il faudrait que je revienne en été, et Vincent se tourna vers moi.

– Voilà, c'est là. C'est ici.

Nous étions devant l'unité CANTOU ultra-sécurisée, dont la porte était aussi bien gardée que celle d'un coffre-fort. Personne ne pouvait l'ouvrir sans avoir au préalable décliné son identité à l'interphone, ou bien composé le code secret sur le clavier vissé à droite de la porte. Les aides-soignants, eux, avaient une clef magique, sous forme de passe.

– Oui ? demanda une voix à l'interphone.

– Bonjour, dit Vincent, c'est monsieur Epstein. Je viens voir ma mère. Vous pouvez m'ouvrir, s'il vous plaît ?

– Bonjour monsieur Epstein. Je vous ouvre tout de suite.

Derrière la porte, deux vieux séniles nous regardaient en faisant des grimaces.

– Bienvenue à la cour des Miracles…, murmura Vincent en leur souriant.

Il leur tira la langue, et les deux vieillards l'imitèrent aussitôt. Cela l'encouragea. Il plaça ses pouces de chaque côté de ses oreilles avant de faire pianoter ses doigts comme il l'aurait fait avec de tout petits enfants. Les deux vieux s'en amusèrent, mais malgré plusieurs tentatives, ils ne parvinrent pas à reproduire ses gestes. C'était trop de synchronisation. Trop de connexions neuronales sollicitées.

– Regarde, dit encore Vincent, un doigt, c'est tout de suite beaucoup plus simple…, et alliant le geste à la parole, il leur fit un double doigt d'honneur que les vieux s'empressèrent de lui rendre.

– Arrête, t'es complètement malade !

– Oh, ça va… Tu ne vas pas me faire chier avec ta morale à deux balles… Regarde comme ils sont contents. Pour une fois que quelqu'un les regarde.

C'est vrai qu'ils avaient les yeux rieurs. Vincent continua un instant avec ses deux doigts à leur dire d'aller se faire foutre, puis une infirmière apparut. Elle prit les résidents par le bras et les éloigna de la porte.

– Elle a peur qu'ils s'échappent, commenta Vincent.

– Pour aller où ?

– Nulle part. Là, dans le couloir, mais c'est déjà trop loin. Ici, personne ne veut prendre aucun risque.

Elle revint à nous et nous ouvrit en s'excusant pour l'attente. Elles n'étaient que trois pour tout le service aujourd'hui, elles n'y arrivaient pas.

La porte se referma dans un claquement sourd. Je sentis alors quelque chose se verrouiller dans le fond de ma gorge. J'aurais voulu dire à Vincent que je l'attendais dehors finalement, mais cette lâcheté de dernière minute m'emplit d'une honte qui m'imposa le silence. Nous gagnâmes la pièce commune. C'était une salle couleur fuchsia cette fois, où tout du long un banc avait été moulé dans le mur comme dans un hammam ou dans une cellule d'isolement, probablement par crainte que les vieux ne s'en prennent au mobilier, *la violence n'a pas de limite d'âge*. Nicole était assise sur ce banc, entre deux autres résidents qui écoutaient, comme elle, un aide-soignant à la carrure massive leur chanter « Dans sa maison un grand cerf ». Ça faisait *Lapin, lapin, entre et viens ! / Me serrer la main !* et de voir cette femme aussi vulnérable qu'une toute petite enfant me terrifia. Elle paraissait si amaigrie dans ce jogging en panne de velours grise que je lui avais offert une année à Noël… Elle flottait dedans, désormais. L'aide-soignant s'interrompit et se tourna vers nous pour nous saluer. Puis d'une voix joyeuse, il annonça à Nicole la visite de son fils. Mais Nicole resta de marbre. Elle ne manifesta aucune réaction et Vincent me dit :

– Parfois elle me reconnaît. Et parfois pas.

L'aide-soignant ne lâcha pas l'affaire. Il se pencha à l'oreille de mon ex-belle-mère pour lui répéter comme à une sourde, ou à une débile, que son fils était là, qu'elle devait être contente, toute la semaine elle l'avait réclamé, eh bien voilà, on ne lui avait pas menti, on lui avait dit qu'il viendrait dimanche et dimanche il était là, n'était-ce pas formidable ?! Maintenant, elle allait pouvoir en profiter, passer une partie de l'après-midi en sa compagnie, et peut-être même faire une petite balade dans le parc, il faisait froid mais il ne pleuvait pas, quelle chance.

Les mots de l'aide-soignant semblaient glisser sur Nicole à la manière d'une coulée d'huile sur une toile cirée. Elle ne les entendait pas. Ou si elle les entendait, ils n'avaient pour elle aucun sens, comme nous qui étions devant elle et qu'elle ne reconnaissait pas. Vincent devait affronter cette nouvelle violence, à présent, accepter de n'être plus personne pour qui l'avait pourtant mis au monde, et je réalisai qu'il ne m'avait rien dit de cette nouvelle étape. Pas un mot. Sans doute par respect pour qui était sa mère, une directrice de collège que tout le monde avait redoutée, mais aussi parce que les mots sont impuissants à rendre compte de cette tragédie. Ce que la vieillesse fait à un corps humain, seul son spectacle peut le révéler. C'est le tableau d'une entreprise de démolition massive, un anéantissement de tout ce que nous avons été, esprit et corps, corps et esprit, et de tout ce que nous avons patiemment construit au fil des ans. C'est une tour que quelqu'un vient de faire péter à la dynamite et que nous regardons, impuissants, s'affaisser sur elle-même.

L'aide-soignant emmitoufla Nicole dans une grosse doudoune, puis il lui mit un bonnet, des gants, une couverture sur ses genoux cagneux, et nous allâmes la balader dans le parc. Le soleil avait fini par percer les nuages, il ne faisait plus si froid, c'était agréable. Vincent proposa qu'on s'éloigne du bâtiment principal, il voulait oublier un peu l'endroit. On marcha jusqu'au fond du parc, là où le personnel soignant n'avait généralement pas le courage de venir faire la police, et Vincent put donner à sa mère les réglisses qu'il lui avait apportées. Il lui en amenait chaque semaine, en cachette.

– Sinon ils les confisquent. Il paraît que c'est mauvais pour sa tension, mais franchement, qu'est-ce qu'on en a à foutre de sa tension dans l'état où elle est ?

Nicole savourait maintenant son deuxième rouleau, et nous le premier. On s'était assis sur un banc et on avait installé son fauteuil à côté de nous, dans les rayons du soleil. Son visage en était baigné et ses traits, comme défroissés, transpiraient une paix sans nuage. En l'observant, je pensais que même si elle ne connaissait plus le sens du mot « bonheur », cet instant en était un, indiscutablement, et à lui seul, il justifiait qu'elle soit maintenue en vie le plus tard possible. Mes parents, eux, avaient renoncé à cela. Ils avaient choisi de ne plus jamais connaître ce plaisir du soleil sur leur visage un jour d'hiver, et cela me parut fou. Fou et si triste.

– Tu as bien fait de mettre ta mère ici, dis-je à Vincent.

– Tu te fous de moi ?

– Non, pas du tout. Tu as sauvé ce moment. Regarde comme elle est bien.

– Et toutes les fois où elle est mal ? J'ai tellement

honte de l'avoir mise ici que je ne peux même pas lui dire au revoir. À chaque fois, je pense à ce sketch dans *Les Nouveaux Monstres* qu'elle m'avait montré un jour quand j'étais gosse, « Comme une reine », d'Ettore Scola, et j'ai envie de chialer. Ça raconte l'histoire d'un fils joué par Alberto Sordi qui dépose pour la première fois sa mère à la maison de retraite, mais sa mère l'ignore, la pauvre, et elle se fait piéger. Elle est toute petite, toute mignonne, et jusqu'au dernier moment, elle ne comprend rien à ce qui lui arrive. *Maman, regarde, regarde ce parc !* crie Sordi. *Regarde comme c'est grand ! Peut-on espérer en ville une vue aussi dégagée ?* Et alors qu'il est là à trop forcer l'enthousiasme, une résidente qui n'a plus d'âge traverse le champ en tirant une chaise derrière elle, comme si c'était son chien. C'est affreux… Tout est affreux, dans ce film, mais la cruauté et le cynisme de Sordi qui ne sont que le cache-misère de son désespoir nous avaient fait rire aux larmes, maman et moi. Et à la fin du sketch, je me souviens qu'elle m'avait pourchassé dans tout l'appartement pour me faire jurer de nc jamais la mettre dans une maison de retraite. *Jure-le-moi, Vincent, jure-le-moi que tu ne céderas pas à la volonté de ma méchante bru et que tu ne me mettras jamais dans un de ces mouroirs !* Elle était hilare, assise à califourchon sur moi qui avais fini par m'étaler sur la moquette… Pourquoi j'ai l'impression que c'était hier ? Je la revois encore avec ses grands anneaux dorés, ses boucles brunes, son visage juste au-dessus du mien et ses dents blanches sur lesquelles se déposait toujours un peu de son rouge à lèvres. Tu sais, elle était si…

Vincent s'était arrêté net, comme une voiture qui cale. Je ne savais pas s'il s'était remis à pleurer, en silence. Je n'osais le regarder. Les minutes s'étiolèrent et le soleil disparut derrière un arbre. Il fit froid à nouveau. Les yeux de Nicole larmoyaient. Son fils se pencha pour essuyer ses larmes.

– Elle est congelée, dit-il. Je vais la ramener. On se retrouve à la voiture.

J'embrassai Nicole sur le front et son fils l'emporta. Je les suivis du regard jusqu'à ce qu'ils disparaissent au loin, derrière une haie de charmille, pensant que c'était peut-être la dernière fois que je la voyais. Ici et là, des silhouettes semblables aux leurs, allant aussi deux par deux, déambulaient dans les allées du parc, formant de graciles têtes d'épingles sur le vert tendre des parterres de gazon. Je basculai la tête en arrière pour ne plus avoir à la tenir. C'était agréable. Le regard rivé au ciel, je me mis à suivre les nuages galopant en troupeaux dans le ciel blanc. Enfant, cette activité m'occupait des heures entières. Je m'allongeais sur la pelouse des Bulles, le corps en étoile, et j'étais si absorbée par ce spectacle que je n'entendais plus rien autour, même pas mon prénom quand mes parents m'intimaient l'ordre de rentrer. Dans le parc de cet

Ehpad, c'est le prénom d'une autre qui finit par me chatouiller l'ouïe. Je me redresse, et sur ma droite, je découvre une vieille dame en anorak de ski, gants, bonnet et déambulateur, qui me regarde avec de grands yeux bleus ébahis. Elle me dit :

– Oh, ma Solenn, ma fille chérie… Tu es enfin venue me voir ! Comme tu m'as manqué !

La pensionnaire a ouvert grand ses bras, lâché son déambulateur, et maintenant elle s'avance vers moi prête à se jeter contre ma poitrine, si bien que je n'ai pas d'autre option que de me lever aussi et de lui ouvrir les miens. Elle me serre avec toute la force qu'il lui reste, je me retrouve le nez dans son cou, et l'odeur de poudre que sa peau exhale est un parfum dans lequel on voudrait tous pouvoir se réfugier. Elle me dit qu'elle m'aime, que chaque nuit, j'habite ses rêves. Elle me demande comment va mon frère Henri. Elle ne comprend pas pourquoi il lui en veut, pourquoi il ne lui donne pas de nouvelles, mais elle dit qu'elle ne veut pas m'embêter avec ça, surtout pas, qu'elle veut juste profiter de ma visite, et dans un sanglot elle me répètc :

– Tu m'as tellement manqué.

Je ne la contredis pas. L'amour est une denrée trop précieuse pour refuser d'en recevoir, d'où qu'il vienne.

Instagram

Lesamantsdulutetia ...

Amants / Amour éternel / Droit de mourir dans la dignité
https://www.change.org.pour-une-fin-de-vie-digne

Lesamantsdulutetia Photo prise aux Bulles en septembre 76. Auteur inconnu.

MERCI POUR L'AMOUR ! MERCI POUR LE SOUTIEN ! ET MERCI POUR VOS DIZAINES ET DIZAINES DE MESSAGES, VOUS ME DONNEZ DES AILES !

Nous sommes le 15 décembre, et notre pétition sur change.org en faveur du droit de mourir dans la dignité vient d'atteindre les 100 000 signatures. C'est complètement fou ! C'est absolument génial ! Fort de votre soutien, je voudrais solliciter dès à présent un rendez-vous auprès de la ministre de la Santé qui, je l'espère, y donnera rapidement suite. Mais rien n'est encore gagné. Le chemin jusqu'à l'adoption de la loi sera très long, c'est la raison pour laquelle je vous demande de ne surtout pas relâcher votre engagement. Chaque signature compte ! Chaque signature est une voix de plus dans le grand bruit que nous devons faire pour que le geste d'Ezra et Maud prenne tout son sens. Je compte sur vous !
barbalala Jamais vous n'obtiendrez l'adoption de cette loi. Hollande l'avait promise et il ne l'a pas fait. Ce n'est pas Macron et son « en même temps » qui s'y collera. La droite ne laissera jamais faire.
lesamantsdulutetia @barbalala Madame la cheffe de service en soins intensifs, nous avons bien compris que vous êtes contre le droit de mourir dans la dignité. Et je ne cherche pas à vous convaincre, même si vous me faites tristement penser à ces gens qui étaient vent debout contre Simone Veil en 74, et qui nous disaient : « Si on légalise, les avortements vont s'envoler ! » En vérité, c'est

exactement l'inverse qui s'est produit : proportionnellement, les IVG ont diminué depuis 75, et les deux femmes qui mouraient chaque mois d'un avortement clandestin ont disparu. Eh bien, les choses seront identiques avec le droit au suicide assisté. Non, il n'y aura pas davantage de suicides – scoop, les gens aiment la vie –, mais ceux qui auront lieu seront faits proprement. Vous ignorez une chose : le droit ne préexiste jamais aux faits ; le droit vient offrir un cadre légal à une situation déjà en place. Maintenant que j'ai pris le temps de vous expliquer cela, chère **@barbalala**, peut-être pourriez-vous passer votre chemin ? Cela fait des semaines que vous polluez mes posts de commentaires désagréables, de questions perfides et de pics qui se veulent blessants. Vous n'aimez pas les amants du Lutetia. Très bien, vous avez le droit. Mais allez voir ailleurs.

Je suis allée voir Weber ce jour-là, le jour des cent mille signatures atteintes sur change.org, et c'est d'ailleurs comme ça que j'ai commencé ma séance, je lui ai dit *Bonjour docteur, je viens vous voir sur les conseils de mon ex-mari parce que mes parents se sont suicidés ensemble le 1er septembre dernier et que mon fils a trouvé leur geste formidable de courage, au point que pour leur rendre hommage, il a lancé une pétition pour le droit au suicide assisté qui a déjà recueilli cent mille signatures, cela veut dire que cent mille personnes au moins pensent aujourd'hui comme lui, cent mille personnes pensent que mes parents sont des héros d'avoir ainsi tiré leur révérence, mais moi je me sens abandonnée et j'ai envie de crever, je ne dors plus la nuit, je passe mon temps à voir leurs deux cadavres flotter devant mes yeux, je peux être au volant ou dans la queue d'un supermarché et tout à coup, ils surgissent allongés et recouverts d'un drap blanc tels que je les ai vus à la morgue, et j'ai beau me mordre l'intérieur des joues ou me pincer au sang le gras du bras, rien n'y fait, l'image persiste, ils sont là devant moi, inertes et blafards, et ils hantent mes nuits, mes silences, mes moments de paix. Je ne connais plus la paix. Où que j'aille, je vis désormais dans cette salle de présentation de l'Institut médico-légal avec leurs dépouilles qui renferment nos souvenirs. Je les ai tous perdus. Tous. Je ne me souviens de rien. J'ai oublié leur rire, leur voix, leurs gestes, leur visage, leur odeur. Il paraît qu'ils ont été mes parents, mais même de cela, j'en viens à douter et je ne sais pas comment les retrouver.*

– Mais vous en avez envie ? me demande le psychiatre.

– Envie de quoi ?

– De les retrouver.

– Bien sûr ! Quelle question !

– Ce n'est pas le cas de tout le monde, vous savez. Des milliers de gens rompent avec leurs parents, et il se trouve toujours quelqu'un pour leur expliquer qu'ils devraient les revoir. Mais pourquoi, si c'est pour n'en tirer que de la douleur ? Vos parents vous ont abandonnée. C'est le mot que vous venez d'utiliser – *Moi, je me sens abandonnée* – et vous avez raison, vos parents ont disparu de votre vie du jour au lendemain, ça s'appelle un abandon, il n'y a pas d'autre mot. Vous n'avez donc plus aucune obligation à leur égard. Vous pouvez noyer le souvenir de ce qu'ils étaient au fond d'un puits et dormir sur vos deux oreilles, ça ne serait que le juste retour des choses. Mais si tel n'est pas votre souhait, si vivre dans la rupture vous coûte trop, alors je vous conseille d'écrire. Écrire vous permettra de les réinventer, et ainsi vous pourrez peut-être leur pardonner, et les aimer à nouveau.

CAHIER SUR MES PARENTS

Paris, le 17 décembre 2018

Puisqu'il faut écrire sur eux…

Mais par quoi commencer ?
Et quoi dire ?
Qu'ils adoraient les restaurants, par exemple ? Ça, c'est une certitude. Oui, Ezra et Maud adoraient les restaurants. Ils y allaient sans arrêt, aussi bien à midi que le soir et pour aucune occasion, *surtout pour aucune occasion !*, car ce qui leur plaisait avant tout, c'était de débarquer sans avoir réservé, d'être accueillis par leurs prénoms et d'avoir toujours la même table. De se sentir partout comme à la maison. Ils avaient une liste d'une dizaine d'établissements et ils n'en changeaient jamais :
Lipp
La Lorraine
La Boule rouge

Le Balzar
Chez Omar
Le Stresa
Bofinger
La Petite Maison de Nicole, au Fouquet's (même s'ils préféraient la Petite Maison à Nice).

Ce qu'ils aimaient dans les brasseries :
1/ La possibilité de s'asseoir côte à côte sur une banquette, de ne pas se parler de tout le repas et d'observer les gens dans la salle. Eux qui n'allaient jamais au théâtre devaient trouver une source de grand divertissement dans ce spectacle.
2/ Les nappes blanches et la vaisselle en argent. Dès qu'ils en trouvaient en brocante, ils en achetaient.
3/ La cuisine française : le céleri rémoulade, les œufs mayonnaise, les harengs pommes à l'huile, la salade mâche-betterave, les îles flottantes, les crèmes caramel.
4/ Le brouhaha à l'heure du coup de feu, les vapeurs de cigarette quand fumer était encore autorisé (pas besoin d'aller dehors sous le champignon pour attraper la mort), les grands miroirs jusqu'au plafond dans lesquels tout se réfléchissait.

Dernier anniversaire de Simon, Bofinger ou La Lorraine ? Je ne sais plus, mais le maître d'hôtel me dit en me prenant mon manteau : « Je connais vos parents depuis toujours. Ils font partie des murs. »

Les brasseries, c'était leur âge d'or, les meilleures années de leur agence. C'était les voyages, les soirées, les slogans cultes, la vie trépidante dont ils voyaient une variation chaque année au cinéma – *César et Rosalie*, *La Piscine*, *Quelques jours avec moi*, *Nous irons tous au paradis.* Des films qu'ils adoraient parce qu'ils parlaient d'eux.

L'avocat luxembourgeois me regarde avec un grand sourire de Joker et me dit :

– Vous signez ? Un paraphe sur chaque page et la signature où c'est indiqué, je vous ai mis des Post-it pour vous repérer. Je vous laisse, je suis juste à côté. Si vous avez besoin de quoi que ce soit, surtout n'hésitez pas.

J'avise l'ampleur du travail : cinq colonnes de documents parfaitement identiques, disposés en espaliers comme les cartes d'une réussite. Au total, deux cents pages environ à ratifier. Je prends une première pile et, sans lire, je signe à l'aide du Bic dont on m'a armée, mais manque de chance, il n'écrit pas, sans bouchon, l'encre a dû sécher. Je l'humidifie en portant la mine à ma langue et je retente le coup, en appuyant. Des traces apparaissent sur la feuille, comme des gribouillis. La honte. Peut-être qu'il faudrait attendre le retour de Duval pour lire toute cette paperasse avec lui et être assurée que ce n'est pas un ramassis de conneries. Je l'appelle. Ça sonne dans le vide. *Mais qu'est-ce qu'il fout ?* Je me lève et le vide est là aussi, à mes pieds. Je suis au trente-deuxième étage d'une tour qui doit en faire quarante.

– Qu'est-ce que vous faites ?

Je sursaute. Je me retourne. L'avocat luxembourgeois est revenu.

– Le Bic ne marche pas, je lui dis.

Et je ne sais pas pourquoi, mais soudain la peur de me faire engueuler me prend à la gorge. Il est gentil, pourtant. Il répond que je n'ai pas à m'inquiéter, qu'il a tout ce qu'il faut, et je le vois se diriger vers une armoire à rideaux puis en revenir les mains pleines de feutres et de crayons en tous genres, des feutres et des crayons comme ceux que Vincent utilise pour ses bandes dessinées.

– Voilà ! dit-il. Maintenant, vous avez l'embarras du choix.

Il me regarde hésiter entre le vert et le rose, ça me paraît quand même bizarre de signer en rose des documents de cette nature, je m'apprête à le lui dire mais il dégaine le premier :

– Au fait, il y a une question que je me posais : vous étiez au courant, vous, du projet de vos parents ? Vous en aviez discuté avec eux ?

– Non.

– Donc vous ne les avez pas aidés ?

– Aidés… C'est-à-dire ?

– Est-ce vous qui avez réservé la chambre d'hôtel, par exemple ? Ou acheté le smoking et la robe Miyake ?

– Non…

– Vous n'êtes pas complice, alors ?

– Non, bien sûr que non… Je suis parfaitement innocente.

Il me regarde comme s'il hésitait à me croire, puis, avant de retourner à son travail, il dit :

– Vous avez de la chance, en tout cas. Maintenant vous êtes riche !

C'est faux. Je n'ai pas signé. Je n'ai pas réussi. J'ai demandé à aller aux toilettes et j'en ai profité pour m'enfuir, et à présent je marche au pas de course sur une avenue qui s'appelle Konrad-Adenauer et coupe en son milieu la rue Vaclav-Havel puis le boulevard Robert-Schuman, et ces noms d'hommes politiques me ramènent tout droit à mes années lycée, à ce chapitre sur *le monde libre* qu'on étudiait en classe de terminale et qui était le monde dans lequel en une génération mes parents ont réussi à bâtir cette fortune honorable. Bravo à eux. Mais pourquoi ont-ils choisi de la placer ici, au chaud, dans ce quartier d'affaires du plus petit pays d'Europe ? Voulaient-ils aussi militer pour le droit de disposer librement de leur fric ? De ne pas payer d'impôts, pas de droits de succession ? Ça leur ressemble bien, tiens ! Et ça me fait bien marrer de les imaginer en tête de file de ce combat, même si je pense au pauvre Schuman qui doit se retourner dans sa tombe, paix à son âme. S'il avait su, le malheureux, que son Europe du charbon et de l'acier se terminerait comme ça, en un joli paradis fiscal encerclant comme un marécage dégueulasse la Cour de justice dont je vois soudain se dresser devant moi les tours mordorées. À leur pied, les drapeaux flottants des Vingt-Sept, et aucun qui ne pipe mot. Ces tours sont signées Dominique Perrault, que j'adore. C'est un architecte français qui a fait aussi, dans le même genre, les tours de la bibliothèque François-Mitterrand, à Paris, et d'ailleurs, c'est marrant mais j'y suis. Oui, je suis à Paris, tout à coup. Je suis devant le MK2 Bibliothèque, puis chez moi dans mon salon en train de lire tranquillement, et voilà qu'on sonne à ma porte. *Police nationale, bonjour madame.* Ils sont trois hommes en uniforme. Le premier me dit qu'il sait que je les cache ici, la gardienne m'a balancée, alors inutile de perdre du temps, autant avouer tout de suite. Il me rappelle que la loi interdit d'en cacher chez soi, est-ce que je le sais ? Est-ce que j'ai pris connaissance de cette nouvelle loi ? Parce que nul – nul, nul, nul – n'est censé ignorer la loi ! Et à cet instant, les trois flics passent la porte et se mettent à tout retourner dans mon appartement, ma chambre, mon dressing, mon salon, ma salle de bains, puis quand enfin ils trouvent sous l'évier de la cuisine les deux urnes remplies des cendres de mes parents, ils me regardent avec tout le dégoût dont ils disposent, et celui qui a déjà parlé me hurle *Allez ! Schnell ! On t'embarque toi aussi, espèce de sale vermine !*

Je suis cet homme dans un couloir étroit qui ne ressemble pas à celui de la morgue, et pourtant c'est bien dans la salle dite de présentation qu'il m'emmène, là où reposent les deux cadavres d'Ezra et Maud. Ils n'ont pas bougé. Ils sont toujours à la même place dans le cadre de la vitre comme les sujets d'un tableau parfait. Mais la différence, c'est qu'il y a une autre table d'autopsie, réservée pour moi. L'homme m'ordonne de m'y allonger. Je le fais et je me retrouve nue, pourtant je ne me suis pas déshabillée. J'ai froid. Je le dis, mais la psychologue me somme de me taire. Je ne sais pas à quel moment elle a débarqué, celle-là, je ne l'ai pas vue entrer. En tout cas, maintenant, elle se tient au-dessus de moi et, méthodique, elle m'entaille l'abdomen avec un bistouri. Aucune douleur, pas de sang qui coule. C'est curieux. La psychologue s'en étonne aussi, alors Duval lui explique – *Laisse tomber, elle est déjà morte.* Oui, l'homme est devenu Duval à présent, et je commence à me débattre et à hurler parce que je ne veux pas qu'il organise mes obsèques ni qu'il ordonne la crémation de mon corps, *Non,* je dis, *je vous en supplie, ne faites pas ça, je ne veux pas me retrouver dans un four !*, mais les thanatopracteurs sont déjà en train de me coudre la bouche et je ne peux plus rien faire, sinon regarder Duval m'enfoncer un sac de congélation sur la tête. La dernière chose que je vois, c'est son costume vert-de-gris, ses bottes noires et luisantes. Je me réveille en suffoquant. Il est trois heures quarante-sept du matin.

Je commence la deuxième séance avec Weber en lui rapportant ce cauchemar et il me demande :

– Ça vous arrive souvent de rêver de la guerre ?

– Non, c'est la première fois.

– Et de vos parents ?

– Mes parents, oui, comme je vous l'ai dit la dernière fois, j'en rêve sans arrêt. Mais j'en rêve toujours tels que je les ai vus à la morgue, derrière cette vitre. Je rêve qu'ils sont les personnages d'un grand tableau exposé aux côtés des requins de Damien Hirst, cette œuvre à laquelle j'ai tout de suite pensé quand l'identificateur me les a présentés. Et ce qui me glace, c'est que je ne ressens rien.

– C'est-à-dire…

– Je n'éprouve aucune tristesse. Dans tous mes rêves, mes parents, ou plutôt leurs cadavres, sont présentés à la Tate, au Louvre, parfois à la Punta della Dogana, à Venise, et je les observe comme n'importe quelle œuvre d'art. Je suis fascinée mais je n'ai pas de chagrin. Derrière moi, des gens passent. Je les entends lire en canon la phrase écrite sur le cartel : « Pour nous, l'histoire était terminée. »

– D'où sort cette phrase ?

– C'est la première phrase de la lettre qu'ils m'ont laissée. Mais je ne la comprends pas. Elle est une énigme qui depuis le début me torture l'esprit.

– Vous m'avez dit que vos parents s'étaient tués en septembre, c'est bien cela ?

– Oui. Ils se sont suicidés le 1er septembre. Le jour de la rentrée.

– Des classes ?

Weber a esquissé un imperceptible sourire en me posant cette question, et j'ai aussitôt senti mes joues s'empourprer.

– Pourquoi rougissez-vous ? me dit-il. Même si vous n'êtes plus une enfant, vous demeurez *leur* enfant. Et c'est une date chargée, pour un enfant, que celle de la rentrée. Comment étaient les vôtres ? Vous les redoutiez ou, au contraire, elles étaient un moment de l'année que vous aimiez ?

– C'était un moment que j'adorais. Et que j'attendais avec impatience.

– Pourquoi ?

– Je passais tous mes étés dans notre maison de vacances, aux Bulles, à Ramatuelle. Une maison sublime mais où l'ennui était roi pour la petite fille unique que j'étais. Je n'avais aucun ami de mon âge, pas de cousins, pas de cousines, et à cette époque, mes parents vivaient dans une sorte de représentation permanente, si bien qu'ils passaient leur temps dehors. Ou alors quand ils étaient là, ils recevaient des invités et je n'avais pas vraiment le droit de traîner dans leurs pattes. Je les voyais tous les jours, bien sûr, mais en coup de vent, comme à Paris. Une jeune fille au pair était engagée pour s'occuper de moi, de début juillet jusqu'à fin août. Et pendant ces deux mois d'été, elle et moi, nous ne sortions quasiment jamais de la maison. *Pour quoi faire ?* auraient dit mes parents. *Vous avez un jardin, des jeux, une piscine, qu'est-ce qu'il vous faut de plus ?* Avec ces jeunes filles, on trouvait donc à s'occuper. On fabriquait des bracelets, des colliers, des scoubidous, on allait cueillir des fleurs au fond du terrain, on se faisait des tresses africaines, on écoutait de la musique et on regardait des films d'horreur comme *Amityville* ou *L'Exorciste* en s'enfilant des Savane entiers. Et on comptait les jours aussi. On traçait des croix sur le calendrier, comme les prisonniers, puis quand enfin arrivait le jour du retour à Paris, vous ne pouvez pas savoir la fête… La délivrance ! Cette joie, mon Dieu, que de pouvoir à nouveau marcher seule dans la rue, prendre un bus, croiser des inconnus, avoir au moins ce divertissement-là d'observer les autres… J'en aurais pleuré de bonheur. Voilà. C'était cela pour moi, la rentrée. C'était ma liberté retrouvée.

– « Votre liberté retrouvée », répète Weber. Et cette fois, le suicide de vos parents vous en aura privée ?

– Oui, c'est exactement cela.

Le lien entre cette privation de liberté et le fait de ne pas pouvoir signer les papiers de la succession comme seul moyen d'en récupérer un peu est établi dès la fin de cette deuxième séance. Il est clair que j'ai tout subi, et eu aucun mot à dire sur rien. Dans ces conditions, pour Weber, rien d'anormal à ce que je rappelle à mes parents que ma signature n'est pas une simple formalité, mais l'expression d'une volonté libre et souveraine. Seulement, ai-je oublié que mes parents sont morts, et que dans les urnes où leurs cendres reposent désormais, ils n'en ont rien à foutre de *ma volonté libre et souveraine* ? Je ne peux l'exercer que contre mon fils, qui lui ne m'a jamais privée de ma liberté. Et je me retrouve privée de lui. La belle opération.

– Une dernière chose avant qu'on arrête, ajoute Weber, comment ça se passe avec votre fils ?

– On ne se parle plus directement, mais il est très actif sur Instagram. Il publie au moins deux posts par jour sur le compte des Amants du Lutetia, et à le lire, j'ai souvent envie de hurler. Ça me démange de lui répondre. Une amie m'a dit de le faire… Sous pseudo.

– Ah oui, une amie vous a conseillé cela ?

– Oui. Enfin, j'y avais pensé moi aussi… C'est tellement tentant.

– Bien sûr. Et sous votre véritable identité, vous avez répondu à son dernier mail ?

– Celui dans lequel il me suggère de renoncer à la succession de mes parents ?

– Oui, celui-là.

– Oui. Je lui ai dit d'aller se faire foutre.

– Au moins, ça a le mérite d'être clair. À la semaine prochaine, Éléonore.

J'avais dit en effet à Simon d'aller se faire voir, mais comme je l'avais expliqué à Weber, cela ne m'empêchait pas de continuer à prendre chaque jour de ses nouvelles sur Instagram, via @lesamantsdulutetia. À en croire ses posts, il semblait boosté comme jamais. Le nombre de ses abonnés avait encore augmenté, tout comme celui des signataires de sa pétition, et il avait obtenu son rendez-vous avec un conseiller de la ministre de la Santé. L'entretien s'était fait en visioconférence. Pour preuve, il avait publié un selfie à la fois en story et sur son fil, puis, en commentaire, donné par le menu le déroulé de leurs échanges. Je notai que parmi ses abonnés, il y avait désormais des hommes politiques, des directeurs de rédaction et des acteurs importants du milieu associatif que sa connaissance en matière de pactes suicidaires avait dû séduire. Régulièrement, Simon livrait le récit d'un de ces pactes. Parmi les plus célèbres, il y avait eu celui d'Hitler et d'Eva Braun, cette folle qui avait choisi de retourner à Berlin en avril 45 pour rejoindre le Führer dans son bunker, alors qu'elle le savait fait comme un rat. Elle l'avait épousé le 29 avril, puis le lendemain, ils s'étaient tués tous les deux, lui par arme à feu et elle par intoxication, lui offrant la possibilité d'écrire, dans une ultime lettre : « *Moi et mon épouse choisissons la mort.* » À l'autre bout de l'échelle humaine, Simon avait aussi rapporté sur son compte l'histoire de deux désespérés, Stefan Zweig et son épouse Charlotte Elisabeth Altmann, qui s'étaient donné la mort ensemble le 22 février 1942 à Petrópolis, au Brésil, où ils s'étaient réfugiés pour fuir la montée du nazisme en Europe. Où se situaient Ezra et Maud entre ces deux couples ? Du côté de la lâcheté ou du côté du désespoir ? À mi-chemin entre les deux ? Je m'interrogeais.

Un matin où la pluie tombait dru, je cliquai sur le compte de Simon et tombai sur un de ses posts où il évoquait la tradition de l'*ubasute*, que je ne connaissais pas. L'image qui illustrait cette publication était l'affiche du film *La Ballade de Narayama*, un long-métrage de Shohei Imamura, adaptation d'un roman de Fukazawa qui avait remporté la Palme d'or au Festival de Cannes en 1983. Selon Simon, ce film japonais racontait l'histoire d'Orin, soixante-dix ans, contrainte par cette coutume d'être conduite par son fils aîné au sommet du mont Narayama, « la montagne aux chênes », pour y être abandonnée aux éléments et rejoindre le royaume des morts. Comme « les amants du Lutetia », Orin était en parfaite santé. Elle aurait pu vivre encore vingt ans, mais elle avait atteint l'âge auquel les hommes et les femmes de son village devaient se retirer, telle était la loi, et ni elle, ni son fils n'auraient eu l'idée de s'y soustraire.

Simon avait écrit que la soumission à cette coutume pouvait nous paraître étrange et même révoltante, de notre point de vue d'Occidentaux, mais dans une société où primait l'idée d'un temps pour tout à laquelle nous, nous étions complètement étrangers, un temps pour la vie et un temps pour la mort, il n'y avait aucune aberration, l'âge venu, à s'effacer. Et il y en avait d'autant moins que dans la tradition japonaise, ce temps pour la mort n'était ni un drame, ni un scandale, mais simplement une étape incontournable de l'histoire naturelle que nous partageons avec les animaux. J'eus envie de voir le film. Je le trouvai à louer sur Internet et le visionnai tout de suite. Les animaux y étaient très présents. Plusieurs scènes les montraient en train de se dévorer, et j'en fus fascinée. Les longs plans silencieux du fils portant sa mère sur son dos me laissèrent aussi sans voix. Les voir tous les deux effectuer leur ascension dans cette brume épaisse, au cœur de cette végétation luxuriante, avait quelque chose d'hypnotisant. Ils n'avaient pas le droit de se dire un mot, juste de faire corps ensemble, et la beauté de cette union me faisait comprendre, sans besoin d'aucun dialogue, tout ce qui m'avait manqué avec mes parents. Arrivé au sommet, le fils déposait sa mère au milieu des squelettes et des corbeaux. Je savais qu'Orin allait mourir de faim et se faire dévorer. J'avais vu les os humains sur leur trajet, le cinéaste n'avait pas choisi de me les épargner, il n'y avait donc aucune surprise, je connaissais la fin tragique et cruelle de cette femme en bonne santé, et pourtant, ça n'était pas du tout cela que je retiendrais du film. Ce qui me marquerait durablement, ce serait l'amour. Ce serait la complicité, la tendresse, l'extrême attention à l'autre qui se passait de mots, et qui entre ces deux êtres s'exprimait tout au long de leur voyage.

Pour la première fois ce jour-là, je me mis à penser à la dernière nuit de mes parents. À ces heures qui précédèrent leur geste fatal et qu'ils passèrent côte à côte, allongés sur ce grand lit-navire en sachant qu'elles étaient les dernières. Au fond, c'était peut-être cela qu'ils avaient voulu avant tout, ne pas faire seuls cet ultime et mystérieux voyage vers la mort. Or qui les aurait accompagnés au sommet de la montagne ? Chez nous, les enfants n'ont pas ce rôle. Chez nous, les enfants mettent leurs parents en Ehpad ou en soins palliatifs, et les parents s'en vont seuls vers le royaume des morts, entourés eux aussi d'une brume épaisse, mais une brume faite des effluves de morphine et des cris à peine assourdis des autres mourants du même étage, qui parfois appellent au secours un mari, un fils, ou même une mère, alors que la leur est morte depuis des décennies. Après avoir vu *La Ballade de Narayama*, je me suis souvenue qu'un dimanche après sa sieste, mon père en panique suite à un cauchemar avait appelé sa femme *maman*, et ma mère avait accouru pour lui caresser doucement la tête. De la même manière, j'avais vu mon père lacer les chaussures de ma mère après son opération de la hanche qui l'avait empêchée de se baisser pendant plusieurs mois. Au fond, ils s'étaient souvent comportés, entre eux, comme des petites mères, et au Lutetia, c'était sans doute ce qu'ils avaient encore été, une dernière fois, l'un pour l'autre. Quelque chose du pacte suicidaire de mes parents m'apparut alors. En se tuant ensemble, Ezra et Maud ne s'étaient-ils pas offert l'illusion de partir comme ils étaient venus, dans cet amour qui leur avait été arraché alors qu'ils n'étaient encore que deux enfants ? Je me trompais peut-être, mais l'idée me consolait. Mourir ensemble leur avait permis de réparer le scandale d'être devenus si tôt orphelins.

À la veille des vacances de Noël, je pris mon courage à deux mains et appelai Alexandre Duval pour lui dire que je voulais bien venir au Luxembourg et signer les papiers. Le rêve que j'avais fait quelques jours plus tôt m'y encourageait. Je voulais me confronter à ce que j'avais fui en songe et en finir avec ce martèlement de bottes, qui depuis résonnait en moi comme un sale bruit de fond. J'imagine que le conseiller de mes parents crut à un canular, mais rendez-vous fut pris malgré tout, et le 19 décembre au matin, je débarquai du premier train en provenance de Paris. Un de ses jeunes collaborateurs m'attendait au bout du quai avec une pancarte sur laquelle mon nom était inscrit seul, sans mon prénom – KERR –, comme sur les tablettes des taxis G7 que mes parents commandaient.

– Bonjour, comment allez-vous, bon voyage ? claironna le garçon. Je suis garé juste devant et nous sommes à deux pas du bureau. Bienvenue au Luxembourg.

Il avait une Mercedes Classe A qu'il fit biper à distance et dans laquelle on se retrouva très vite embarqués, suspendus sur le pont Grande-Duchesse-Charlotte dont il m'apprit qu'on l'appelait aussi « le pont rouge » en raison de la couleur que lui donnait le métal rouillé, et puis naturellement on entra dans Kirchberg par la voie qui le prolongeait, l'avenue John-Fitzgerald-Kennedy, et il reçut un appel.

– Un client français qui vient de perdre son père, dit-il une fois qu'il eut raccroché. On s'occupe aussi de sa succession. Il est venu hier.

– Mais vous avez beaucoup de clients comme ça ?

– Comme vous ? Qui veulent mettre leurs biens à l'abri ? Plein ! Tous les jours, nous avons de nouvelles demandes. Et vous seriez surprise d'entendre leurs noms… Des hommes politiques, des artistes, des joueurs de foot. On a même des requêtes des mafias russe et italienne qui ont besoin de blanchir leur argent. C'est tellement simple.

– C'est-à-dire ?

– Eh bien, vous montez une société domiciliée ici qui va acheter des biens à Paris, à Londres, à Berlin, et quand la société les revendra en faisant une plus-value, elle sera soumise à la fiscalité du Grand-Duché et vous ne payerez aucun impôt dans votre pays. Nous sommes arrivés.

Il gara la voiture puis fit un mouvement étrange avec son cou pour déplacer sa tête vers la gauche du rétroviseur central, et ainsi voir un bout de ciel dans son pare-brise.

– Vous voyez le building, là ?

J'essayai à mon tour de me glisser dans mon siège et de suivre son index.

– Oui…

– Vous croyez que des gens sont là, dans des bureaux, derrière des ordinateurs en train de travailler ? Eh bien, pas du tout. Il n'y a pas une seule personne dans un seul de ces bureaux, ce sont toutes des tours fantômes. Elles n'abritent que des boîtes aux lettres pour domicilier des sociétés offshores qui n'ont pas d'autre raison d'être que de détenir des parts de sociétés étrangères et de permettre à leurs actionnaires d'échapper à la fiscalité de leur pays de résidence. Voilà comment les milliardaires spéculent sur la pierre et transforment les mégalopoles d'Europe en villes-musées – fortiche, non ?

La sensation d'étau qui m'avait étreinte dans mon rêve au moment où l'on m'avait apporté un pot rempli de crayons de couleur pour signer les papiers me submergea. Cela dut se voir sur mon visage, car le collaborateur de Duval se sentit obligé de poursuivre :

– Le problème, c'est le nombre. Avant, nous n'avions que les grandes fortunes, mais maintenant, dès que les gens ont trois euros d'épargne, ils viennent sonner à notre porte. Et ça commence à se voir ! Vous n'avez pas lu l'enquête d'OpenLux, qui est sortie l'an dernier ? Ils ont évalué le montant de la fraude à près de trois cent cinquante milliards d'euros de pertes d'impôts pour l'Union européenne. Je peux vous dire qu'on ne s'est pas fait que des amis, sur ce coup-là.

Je sortis de la voiture et indiquai à son conducteur qu'il fallait que je passe un coup de fil, je le rejoindrais dès que j'aurais terminé. Il me donna le code puis le numéro de l'étage et s'engouffra dans l'immeuble. Dès que je le vis disparaître dans l'ascenseur, je pris mes jambes à mon cou. Je ne pouvais pas rester là cinq minutes de plus.

La pluie avait cessé, mais de grandes flaques champignonnaient sur le trottoir, comme des pastilles miroitées dans lesquelles se reflétaient les tours d'acier et les nuages qui galopaient dans le ciel en petits troupeaux. Il fallait slalomer entre, ne pas se retrouver les pieds trempés. Et il fallait lutter aussi contre la panique, car la cadence de ma respiration était exactement la même que dans mon rêve, et plus j'avançais, plus j'avais la sensation de ne pas pouvoir y échapper. Au bout de dix minutes de marche, Duval commença à m'appeler – une fois, deux fois, trois fois. Je compris alors que je devais lui donner une explication, sans quoi il ne s'arrêterait pas. Arrivée sur le parvis de la Cour de justice de l'Union européenne, je lui envoyai un texto pour lui dire que j'avais fait un malaise, rien de grave, mais je préférais rentrer à Paris, je le rappellerais dès que possible.

Après cela, j'éteignis mon portable et marchai droit sur le bâtiment, comme attirée par l'immense dalle qui le précédait et où quelques touristes se faisaient photographier les bras grands ouverts, désireux de souligner l'espace sans limite, j'imagine. Je m'arrêtai au milieu, puis tournai tout doucement sur moi-même pour m'emplir d'une force que je sentais se déployer partout autour de moi. Peut-être était-ce à cause des six cents mètres de façades mordorées qui en imposaient tant, ou des drapeaux des vingt-sept pays membres que je regardais, à nouveau comme dans mon rêve, flotter au vent à l'entrée du site. Cette vision raviva le souvenir de l'émotion exactement inverse qui m'avait envahie entre les stèles grises du Mémorial de la Shoah, à Berlin. C'était pour répondre à ce cauchemar, symbole du mal absolu perpétré au cœur de cette même Europe, que les États s'étaient unis et dotés d'institutions propres dont l'objet était de maintenir la paix. Ezra et Maud avaient-ils eu la curiosité de visiter cette Cour de justice, les fois où ils étaient venus à Kirchberg rencontrer leur conseiller financier ? Avaient-ils seulement réalisé, en passant en taxi devant ces tours, qu'elles avaient été érigées pour que d'autres ne subissent pas ce qu'eux-mêmes avaient vécu dans leur chair ? Et sur le chemin du retour, dans le train qui les ramenait en France, que pensaient-ils au fond d'eux-mêmes ? N'avaient-ils jamais éprouvé l'absurdité qu'il y avait à s'en être sortis, pour soixante-dix ans plus tard, contourner une redistribution des richesses qui aurait dû atténuer les inégalités et, par là même, empêcher la formation d'un terreau fertile à toutes les haines ? Qui permettait cela ? Qui laissait germer, au cœur même du pouvoir européen, un paradis fiscal qui engendrerait un autre enfer ? Car il ne fallait pas se leurrer, l'argent qui dormait ici – six mille cinq cents milliards de dollars –, c'était autant d'écoles, d'hôpitaux, de prisons, de crèches, d'universités, de collèges et de centres éducatifs en moins. Il n'y avait donc jamais aucune leçon à tirer de rien ? Les hommes reproduisaient toujours les mêmes erreurs, la plupart du temps sans s'en rendre compte, et à leurs enfants d'en assumer la faute ? En faisant de moi la locataire à vie des Bulles, j'avais la sensation affreuse qu'Ezra et Maud ne m'offraient pas un héritage, mais qu'ils m'obligeaient à m'inscrire dans leurs pas. Ils me privaient de la liberté de le liquider, d'être quelqu'un d'autre que le prolongement d'eux-mêmes, ce contre quoi toute ma vie j'avais lutté. Et je luttais encore en me retrouvant ce jour-là assise toute seule sur les marches de la Cour de justice de l'Union européenne, à me demander si oui ou non, j'allais pouvoir un jour signer ces foutus papiers. Si je ne signais pas, c'était Simon que je privais à jamais du lieu de son enfance, sans aucune contrepartie pécuniaire. Me le pardonnerait-il ? J'aurais voulu l'appeler pour que nous en discutions librement, mais je savais trop ce qu'il m'aurait répondu

– De quel droit te permets-tu de les juger ? Sais-tu, toi, depuis ta vie sans douleur et sans drame, ce que cela signifie de perdre non seulement les siens, mais toute confiance en l'humanité ? Ezra et Maud ne croyaient plus au collectif. Ils ne croyaient plus en la politique. Dès leur plus jeune âge, l'Histoire leur avait enseigné que la seule chose que les hommes devaient faire, c'était protéger leur famille, et c'est ce qu'ils ont fait. C'EST CE QU'ILS ONT FAIT, alors fous-leur la paix.

À mon retour du Luxembourg, je reçus un coup de fil de Vincent :

– Comment va mon ex-femme aujourd'hui ?

– Ça va.

– Je t'appelle pour savoir ce que tu as prévu pour Noël.

– Rien de spécial.

– Je suis invité chez les parents de ma copine en Bourgogne. Tu viens avec nous ?

– Non merci.

– Éléonore, tu ne vas pas rester seule le 24 décembre.

– Et pourquoi pas ?

– Écoute-moi, si la Bourgogne ne te dit rien, je te propose autre chose : je dis à Ludivine que tu vas vraiment très mal, qu'il faut que je reste à Paris avec toi, et comme ça, on se fait un plateau télé dans ton salon, ça nous rappellera de bons souvenirs.

– Tu es l'ex-mari le plus tordu que je connaisse.

– Ça veut dire oui ?

– À Noël, je m'en vais, Vincent.
– Qu'est-ce que tu dis ?
– J'avais prévu de t'en parler, je pars quelques jours.
– Mais tu pars où ?
– Je ne sais pas encore. À l'hôtel.
– Et tu as décidé ça quand ?
– Ces jours-ci.
– Mais tu pars avec quelqu'un ?
– Arrête avec tes questions. Tu me fais chier.
– J'y crois pas ! Dis donc, Weber, ça te fait de l'effet ! Tu pars avec qui ?
– J'ai un Zoom dans trois minutes, il faut que je raccroche. On se parle cette semaine.
– TU PARS AVEC UN MEC ?!
– Allez, salut, à la prochaine.
– T'as rencontré quelqu'un, putain ! Léo, tu-as-ren-con-tré-quel-qu'un, mais c'est formidable ! Je suis si heureux pour toi ! Si heureux ! Je t'embrasse ! Je t'aime, je t'adore ! Bravo, t'es la meilleure !

Je raccrochai et allai me jeter sur mon lit en me demandant pour quelles raisons j'arrivais toujours à me mettre dans des situations impossibles. Je n'avais évidemment personne dans ma vie, et aucun plan pour le 24 décembre. Je voulais juste rester seule, tranquille chez moi, et que Vincent me fiche la paix. Mais comme si j'avais eu peur qu'il me flique et découvre mon mensonge ridicule, j'allais tout de suite sur le site de

Booking, renseignai la date du 24 dans l'onglet destiné à cet effet et posai plusieurs options remboursables pour des établissements situés sur la Côte, dans les Landes, en Bretagne et à Paris. Dès le lendemain, je les annulais toutes, puis remettais d'autres options ailleurs, essentiellement à l'étranger.

Ce petit manège dura jusqu'au 24 décembre au matin, et le 24 décembre au matin, je trouvai enfin où j'avais envie de passer cette nuit-là, bien qu'elle ne signifiât pour moi rien de particulier. J'arrivai dans ledit établissement en milieu d'après-midi, avec un tout petit sac. Un sapin gigantesque occupait le hall tandis qu'au bar, des touristes prenaient le thé dans une ambiance feutrée. C'était doux, agréable, on avait envie de s'enfoncer dans un canapé et de ne plus en ressortir. Une hôtesse d'accueil m'offrit une coupe de champagne, puis me proposa de me surclasser, mais je refusai, je voulais absolument la chambre que j'avais réservée. Quand j'y entrai, un sentiment mêlé d'émotion et de crainte m'étreignit. Les fenêtres étaient larges, la vue familière. Je m'en approchai et restai là, tandis que la femme de chambre me livrait les explications d'usage. Ensuite, elle s'en alla, et je m'installai dans un des deux fauteuils devant la fenêtre. J'y restai longtemps, à observer les lieux. Tout était si beau. Si chic. Je me sentais bien, comme apaisée. La nuit tomba tôt, et vite, mais les guirlandes lumineuses accrochées aux réverbères égayèrent rapidement l'obscurité. J'ouvris grand la fenêtre, puis gonflai mes poumons d'air glacé, les yeux fixés sur l'enseigne lumineuse du grand magasin qui me faisait face. Après cela, j'allai dans la salle de bains où il y avait une douche et une baignoire. Je fis couler l'eau dans la baignoire, puis, quand elle fut remplie, je me mis nue et me plongeai dedans entièrement, la tête comprise, comme lorsque j'étais enfant et que je testais combien de temps je pouvais bloquer ma respiration – 1,05 minute, cette fois.

Vers vingt heures, je commandai un room service. Il n'était pas question que je dîne en salle, toute seule, au milieu des familles et des couples. Peu de temps après mon appel, un garçon d'étage m'apporta sur une table à roulettes recouverte d'une nappe blanche impeccable un club sandwich au poulet avec des frites, accompagné d'un verre de bourgogne et d'une bûche au caramel salé pour le dessert. Je dînai dans le fauteuil, face à la fenêtre. Quand j'eus terminé, je m'allongeai sur le lit et allumai la télévision. Comme chaque année, France 2 diffusait *Le Père Noël est une ordure*. Cela me rappela les Noëls de mon enfance. Nous n'avions pas de famille, mais toujours beaucoup d'amis ou de pique-assiette à dîner, le tri n'était pas si aisé pour mes parents. En tout cas, il s'agissait chaque fois de gens très élégants, vêtus d'étoffes soyeuses, de paillettes, de plumes et de lamé, qui parlaient fort et riaient à gorge déployée dans une salle à manger saturée de fumée de cigarette. Moi, je n'avais le droit d'assister qu'à l'apéritif. C'était un moment merveilleux, où l'on me complimentait sur ma tenue, ma coiffure, mon serre-tête, et cela me suffisait. J'étais heureuse. Ensuite, les adultes passaient à table et il n'était plus question que je me montre. J'allais alors me glisser avec ma belle robe et mes collants blancs dans le lit de mes parents, et le film de Jean-Marie Poiré commençait. Je connaissais les répliques par cœur, et je riais toute seule chaque fois aux mêmes endroits, *quelle joie !* Magali était si gentille... Pour m'éviter de louper une miette du film, elle venait m'apporter une tranche de saumon fumé avec des blinis et du tarama sur un plateau, mais à la coupure de la publicité, c'était moi qui allais en cuisine me chercher une part de bûche que je retournais manger dans les draps tièdes.

Quarante ans étaient passés et c'était exactement ce que je faisais à présent, je savourais ma bûche sous mes draps, tandis que Clavier et Chazel s'insultaient à propos d'une feuille de Sécu à remplir – *sac à merde, mongolienne, face de rat, pauv' conne !* – et à nouveau, je ne pouvais plus m'arrêter de rire. Pour un premier 24 décembre sans mes parents et sans mon fils, voir ce film dans ces conditions m'apparut comme le plus doux des programmes. Au générique de fin, je reçus un appel de Vincent. Il n'était finalement pas allé en Bourgogne. Il n'avait pas réussi. Ludivine était rentrée dans une rage noire. Elle lui avait dit qu'il ne faisait jamais aucun effort, que son égoïsme n'avait pas de limites et que cette fois c'en était trop, elle ne voulait plus le voir, si bien que se retrouvant seul à Paris, il avait fini par atterrir à Dourdan, où il avait dîné avec sa mère et des aides-soignants affublés de chapeaux pointus pour l'occasion. Il m'envoya une photo de Nicole et de lui dans le réfectoire, légendée « Comme une reine ! », le titre du sketch d'Ettore Scola dans *Les Nouveaux Monstres*, et je ne pus réfréner un grand éclat de rire. Dans un dernier texto, Vincent me demanda si j'étais bien avec mon amoureux, et comment était notre hôtel. Je répondis *Bien. Très bien, merci*, mais je n'osai lui envoyer une photo de moi. J'avais trop peur qu'il me prenne pour une folle, car qui ne l'aurait pas pensé en apprenant que j'avais réveillonné seule au Lutetia, dans la chambre « Eiffel Deluxe avec balcon » où mes parents s'étaient donné la mort ?

– Moi, Éléonore. Moi, je ne pense pas du tout que vous êtes folle. Je pense au contraire que c'est un grand pas que vous avez fait là, en réservant cette chambre et en y passant la nuit. Les lieux ont une mémoire, et s'y rendre, c'est vouloir s'y confronter.

J'essayai d'acquiescer aux mots de Weber, mais les aveux que je venais de lui faire m'avaient laissée sur le carreau. J'avais du verre pilé au fond de la gorge, je n'arrivais plus à déglutir.

– À quoi pensez-vous ? demanda le psychiatre au bout d'un temps.

J'étais incapable de répondre. À rien.

– Ne réfléchissez pas. Dites simplement ce qui vous passe par la tête.

J'acquiesçai à nouveau mais demeurai longtemps muette, dans le silence de son cabinet qui était aussi sa maison, à l'écoute des pas au-dessus de nous. J'avais connu un tel appartement, où au-dessus de nos têtes, on entendait les voisins respirer. Était-ce dans une location de vacances ? Chez une camarade de classe ? Quelle camarade ? Louise, Amandine, Cécile ? Je m'interrogeais quand tout à coup, quelque chose sortit. Quelque chose d'inédit dont j'avais complètement oublié l'existence, mais qui s'était vraisemblablement tapi quelque part au fond de moi. Et ce quelque chose disait :

– J'avais une amie, au collège, que j'adorais. Elle s'appelait Cécile Sarfati. Elle était juive, comme moi, mais beaucoup plus juive que moi. Enfin, je veux dire, elle connaissait les prières et toutes les fêtes par cœur. Ses parents étaient originaires d'Algérie. Ils étaient assez pratiquants, en tout cas attachés aux traditions, quand nous, nous ne faisions rien, sinon aller manger de la choucroute à La Lorraine le jour de Kippour. J'adorais célébrer les fêtes chez cette amie. Elle avait plein de cousins de notre âge, tous plus beaux les uns que les autres, et sa mère dressait des tables à rallonges qui occupaient tout le salon. C'était toujours très gai, et très folklorique. Un dimanche de janvier, elle m'invita à aller à Auschwitz-Birkenau. Le voyage était prévu dans la journée, on devait partir tôt le matin, en avion, et être de retour le soir même à Paris. Ce pèlerinage était organisé par le grand-père de Cécile. Avant de mourir, cet homme voulait que toute sa famille connaisse ce lieu et entende les mots d'une ou d'un rescapé. Je crois que Simone Veil était pressentie. Oui, je crois bien que c'était elle qui devait nous accompagner, et évidemment, mes parents l'aimaient beaucoup en raison de son combat pour l'avortement et pour l'Europe, mais quand je leur avais parlé de ce voyage, je crus qu'ils allaient s'étouffer. *C'est une blague ?* avait dit mon père. *Ils n'ont rien trouvé de plus gai à te proposer, les parents de ton amie ? Non, mais je te jure, n'importe quoi ! Faut vraiment être séfarade pour avoir des idées aussi tordues !* Ils n'avaient rien voulu savoir, ils avaient refusé que j'y aille. Alors je m'étais mise à pleurer et j'avais dit : *Mais pourquoi, pourquoi vous voulez me priver d'Auschwitz ?! Qu'est-ce que j'ai fait de mal ? Qu'est-ce que vous me reprochez ? C'est juste un petit aller-retour dans la journée, je ne comprends pas ce que ça peut vous faire. Moi, je veux aller à Auschwitz avec mon amie Cécile Sarfati, et si vous m'en empêchez, je vous en voudrai toute ma vie !* À la fin, j'étais dans un tel état de crise de nerfs que ma mère dut me mettre sous la douche. Oui, maintenant que je vous le dis, je mesure à quel point c'était fou, mais c'est ce qu'elle a fait. Elle m'a attrapée par les cheveux, et de force, elle m'a mise sous la douche.

CAHIER SUR MES PARENTS

Paris, le 27 décembre 2018

Je suis passée aujourd'hui devant chez Charvet, place Vendôme, et je me suis souvenue que toutes leurs chemises venaient de là – des chemises blanches et bleu ciel uniquement, coupées de la même manière pour qu'ils puissent se les prêter.

Ils se prêtaient aussi leurs 501.
Ils faisaient la même taille, ils avaient la même silhouette.
C'était pratique.

Ils ne se prêtaient pas leurs espadrilles.
Pas la même taille. Mais ils les achetaient dans les mêmes couleurs – blanc, noir, aubergine, vert olive, jaune citron – en une seule fois au marché de Saint-Tropez, au début de la saison.

Les dimanches d'hiver, ils mettaient souvent des bombers kaki et des baskets. Ils voulaient rester jeunes. Ils disaient : « La vieillesse ne passera pas par nous. »

Ils échangeaient aussi leurs T-shirts Fruit of the Loom, leurs Ray-Ban, leurs clefs. Mais pas leurs voitures, ils n'en avaient qu'une puisqu'ils ne se déplaçaient jamais l'un sans l'autre. Aux Bulles, c'était une vieille Coccinelle noire décapotable.

Ils mangeaient dans le même plat. Ils demandaient toujours deux fourchettes, deux cuillères, et dans les cocktails, un seul verre. Une seule cigarette leur suffisait aussi. Ma mère était chargée du paquet et du briquet, et quand mon père désirait fumer, il n'avait qu'un geste discret à faire, lui présenter tendus son index et son majeur. Alors ma mère ouvrait son sac, sortait le paquet de Stuyvesant, prenait une cigarette qu'elle portait à ses lèvres, l'allumait, puis aspirait une ou deux bouffées comme si c'était elle qui avait eu envie de s'en griller une, et finalement glissait sa tige entre les deux doigts de mon père, donnant à tous le sentiment qu'elle était capable d'anticiper ses désirs comme de lui faire comprendre les siens sans même avoir besoin d'user de la parole.
Et les gens disaient : « Ça, c'est un couple. »

Les acquéreurs du viager eurent leur bébé, ils rentrèrent à Paris, et il fallut leur donner les clefs de l'avenue Georges-Mandel. Trouver cet endroit vide me fit un choc. Magali avait tout enlevé, il ne restait que des carrés blancs aux murs partout où les tableaux avaient été retirés, et quelques taches sur la moquette. Plus de bibelots, plus de meubles, plus de cartons – *le grand silence*. Comme si nous n'avions jamais vécu là. Comme si rien de ce qui avait été n'avait existé. Magali m'expliqua que les déménageurs, au nombre de cinq, avaient passé une semaine entière à tout emballer dans du papier bulle, jusqu'à la moindre petite cuillère, puis qu'ils avaient déposé chaque chose en fonction de sa catégorie dans des cartons numérotés, ce qui devait faire du déballage un jeu d'enfant. Ils avaient vraiment été épatants, et de toute façon, elle n'était pas inquiète pour la suite puisqu'ils avaient promis qu'à l'arrivée, ils répartiraient les cartons sous sa direction, dans les pièces qu'elle leur indiquerait. C'était ça, le plus important. Après, il n'y aurait plus qu'à ouvrir et à ranger. Les déménageurs avaient chargé le cinquante mètres cubes le matin même, à l'aube. Ils devaient déposer une méridienne à une cliente dans la banlieue de Lyon, ils y passeraient sans doute la nuit, et arriveraient aux Bulles le lendemain très tôt. Pour cette raison, Magali avait décidé de prendre un train le jour même, aussi serait-elle déjà sur place pour les accueillir.

Le couple arriva. C'était des jeunes bourgeois, à peine la quarantaine, qui avaient sans doute signé ce viager comme on joue au Loto, et ils avaient gagné. Ils flottaient à trois mètres au-dessus du sol, ils n'en revenaient toujours pas. Les choses allèrent vite, ils n'avaient pas envie que ça traîne. On fit l'état des lieux comme Duval nous l'avait demandé – un empêchement l'avait retenu au Luxembourg –, puis on donna les trois jeux de clefs que nous avions en notre possession et ce fut terminé.

Quand je me retrouvai sur le palier, je pensai à tous les cartons faits, aux innombrables appartements que j'avais quittés dans ma vie, et à la manière dont j'en avais chaque fois été chamboulée. Puis je pensai à mes parents le jour où ils étaient rentrés de Tarbes, en août 1945, et qu'ils avaient découvert d'autres familles dans leurs logements respectifs. Un autre père et une autre mère dans leur canapé, des fils et des filles de leur âge attablés dans leur cuisine. Sidérés, ils n'avaient rien trouvé à dire à ces gens, alors ils étaient redescendus, et passant devant la loge de la concierge, celle-ci avait eu le culot de leur remettre tout le courrier qu'ils avaient reçu depuis trois ans. Essentiellement des factures.

Ezra et Maud ne m'avaient jamais raconté cette histoire. Je l'avais découverte au détour d'un post de Simon sur @lesamantsdulutetia, mais j'ignorais quand et comment ils s'étaient confiés à lui.

– Il faut que je retourne à la cave, me dit Magali, il paraît qu'il reste quelque chose. Un petit meuble. Tu viens avec moi ?

Je déclinai, préférant l'attendre dans le hall. Quelques minutes plus tard, la concierge sortit de l'ascenseur. C'était une femme adorable, qui aimait follement mes parents. Les cinq mois par an où ils étaient aux Bulles, elle montait chaque semaine pour arroser leurs plantes et elle leur envoyait des photos des nouvelles pousses. Pourtant, en l'embrassant, je me demandai si elle nous aurait elle aussi dénoncés en 1940. Comme si les peurs se moquaient de l'Histoire et des individus. Comme si elles se transmettaient de génération en génération, en temps de guerre comme en temps de paix. Mais cette question m'assomma de honte, et de crainte qu'elle ne se lise sur mon visage, je quittai l'immeuble.

Magali ne tarda pas à me rejoindre, tenant dans

ses bras une vieille machine à coudre sur table de la marque Singer, qui fit exploser mon cœur de joie. J'avais tellement aimé cet objet ! Mes parents me l'avaient offert alors que nous nous baladions un dimanche après-midi aux puces de Saint-Ouen. Je devais avoir huit ou dix ans et j'avais fait des pieds et des mains pour l'obtenir. Ils ne voulaient pas. Ils disaient que ça prendrait de la place et la poussière, et que je n'en aurais aucune utilité. Obstinée, j'avais finalement réussi à les convaincre du contraire, puis pris des cours de couture, et pendant des années je m'étais servie de cette machine, d'abord pour coudre des robes à mes poupées et ensuite, à l'adolescence, des tenues pour moi et mes amies. J'ignorais que cette table existait encore quelque part. J'aurais juré que mes parents l'avaient jetée.

– Qu'est-ce qu'on en fait, maintenant que le camion est parti ? me demanda Magali. On la met aux encombrants ?

– Mais tu n'es pas bien folle ?! La machine à coudre de mon enfance ! Je l'embarque avec moi !

Magali me remit aussi un sac en plastique qui contenait plusieurs albums photo. Elle les avait également trouvés à la cave.

Maintenant, elle devait prendre le métro direction gare de Lyon, où un train pour Saint-Raphaël l'attendait.

Je commandai un Uber Van afin de pouvoir transporter ma table. Magali patienta avec moi, puis quand le chauffeur arriva, elle prit mon visage entre ses mains, comme elle le faisait parfois quand j'étais gamine, et elle me dit :

– Tu sais, si jamais tu décidais de garder Les Bulles, je pourrais m'en occuper, moi. Ça me plairait beaucoup de vivre là-bas à l'année.

Mes parents continuaient d'habiter mes rêves. Chaque nuit ou presque, le scénario demeurait inchangé, je les retrouvais allongés sur leur table d'autopsie, enfermés dans une grande cage en verre tel le requin de Damien Hirst, exposés dans les foires, les biennales et les salles des plus grands musées du monde. Au Louvre Abou Dabi, je les vis arriver par container sur une mer déchaînée, après un voyage aussi long que celui d'Ulysse. Les conservateurs prirent beaucoup de soin pour les débarquer mais c'était trop tard, le verre de la cage s'était brisé dans la tempête et des coquillages et des algues étaient venus coloniser leurs corps pourrissants. De leurs narines et de leurs oreilles, sortaient des bouts de corail, du plancton, des morceaux d'oursin, et dans leurs cheveux broussailleux, du plastique mêlé à des arêtes de poissons morts qui dégageaient une odeur pestilentielle. Le directeur du musée m'informa ne pas pouvoir garder de tels déchets sous la coupole de Jean Nouvel. C'était trop immonde, insalubre, et dangereux pour ses équipes comme pour les visiteurs. Je le suppliai de les renvoyer à Paris, à la Grande Galerie de l'Évolution, où des spécialistes pourraient les restaurer, mais il ne voulut rien savoir, cela aurait coûté trop cher pour une espèce finalement moins rare que prévu, les dernières statistiques ayant montré une nette augmentation des pactes suicidaires. Pour clore le débat, on fit venir une grue dotée d'une grande pince qui attrapa la cage en verre et la rebalança à la flotte. Je me jetai à terre en hurlant. Des femmes en abaya surgirent alors de toutes parts, m'attrapèrent par les quatre membres et m'évacuèrent *manu militari*. Je me réveillai en sursaut, ce nouveau musée était bien trop prestigieux pour souffrir un tel scandale.

Cette nuit-là, dans le salon où je m'étais réfugiée pour reprendre mon souffle, je trouvai le sac plastique que m'avait donné Magali sur la table basse. Je pris un des albums au hasard et commençai machinalement à en tourner les pages. Il renfermait des photos de l'été 1981, cet été si particulier où, pour la première fois depuis le Front populaire, la gauche était revenue au pouvoir. Pour la première fois aussi de leur carrière, mes parents s'étaient occupés de la campagne d'un candidat, et ce candidat avait gagné. Quand plus tard on leur demanderait comment ils s'y étaient pris, je me souviens qu'ils répondaient toujours : « Comme avec n'importe quel produit. » Et c'était vrai. Comme avec des corn flakes ou du papier hygiénique, ils s'étaient appliqués à trouver une histoire à raconter, puis ils avaient choisi les bons mots, et les bonnes images. La victoire avait été arrachée à 51,7 %. Ezra et Maud l'avaient fêtée au QG de campagne du candidat, devant un poste de télévision qui avait retranscrit le discours de Mitterrand à Château-Chinon, et quarante ans plus tard ils s'en souvenaient encore à la virgule près. Parfois, quand des gens étaient là, ils prenaient la voix de sa marionnette au *Bébête Show* et ils clamaient *Cette victoire est d'abord celle des forces de la jeunesse, des forces du travail, des forces de création, des forces du renouveau qui se sont rassemblées dans un grand élan national pour l'emploi, la paix, la liberté*, et tout le monde riait beaucoup.

Ce soir de mai 81, Ezra et Maud avaient vu aussi les images d'une foule en liesse à la Bastille malgré l'orage qui venait d'éclater, et ils s'y étaient rendus à moto. Ils étaient tellement heureux…

Dans les jours suivants, la Bourse de Paris avait dévissé de 17 %. Tous les bourgeois avaient été pétrifiés, persuadés que les chars russes allaient défiler sur les Champs-Élysées ! De leur côté, Ezra et Maud avaient dû perdre pas mal de leur argent placé, mais quelle importance, si c'était le prix à payer pour changer d'ère/d'air ? Un homme de gauche était maintenant au pouvoir, une page de l'Histoire se tournait définitivement, et il allait se passer de grandes choses. Mes parents le croyaient dur comme fer, bien loin de s'imaginer que tout au long des années 50, l'homme dont ils avaient participé à façonner l'image, cet homme en qui ils portaient tous leurs espoirs de citoyens, n'avait rompu avec aucun des anciens collabos impliqués dans la traque et la déportation de leurs semblables – Jean-Paul Martin, Jacques Saunier, Yves Cazaux, Pierre Saury et René Bousquet, pour ne citer qu'eux. Quand tout cela serait dévoilé au grand jour, débuterait alors le temps des grandes désillusions, celui du chagrin d'avoir été baladés, bernés, trahis, puis il y aurait le grand virage à droite, le retour de la haine et par ricochet celui de la peur, il y aurait les trop nombreuses hésitations à condamner, le repli communautaire, des dangers nouveaux, des phobies en tout genre et la peur encore, la peur un cran au-dessus et la droite plus dure et plus séduisante au point qu'un jour, elle prendrait les rênes du pouvoir, voilà ce qui s'annonçait à l'horizon, mais pour l'heure, rien de tout cela – place à la fête, et à la joie. Place aussi aux grandes vacances que mes parents prendraient cette année-là dès le 1er juillet, comme l'atteste la date inscrite à l'encre fine sous la première photo qui les montre dans leur voiture, au départ de Paris. Ils viennent de s'offrir une Midget décapotable vert bouteille, ils veulent faire la route bien que ce soit une folie, tandis que Magali, la jeune fille au pair et moi descendrons en train couchettes avec l'intégralité des valises. Ils débarqueront deux jours après nous et resteront aux Bulles jusqu'au 31 août, ce qui n'arrivera plus jamais par la suite. Mais cette victoire électorale les autorise à toutes les folies, y compris celle de se foutre à poil sous une pluie de champagne – c'est la dernière image de cet album.

Les autres volumes n'ont pas de date mais sont remplis de clichés sur lesquels on voit mes parents rire, boire, bronzer, nager ou danser sur les tables. Ma mère est toujours flanquée d'un fichu sur la tête, façon Jackie Kennedy sur la côte amalfitaine vingt ans plus tôt, ou avec un bandana assorti à son maillot de bain, qu'elle porte roulé sur le front, à la manière d'une Indienne. Elle a souvent les seins et les pieds nus, des bikinis ficelle, un grand panier tressé dans lequel elle fourre tout, *les années Birkin.* Mon père, lui, a le regard constamment caché derrière des Ray-Ban opaques, à n'importe quelle heure du jour ou de la nuit, et il ne porte ni T-shirt, ni chemise, même sous ses blazers lorsqu'au petit matin il prend la pose en sortant de boîte de nuit sur le port de Saint-Tropez. L'insouciance et la force tranquille qu'ils dégagent sont sans limite. Oui, c'est bien le mot qui les caractérise tous les deux, *la force tranquille*, comme si, maintenant que le socialisme dirigeait le pays, il ne pouvait plus rien leur arriver. Comme s'ils étaient à jamais protégés du Mal. Je regarde ces images d'un bonheur presque obscène et je me dis que cette époque-là a donc bel et bien existé. Je me dis qu'avant de se foutre un sac plastique sur la tête et de devenir les deux cadavres qui hantent mes nuits, mes parents auront été ces gens, si doués pour la vie. Des gens qui avaient des rêves et des projets fous, telle cette maison des Bulles dont le nom est inscrit sur la pochette bleue que Duval m'a donnée le jour de leur mort. Je ne l'ai jamais ouverte. J'ignore ce qu'elle contient exactement – des échanges avec leur architecte, m'avait dit Duval, des plans, des documents administratifs – mais je la sors de ma bibliothèque parce que je pressens que nulle part ailleurs je ne pourrai avoir accès à eux vivants. Et c'est tout ce que je peux espérer, désormais, retrouver le souvenir de ce qu'ils étaient.

Les Bulles

Projet d'une maison-paysage
située sur la commune de Ramatuelle
dans le Var

1974

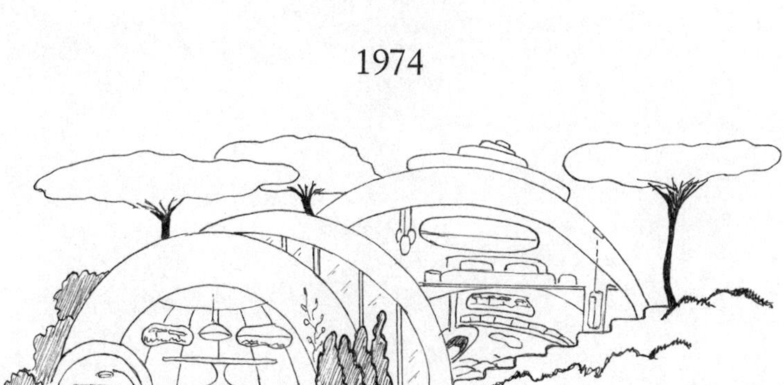

Ezra et Maud Kerr
28, rue La Boétie
*Paris VIIIe*

Paris, le 1er juillet 1974

Cher Jacques Couëlle,

Nous nous permettons de vous adresser ce courrier car il faut que nous vous racontions une histoire qui vous concerne, et qui remonte à plus de vingt ans. À cette époque, nous étions, ma femme et moi, deux jeunes publicitaires qui démarraient dans la vie. Nous travaillions pour des agences de quartier qui fabriquaient des catalogues de vente par correspondance, des PLV pour des marques d'aspirateurs et d'électroménager – bref, rien de très passionnant ! Mais nous avions beaucoup d'ambition et le projet chevillé au corps de changer rapidement de crémerie, c'est-à-dire de travailler pour les plus grandes marques de luxe et les plus grands journaux. Aussi, au mois d'avril 1951, nous décidions, la fleur au fusil, de nous rendre au Festival de Cannes. C'était une pure folie. Nous n'avions pas un sou, et nous ne connaissions personne. Mais nous étions jeunes et culottés, ce qui nous permit de nous retrouver, dès le troisième soir, dans une fête en l'honneur de Bette Davis qui, cette année-là, vous vous en souvenez peut-être, remporta le prix d'interprétation féminine pour sa performance dans All About Eve, *de Joseph Mankiewicz. Cette fête – et c'est là que vous entrez en scène – eut lieu dans une de vos maisons ovoïdes au cœur du domaine de Castellaras, sur cette crête magnifique tutoyant à la fois le massif de l'Esterel, le beau village de Mouans-Sartoux et, plus loin, la baie de Cannes.*

Cher Jacques Couëlle, cette maison fut pour nous un véritable choc. Dès notre arrivée sur les lieux, nous fûmes époustouflés par ce corps en béton que vous avez conçu, semblable à celui d'une femme : tout en rondeurs, tout en harmonie avec la nature. Jamais nous n'avions vu, ni même imaginé, un tel habitat. Le propriétaire, qui était un excentrique anglais, passa la soirée à nous expliquer comment cette maison, en raison de son implantation, lui donnait la sensation qu'elle sortait de terre chaque matin avec le soleil. Elle était pour lui un miracle, une joie pure, et le résultat d'une utopie en laquelle il voulait croire après la guerre qui lui avait coûté sa jambe gauche (il avait participé au débarquement du 6-Juin sur la Gold Beach *en Normandie), celle de l'avènement définitif de la paix dans un monde sans arête, sans angle droit, sans violence, un monde ovoïde qui s'adapterait à ce que les hommes étaient plutôt que de les contraindre à devenir des produits, des clones, et dans le pire des cas, des numéros. Cela nous parlait tellement ! Ce soir-là, cher Jacques Couëlle, ma femme et moi, nous nous sommes fait une promesse : si par miracle, un jour, nous devions gagner de l'argent, nous nous ferions construire une telle maison. Vingt-trois ans ont passé. Nous avons eu la chance incroyable d'intégrer l'agence Delpire, où nous avons fait nos armes, puis nous nous sommes mis à notre compte et nous avons créé l'agence M.E.K., pour Maud & Ezra Kerr. Après quelques campagnes marquantes, les contrats se sont enchaînés, nous avons ouvert des succursales dans d'autres pays, d'autres continents, mais jamais nous n'avons oublié notre rêve de jeunesse et cette maison du domaine de Castellaras. Aussi, le mois dernier, avons-nous fait l'acquisition d'un terrain à Ramatuelle. Un hectare de broussailles, de chênes-lièges, de pins parasols et de vignes courant jusqu'à la mer. Cet endroit est un coin de paradis et nous souhaiterions vous le confier pour que vous imaginiez une maison où nous pourrions être durablement heureux. En aurez-vous l'envie, le temps ? Nous n'en avons pas la moindre idée, mais sachez que si vous deviez nous dire non, nous renoncerions à ce terrain.*

Nous n'avons pour l'instant signé qu'une promesse. Dans l'espoir de bientôt vous rencontrer, nous vous adressons notre sincère admiration,

Ezra et Maud Kerr

Étude notariale Soupaud & Fils
28, avenue Marceau
Paris VIIIe

23 janvier 1974

Cher Ezra, chère Maud,

Pour votre parfaite information et suite à l'état hypothécaire adressé par mon confrère, il semblerait que le vendeur ait consenti à son voisin, monsieur Thibaut, une servitude de passage sur la parcelle notée AN754 au cadastre. Or monsieur Thibaut est décédé il y a deux ans, mais sa fille unique, Odette Valois née Thibaut, vit aujourd'hui à Cogolin. Il faudrait pouvoir la joindre et voir avec elle si elle renoncerait à cette servitude, sans quoi vous vous verriez contraints de la laisser traverser votre maison autant de fois qu'elle le souhaitera, ce qui est embêtant pour vous et en cas de revente. Personne n'acceptera cela. Madame Valois réside au 403, chemin de Trémouriès. Je vous laisse la contacter et revenir vers moi.

Bien à vous,

Édouard Soupaud

Ezra et Maud Kerr
218, avenue Georges-Mandel
*Paris XVIe*

Paris, le 14 avril 1974

Cher Maître,

Après plusieurs semaines de discussions sans fin, nous avons enfin trouvé un accord avec Odette Valois. Celle-ci accepte de renoncer à sa servitude de passage en échange de quoi nous payerons la réfection de la toiture de sa maison à Cogolin, ainsi que son garage et sa véranda. Par ailleurs, elle pourra chaque été (du 1er mai au 31 septembre) venir se baigner avec les personnes de son choix dans la crique au pied de notre terrain, qu'elle devra donc traverser. Nous savons, cher Maître, ce que vous allez nous dire d'un tel accord, mais la dame en fait une affaire de principe car elle a grandi ici, et c'est non négociable. Or nous voulons ce terrain coûte que coûte, nous prenons donc Odette avec ! À votre disposition pour signer cette convention et l'acte de vente.

Amitiés,

Ezra et Maud Kerr

Marseille, le 5 mai 1975

Cher Ezra, chère Maud,

Après un an de travail, je suis heureux que l'espace que nous avons débroussaillé à l'endroit de l'implantation de votre maison vous ait plu. Comme je vous l'ai expliqué, je n'ai rien terrassé, je me suis simplement adapté au terrain. Je l'ai « déposée » là où elle me paraissait le plus en harmonie avec la nature, ce qui signifie que pour épouser les dénivelés, il y aura beaucoup d'escaliers, de couloirs, de mezzanines. Il y aura partout des ruptures de luminosité, de matière et d'inclinaison des sols, mais cela vous protégera de toute monotonie. Vous circulerez chez vous comme les fluides dans un corps humain. Vous naviguerez dans cette nature changeante au gré des saisons, et chaque jour, la vue jusqu'aux îles de Lérins vous éblouira, vous aurez la sensation de vivre dans un tableau vivant !

Après cette première phase de débroussaillement, nous devons maintenant procéder au test de Tristan.

Avez-vous regardé votre emploi du temps ? Pensez-vous pouvoir redescendre avant la fin du mois ? Ce serait formidable, car il s'agit d'une étape indispensable de notre projet. Ce test est une technique que j'ai mise en place afin que votre habitat s'adapte à votre mode de vie, et non l'inverse. Le procédé est simple : il s'agit de saupoudrer de sable l'espace débroussaillé et de vous demander de venir mimer vos gestes du quotidien et vos déplacements au fur et à mesure de la journée. Vos allées et venues vont inscrire sur le sol des circuits dont je photographierai l'ampleur, la densité et les inflexions. À partir de ces données qui n'appartiennent qu'à vous, je serai renseigné sur vos besoins et vos désirs : je saurai exactement ce qu'il vous faut comme superficie pour chaque pièce, comme dégagements, placards, électroménager, espace à vivre ou pour se retirer. Mon approche, vous l'aurez compris, est résolument empirique. Je ne crois à aucune théorie pour vous sentir bien chez vous, je crois seulement au bonheur tel que vous l'imaginez. Et le test de Tristan n'est là que pour ça, stimuler notre imagination à tous les trois.

Je sais que vous avez demandé à Anna, au bureau, de vous fournir des plans, mais je n'en fais jamais (ou alors des dessins a posteriori), pour la simple et bonne raison que nous sommes dans une architecture évolutive. Rien n'est figé, tout peut changer à tout instant, en fonction de nos envies respectives. Une fois que nous aurons les résultats du test de Tristan, je donnerai des indications à mes collaborateurs qui dessineront les formes planimétriques conventionnelles, et nous passerons ensuite à la phase la plus enthousiasmante, le travail sur maquette en terre, en plâtre et en fil de fer. Si nous avançons bien, je pense que nous devrions pouvoir réaliser ces maquettes à l'automne. Je suis à Paris quelques jours à partir de mardi. Je serai essentiellement du côté de Pigalle, cité Véron, pour un shooting de l'appartement de Prévert que j'ai entièrement refait il y a quelques années, mais je peux éventuellement me libérer une ou deux heures. Ou dîner avec vous jeudi soir. Dites-moi…

Amitiés,

Jacques Couëlle

4 août 1983

Cher Ezra, chère Maud,

Me voici de retour en Suisse où je prends enfin le temps de vous écrire pour vous remercier de la fête mémorable que vous avez donnée en notre honneur la semaine dernière. C'était digne d'un spectacle à Vegas, où nous serons les 7, 8 et 9 octobre pour y jouer une dernière fois notre show. Vous êtes naturellement nos invités. Sachez que je suis littéralement tombé amoureux de votre maison. Si d'aventure vous veniez à la vendre, surtout faites-moi signe ! Votre prix sera le mien.

Je vous donne un kiss,

Mick

Forage Hutan
144, chemin des Ajust
Grimaud 83

13 février 1987

À l'attention de M. et Mme Kerr :

Monsieur, Madame,

Comme convenu, je me suis rendu chez vous vendredi dernier, et après sondage des sols, je vous confirme la présence d'une nappe phréatique sous votre terrain, laquelle vous permettrait d'avoir accès à l'eau du sous-sol jusqu'à un débit de huit mille litres à l'heure. C'est une excellente nouvelle, vous n'aurez plus à payer l'eau de la ville, mais malheureusement tempérée par un obstacle de taille : les travaux de forage et l'installation de la cuve de stockage devront se faire obligatoirement à l'endroit d'une chambre. Votre gardien m'a dit qu'il s'agissait de celle de votre fille. Je mesure la complexité de la situation pour vous, mais si vous voulez que nous intervenions, il faudra au préalable détruire une partie de cette « bulle », je ne vois pas d'autre solution. Prenez le temps d'y réfléchir et revenez vers moi quand vous le souhaitez. Je vous envoie dans la semaine le devis du forage, du système de pompage et de la cuve de stockage.

Cordialement,

Hugo Hutan

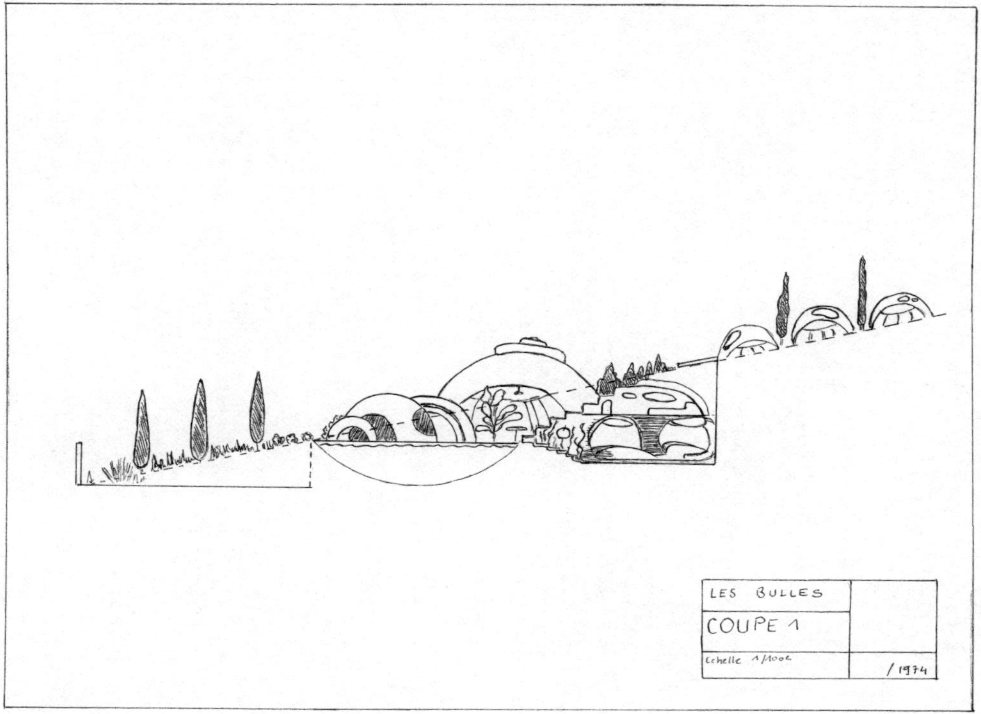
LES BULLES
COUPE 1
Echelle 1/100e
/1974

Le dernier jour de l'année arriva. J'aurais voulu le passer comme le 24, au lit, mais Elsa n'était pas Vincent, et aucun des mensonges que je tentai de lui vendre ne la détourna de son objectif : m'emmener avec eux réveillonner chez un ami d'ami avenue Trudaine, dans le IXe arrondissement. Je cessai donc rapidement de lutter, enfilai un jean, un T-shirt et une veste noirs, et à vingt et une heures pétantes, les retrouvai Lionel et elle comme convenu, en bas de l'adresse indiquée.

– Oh, tu as mis un jean ! s'exclama Elsa. Quelle chance on a ! Franchement, j'avais peur que tu gardes ton jogging…

– Ne l'écoute pas, s'amusa Lionel. Tu es très bien comme ça. Tu es parfaite.

Ils m'embrassèrent tous les deux comme du bon pain, puis nous entrâmes dans l'immeuble et grimpâmes les trois étages qui nous séparaient de la fête. Sur le palier, un type pianotait sur son téléphone. La petite cinquantaine, grand, fin, vêtu d'un jean délavé et d'un blouson de cuir sans âge, il portait des chaussures à semelles épaisses, type Church's, chics, mais qui n'avaient pas été cirées depuis longtemps, et ses lacets étaient élimés. Il n'avait pas vraiment l'air de se rendre à un réveillon. Plus étrange encore, à ses côtés reposait une chaise longue en tubulaire tapissée d'une peau de vache, la même chaise longue exactement que celle où je m'allongeais chaque mercredi dans le cabinet de Weber à Montrouge. Cette coïncidence me fit sourire.

– Eh oui, dit le type à mon intention, je suis venu accompagné… Je vous présente B306, une des plus belles pièces du design du XXe siècle, dessinée par Charlotte Perriand, Pierre Jeanneret et Le Corbusier. Vous n'en verrez pas souvent.

– Magnifique ! s'exclama Lionel. Et on vous aide à la rentrer à l'intérieur ?

– Si vos hôtes en sont d'accord, avec plaisir, parce que je ne trouverai personne ce soir pour venir m'aider à la descendre. Joachim, enchanté.

– Lionel.

– Elsa.

– Éléonore.

Joachim nous serra la main à tous les trois, avant de nous expliquer qu'un ami marchand l'avait mis en relation avec le petit-fils du propriétaire du cinquième étage, mort trois mois plus tôt et dont l'appartement venait d'être vendu. Il fallait terminer de le vider, mais le petit-fils habitait Lisbonne et n'avait trouvé que le 31 décembre à dix-neuf heures pour le conduire sur les lieux. Bien qu'ayant mieux à faire, Joachim n'avait pas hésité à venir – *parce que antiquaire, c'est comme médecin, on doit pouvoir se rendre disponible à n'importe quelle heure du jour et de la nuit, sans quoi on ne trouve jamais rien de valable.* Ce qu'il avait trouvé ce soir-là ? Un diamant pur. Une pièce de musée signée Thonet, du nom du premier éditeur à avoir mis ce meuble sur le marché. Cela n'avait pas de prix. Voilà pourquoi Joachim était là. Le petit-fils avait d'abord été sympa. Il l'avait aidé à descendre la chaise longue, seulement, arrivés un peu plus bas que l'étage où nous nous trouvions, ils s'étaient rendu compte que, les escaliers allant en rétrécissant, le meuble ne passerait pas, et ils étaient remontés pour s'arrêter sur ce palier où cette fois, attendu à une fête à l'autre bout de Paris, le jeune homme avait royalement planté Joachim en lui souhaitant une bonne soirée et une bonne année – *Mais oui, c'est ça, bonne année, Thérèse, très bonne année à toi !*

Cette réplique du *Père Noël est une ordure* que Joachim prononça avec outrance m'arracha un éclat de rire. Lionel et Elsa se tournèrent vers moi, l'air stupéfait, comme si un rire de ma part n'avait pas été prévu au programme de la soirée. J'en éprouvai une gêne qui me donna le sentiment de rougir, mais peut-être était-ce simplement dans ma tête. Peut-être que tout allait très bien.

– Bon, dit Lionel, allons voir ce qu'en disent nos hôtes.

Il enjamba la chaise longue et s'introduisit dans l'appartement dont la porte n'était pas complètement refermée. Elsa lui emboîta aussitôt le pas et j'allais moi-même les suivre quand j'entendis Joachim me dire :

– Vous n'allez quand même pas me laisser seul ? Ce n'est pas très sympathique de votre part…

Le culot de ce type. Je me retournai et le regardai mi-effarée, mi-amusée, sans pouvoir dire s'il se foutait de moi, me draguait ou bien débarquait tout simplement d'une autre planète. Une femme apparut sur le palier. Elle portait une robe vaporeuse imprimée léopard, des joncs dorés aux poignets et ses cheveux étaient si longs et si soyeux qu'elle aurait pu poser pour une pub L'Oréal. Elle avait une coupe de champagne à la main.

– Hé, bonsoir ! s'exclama-t-elle d'un ton enjoué. Bienvenue à la maison ! Lionel me dit que vous êtes venus avec votre chaise longue ? Pourquoi pas, c'est original ! En tout cas, tant que vous n'êtes pas avec vos enfants, moi, ça me va ! Parce que cette année, les enfants, c'est niet – Qu'on puisse se mettre un peu minable en paix, quoi !

Elle explosa d'un rire gras et déjà bien alcoolisé, puis nous ouvrit le deuxième battant de la porte, ce qui nous permit de faire entrer plus facilement la chaise longue à l'intérieur. On suivit cette femme jusqu'à sa chambre, où les manteaux des invités recouvraient déjà l'intégralité du lit. Elle nous désigna du doigt un coin près de la fenêtre et Joachim scanna les lieux un instant, avec sérieux, puis il dit :

– Désolé, mais ça ne va pas le faire. Nous sommes des parents inquiets, nous préférons garder notre chaise longue de fille avec nous.

Notre hôtesse eut un autre rire démesuré, manquant de renverser ce qui restait de champagne dans sa coupe. Rattrapant le coup de justesse, elle répondit en pouffant :

– Alors je ne vois plus que le salon !

Elle nous y conduisit sans attendre, puis, arrivée au seuil, elle réclama le silence en tapant plusieurs fois dans ses mains et dit :

– Chers tous, laissez-moi vous présenter mes nouveaux amis ! Joachim, Éléonore, et leur grande fille, la chaise longue…

– B306, souffla Joachim.

– B306 ! Voilà, c'est son petit nom ! C'est une famille très drôle, et très sympathique, alors je compte sur vous pour être ouverts d'esprit et pour faire en sorte qu'ils se sentent ici comme chez eux !

Immédiatement, l'assistance nous donna des cris et des applaudissements. Dans un coin, près du buffet, j'aperçus Elsa, tout sourire, le pouce levé en signe de victoire, pensant *tu es vraiment formidable, ma Léo, mais je n'en espérais pas tant, tu sais*, tandis que Lionel, lui, filmait la scène avec son portable. J'aurais voulu creuser un trou dans le plancher et m'y enterrer, mais Joachim pas du tout. Au contraire, tout cela semblait beaucoup l'amuser pour un réveillon dont j'apprendrais bientôt qu'il aurait dû le passer à peu près comme moi, avec un plateau, seul chez lui, devant son poste de télévision.

– Tu m'aides ? me demanda-t-il quand, le volume remonté, les invités se remirent à danser. On va la mettre là-bas, regarde, dans l'alcôve près de la fenêtre. Les gens nous foutront la paix et en plus, on aura une jolie vue.

Il avait donc décidé que je passerais le reste de la soirée avec lui. Oui, c'était exactement ce qu'il avait décidé, comme de passer du vouvoiement au tutoiement, et cela avec un tel naturel que toute objection semblait ridicule. Je ne fis donc aucune remarque et je me contentai de soulever le meuble à la tête, comme il me le demandait, tandis que lui s'occupait des pieds, puis nous traversâmes la pièce jusqu'à l'alcôve désignée, slalomant entre les invités qui ne nous calculaient plus.

– Voilà, là, c'est parfait, dit Joachim en déposant le meuble au sol. Installe-toi, je vais nous chercher à boire. Vin, champagne, vodka ? Qu'est-ce qui te ferait plaisir ?

– Vodka. Merci.

Il gagna le buffet. Je l'observai un moment sans trop savoir quoi penser de lui, puis il revint avec nos deux verres et il me dit, préoccupé :

– J'ai bien réfléchi, je vais dormir ici. De toute façon, je n'ai pas le choix, je ne peux pas abandonner une pièce pareille au milieu de ces dégénérés ! Imagine que l'un d'eux ait trop bu et vomisse dessus, ou qu'un autre fasse un trou de cigarette dans la peau d'origine… Non, non, je vais rester là. Et demain matin, j'appellerai mon pote Yazid. Il est adorable, ce gars-là, il viendra avec sa camionnette, des cordes et des couvertures, et on sortira la bête par la fenêtre.

– Et ça t'arrive souvent, ce genre d'aventure ?

– D'être coincé quelque part avec un meuble en me demandant comment l'exfiltrer ? Tout le temps, pourquoi ?

– Je ne sais pas. Disons que c'est une vie particulière, qui ne ressemble pas aux autres. Tu as de la chance.

Joachim sembla réfléchir quelques secondes avant d'admettre que oui, il avait en effet pas mal de chance, parce qu'il n'avait jamais eu de patron, ni d'horaires, ce qu'il n'aurait pas supporté, et que le gros de son travail consistait à sillonner la France et l'Europe à la recherche d'objets rares, beaux, anciens et insolites.

– C'est comme un jeu perpétuel. Une éternelle chasse au trésor.

– Et tu as toujours fait ce métier ?

– Oui. J'ai commencé gamin, avec ce que je récupérais dans le château de mes grands-parents, mais je n'ai jamais considéré que c'était un métier. Plutôt une manière de vivre.

Il me décrivit une de ses journées types, tandis que j'essayais discrètement de repérer où étaient Lionel et Elsa. Peut-être étaient-ils repartis. Peut-être m'avaient-ils abandonnée là, à cet homme, selon un scénario prévu de longue date et que j'étais la seule à ne pas avoir lu. Tout paraissait si simple, si évident avec cet inconnu qui m'expliquait maintenant que chaque matin après son café, il allait faire un petit tour à Drouot, en salles des ventes, où il croisait toujours quelqu'un pour lui donner une information. Ça pouvait être n'importe quoi, une duchesse qui se séparait de son mobilier à Versailles ou une école qu'on désossait la semaine suivante à Lanzac, dans le Lot, et Lanzac, il y allait les yeux fermés car c'était la ville où Lurçat s'était établi en 1942, l'année où cet artiste de génie avait réalisé les tapisseries *Liberté* sur le poème d'Éluard et *Es la verdad* sur un texte d'Apollinaire, on ne savait donc jamais ce qu'on pouvait encore trouver de lui. Mais il pouvait aussi ne pas aller à Lanzac parce que, en chemin, il avait découvert qu'il se passait quelque chose de bien plus intéressant dans l'Aveyron, ou en Suisse, ou même à Amsterdam, il changeait donc de direction en cours de route et roulait toute la nuit pied au plancher pour être certain d'arriver à l'heure du déballage. Ah, les déballages… C'était vraiment ce que Joachim préférait au monde. Il adorait arriver le premier au cul des camions, dans la nuit froide du petit matin, et plonger ses mains à l'aveugle dans des cartons remplis d'objets emballés de papier journal. Il ne savait jamais ce qu'il allait trouver, des merdes ou des merveilles, c'était lui et sa chance, et c'était précisément ce qu'il aimait dans cette vie, chaque jour une nouvelle surprise, il fallait juste savoir aller vite, avoir un œil de lynx, beaucoup de nez, et proposer aux propriétaires des sommes alléchantes car d'autres loups derrière s'impatientaient, à tout moment ils pouvaient doubler l'offre qu'on venait de faire. Un jour, comme ça, et ça le faisait rire avec le recul, il avait hésité une seconde de trop, si bien qu'il avait vu un lot de céramiques de Vallauris lui passer sous le nez, signées Roger Capon et Picasso ! Des pièces de musée qui lui auraient permis de tenir un an au bas mot, il n'en avait pas dormi pendant des semaines. Mais une autre fois, il avait acheté une croûte pour trois fois rien et la croûte s'était avérée être un Gauguin – *ainsi allait la chine…*

– Tu as déjà vu une tapisserie de Lurçat ? me demanda-t-il.

– Non.

– J'adore les tapisseries en ce moment. Celles de Lurçat sont magnifiques. Elles ont été faites dans les ateliers d'Aubusson. Des grands soleils. J'en ai quelques-unes, je pourrais te les montrer, si ça t'amuse. Mais il faudra venir dans le Var.

– Pourquoi ?

– C'est là-bas que j'ai mon entrepôt. Quand j'ai rompu avec ma famille, j'ai dû vider la halle que j'occupais au château, et il y avait ce truc, près de Draguignan, qu'une copine me filait pour pas un rond, alors j'ai sauté sur l'occasion.

– Pourquoi as-tu rompu avec tes parents ?

L'impudeur de ma question sembla le déstabiliser. Il prit le temps d'y réfléchir pour me répondre au plus juste, puis il dit :

– Parce qu'ils ne m'ont pas protégé. C'est pourtant la seule chose qu'on demande à des parents, non ?

Je laissai cette phrase infuser, sans lui répondre, et il reprit :

– Non, tu n'es pas d'accord ?

– Si. Je pourrais dire exactement la même chose, mais de leur couple. Mes parents ne m'ont pas protégée de leur couple.

– Ça veut dire quoi, cette phrase ?

– Ça veut dire qu'il n'y avait pas de place pour moi dans leur histoire. Tout le monde veut faire des enfants pour défier la mort, mais quand deux personnes se sont trouvées au point de se suffire à elles-mêmes, on devrait leur dire de ne pas se reproduire. Ça ne sert à rien. Et ça complique tout.

Joachim m'embrassa sur la joue et alla nous chercher

deux autres vodkas. Quand j'eus vidé ce deuxième verre, la tête commença gentiment à me tourner. Je m'allongeai sur la méridienne, comme chez Weber, et cela me déclencha un fou rire que je ne sus lui expliquer. Plus tard, on se leva pour danser sur « Heroes » de David Bowie, puis plus tard encore sur « Desert Rose » de Sting, mais sans jamais s'éloigner du meuble. Il y eut ensuite le décompte des dernières secondes de l'année. Les gens autour de nous se mirent à hurler – *dix, neuf, huit, sept* –, tandis que des klaxons retentissaient au loin, dans les rues, et ce fut à cet instant que je sentis mon téléphone vibrer contre ma cuisse. Je crus que mon cœur allait s'arrêter. Je savais que c'était Simon. Je le savais parce que je lui avais laissé un message le matin même pour lui souhaiter une bonne et heureuse année, lui dire qu'il me manquait et que je l'aimais, et j'attendais depuis qu'il me rappelle. À minuit pile, ça ne pouvait être que lui. Son père ou lui. Lui, je ne lui avais pas parlé depuis plus de deux mois.

Joignant le geste et la parole, je tentai d'expliquer cela à Joachim, mais dans le bruit qui nous entourait, évidemment, il ne comprit rien. Craignant de rater l'appel, je m'éclipsai.

– Allô, maman… ?

– Oui, Simon, je suis là. Je t'entends.

– Il y a du bruit autour de toi… Tu es où ?

– Dans la rue. Enfin, je viens de descendre dans

la rue pour pouvoir te parler. J'étais dans une fête, avenue Trudaine. Chez des amis d'Elsa et Lionel.

– Sympa ?

– Oui, plutôt.

– C'est bien que tu sortes, ça me fait plaisir. Je voulais te remercier pour ton message. Et te souhaiter une bonne année aussi. J'espère qu'elle sera plus simple et plus douce que celle qui vient de s'écouler.

– Je l'espère aussi.

L'émotion me nouait la gorge, je ne pouvais rien ajouter de plus. De son côté, Simon n'enchaîna pas non plus, et il y eut une dizaine de secondes silencieuses peuplées des basses lointaines de la fête, puis quelque part sur un boulevard, on entendit une sirène de police qui s'éteignit aussitôt. J'eus l'impression qu'il avait raccroché.

– Simon ?

– Oui… Je suis toujours là.

– Et toi, tu es où ? Chez toi, à Shanghai ?

– Oui. Je viens de rentrer. On a fait une grosse fête. Je ne vais pas tarder à aller me coucher.

– Attends, attends… Je voulais te dire quelque chose : je vois quelqu'un, en ce moment.

– Un homme ?

– Non. Un psychiatre. Je vois un psychiatre chaque semaine, à Montrouge. Ton père ne te l'a pas dit ?

– Non.

– C'est lui qui me l'a trouvé, pourtant.

– Et tu es contente ? Ça te fait du bien ?

– Je crois, oui. En tout cas, ça m'aide à y voir plus clair. On a convenu ensemble que je signerais les papiers pour les vacances de Pâques.

– Les papiers de la succession ?

– Oui, Simon. C'est l'objectif que je me suis fixé. Et je voudrais que tu saches que j'y arriverai. C'est une question de temps. De temps et d'orgueil.

Un autre silence s'imposa. Simon doutait-il de mes paroles ? Était-il encore en colère contre moi ? Ou au contraire, comprenait-il mieux désormais les raisons de mon blocage et ce qui se jouait pour moi dans cette affaire de signature ? J'aurais voulu lui poser la question, ou même lui expliquer les choses, mais j'avais tellement peur qu'un mot mal dit ou mal choisi ne nous éloigne à nouveau que je préférai me taire.

Avant de nous quitter, Simon m'annonça qu'il avait pris son billet de retour, il arriverait directement à Nice, le 12 avril à treize heures. Je lui répondis qu'il pouvait compter sur moi, je l'attendrais à l'aéroport, après le contrôle des douanes, puis il raccrocha, et le bonheur d'avoir retrouvé sa voix me fit fondre en larmes. C'était bien malin, parce que j'avais mis du Rimmel et maintenant tout avait coulé, en aucun cas je ne pouvais retourner à la fête. Comment joindre Joachim pour le prévenir ? Je n'avais pas son numéro de téléphone. Ni même son nom de famille. M'engageant dans la rue pentue des Martyrs, je pensais que c'était dommage, j'aurais bien voulu qu'il s'occupe de vendre les meubles de l'avenue Georges-Mandel rapatriés aux Bulles. Il avait l'air d'un bon brocanteur, de quelqu'un qui s'y connaissait. J'en fus contrariée puis je me dis que c'était idiot, rien ne méritait que je le sois puisque j'avais reparlé à mon fils.

Dans les premiers jours de janvier, je déjeunai avec Vincent dans le quartier de l'Odéon, à quelques rues de chez son éditeur, dans un restaurant italien où il avait ses habitudes. Il revenait tout juste de Trouville où il avait réveillonné seul, au Flaubert face à la mer, et je lui trouvai une sérénité qui m'épata. Il était fier et heureux de n'avoir pas revu Ludivine. Ça n'avait pas été une mince affaire, selon lui, mais il avait tenu le cap, il ne s'était pas laissé à nouveau embourber dans cette histoire dont il ne voulait plus. Et comme pour fêter cela, il avala une énième cuillère de tiramisu avant de se rendre compte qu'il l'avait mangé aux trois quarts quand je n'avais pris qu'une bouchée et que nous étions censés le partager.

– Oh merde, je suis désolé, lâcha-t-il. Je bouffe comme un ogre en ce moment. Je vais t'en commander un autre.

– Non, non, ça va.

– Tu es sûre ? En même temps, c'est de ta faute,

t'es chiante, tu me fais toujours le même coup ! Tu me laisses bouffer et après tu dis que je ne t'ai rien laissé.

– C'est vrai.

– Si tu savais ce que Ludivine m'emmerdait avec le poids… Maintenant que je suis célibataire, je peux manger ce que je veux, c'est le bonheur. Je resterai célibataire. C'est ma grande résolution pour cette nouvelle année : je ne veux plus d'histoires à la con. Je ne veux plus être avec quelqu'un et me sentir seul, c'est beaucoup trop déprimant.

– Sage décision. Moi aussi, j'en ai pris une.

– Te remettre avec ton ex-mari ?

Je me mis à rire.

– Ne sois pas humiliante, s'il te plaît. Je ne vois pas ce qu'il y a de drôle, en plus. Moi, je me verrais très bien me réinstaller avec toi. Maintenant ou après notre mort, comme tu veux, mais en tout cas, c'est avec toi que j'ai envie d'être enterré.

– Tu es sinistre.

– Pourquoi ? Regarde tes parents qui se foutaient sur la gueule toute la journée. Tu crois qu'ils se sont emmerdés à rester ensemble dans la vie pour quelle raison, si ce n'était pas pour passer leur éternité tous les deux ? La vie, c'est rien, Léo. C'est un battement de cils. L'important, c'est après. C'est à côté de quel nom tu veux que le tien soit gravé dans la pierre, c'est tout. Eh bien moi, c'est toi. Voilà ce que j'ai compris de l'histoire de tes parents.

Vincent demanda l'addition et on quitta le restaurant. Dehors, une belle journée d'hiver nous attendait, ciel d'azur, air sec, soleil éclatant. On marcha jusqu'aux quais sans se dire un mot, puis juste avant de se quitter, Vincent m'interrogea sur la décision que j'avais évoquée plus tôt. Je lui répondis que je souhaitais déménager. Il changea de visage, imaginant probablement que j'avais un nouvel homme dans ma vie, cet homme avec lequel il avait cru que j'étais partie en week-end à Noël. Je le rassurai donc – *Ne t'inquiète pas, je suis célibataire jusqu'au bout des ongles !* – mais cela l'énerva :

– Tu crois que je pourrais ne pas être heureux que tu le sois ? On peut être jaloux et très heureux pour l'autre, je te signale. Je serais ravi que tu sois avec quelqu'un, Éléonore, et si c'est sérieux, j'essaierai d'en faire mon ami, mais quel besoin as-tu de déménager ? Tu ne sais pas que parmi les causes de dépression, le déménagement arrive en deuxième position après le deuil, et que des deuils, tu en as déjà deux à surmonter ?

Je le laissai dire et me dirigeai vers la file des taxis, mais il me rattrapa, m'ouvrit la portière et la referma, puis tapant aussitôt après à la vitre, il me fit signe de la baisser.

– Quoi encore, qu'est-ce que tu veux ?

– Il faut que je te dise quelque chose.

– Accouche.

– Barbalala, on l'a démasquée.

– Pardon ?

– Tes commentaires sous le pseudo Barbalala sur @lesamantsdulutetia, on sait que c'est toi.

– Qui t'a parlé de ça ?

– Éléonore… La question est plutôt qui, dans ton entourage, ne sait pas que depuis l'âge de cinq ans tu collectionnes les Barbapapa ?

– Simon est au courant ?

– Oui.

– Et qu'est-ce qu'il t'a dit ?

– Que t'étais une vraie Barbamamajuive, et qu'il avait beau te sortir par la porte, tu trouvais toujours le moyen de revenir par la fenêtre. L'exact opposé de tes parents, en somme. Mais c'est bien, non ? C'est ce que tu voulais, surtout ne pas leur ressembler.

CAHIER SUR MES PARENTS

Paris, le 9 janvier 2019

Hier, j'ai passé la soirée dans ma cave. J'ai retrouvé de vieux livres et parmi eux, *La Maison de Barbapapa*, édition 1972, à L'École des loisirs. C'est le premier livre qu'Ezra et Maud m'ont offert.

En 72, ils n'avaient pas encore acheté le terrain des Bulles. Mais ils étaient déjà complètement dingues de Jacques Couëlle. Je me demande quelle tête ils ont faite en voyant cet habitat ovoïde sur la couverture d'un livre pour enfants… Enthousiasme maximal, c'est sûr ! Et maintenant je me souviens qu'ils me lisaient ce livre ensemble, sur un canapé au tissu orange. Où est ce canapé, aujourd'hui ? (à creuser avec Weber)

Histoire de ce livre : Les Barbapapa habitent un quartier en passe d'être démoli. Ils sont relogés dans un grand ensemble où ils sont entassés et tristes, alors

pour y échapper, ils décident de s'installer à la campagne où ils se font construire une maison comme on en aura une, nous aussi un jour, tout en rondeurs – c'est Ezra et Maud qui me le disent.
Les inventeurs des Barbapapa s'appellent Annette Tison et Talus Taylor. Annette Tison est architecte, et je me demande si ce n'est pas pour marcher dans ses pas que j'ai voulu moi aussi faire ce métier. C'est elle qui a l'idée de cet habitat ovoïde, inspiré du travail d'Antti Lovag.

Le dimanche, avec mes parents, nous allons aux puces de Saint-Ouen chiner des meubles qui iront dans cette maison qui n'existe pas encore. Ils achètent des lampes, des tables, des tapis, des céramiques, des affiches, des objets qui ne servent à rien, et ils les entassent dans un garde-meubles. Ces balades durent des heures. Ensuite il faut négocier, organiser le transport, écrire l'adresse sur la facture. J'ai six ans, il est quinze heures passées et je n'ai toujours pas mangé, si bien que la faim fait chanter mon ventre. Certains dimanches, j'en ai la nausée, mais je suis trop timide pour le dire et j'arrive au restaurant à la limite de l'évanouissement. Nous déjeunons toujours dans une brasserie où des gitans jouent du jazz manouche. Ezra et Maud se mettent alors au travail. Sur leurs sets de table en papier, ils griffonnent des listes de mots interminables, cherchent le bon slogan pour leur prochaine campagne de pub et les formules vont de la bouche de ma mère à celle de mon père en rebondissant sur la table, comme des balles de ping-pong. J'aime bien la musique que ça fait. Je suis assise à côté d'eux, avec mon petit livre, et je recopie au calque la maison des Barbapapa. Je peux faire ça pendant des heures. J'adore cette famille, leurs animaux, leur façon de vivre, mais ma figurine préférée, c'est Barbalala à cause de son joli corps violet qui se transforme en instrument dès qu'elle veut jouer. Barbalala joue de la harpe, et ça me fascine. À la rentrée de sixième, j'annonce à mes parents que moi aussi, je veux en jouer et ils m'inscrivent à un cours. L'année suivante (ou peut-être celle d'après ?), on fait un concert salle Pleyel. Au bout d'une demi-heure, je découvre qu'ils sont assis au cinquième rang. C'est complètement dingue, ça n'est jamais arrivé, et la joie que j'éprouve provoque un tel chaos intérieur que mes doigts se figent, je ne peux plus jouer. Les camarades me regardent, épouvantés, *Mais qu'est-ce que tu fous ? Allez joue, bon Dieu ! C'est à toi, c'est à ton tour !* me soufflent-ils, haineux. Mais rien à faire. Je suis paralysée, et le concert est foiré par ma faute. Après cela, évidemment, je décide d'arrêter la musique. Mes parents ne comprendront pas pourquoi. Ils en tireront simplement la conclusion que je n'ai aucune volonté, aucun courage, et qu'à ce train-là, je n'arriverai à rien dans la vie.

Contrairement à Vincent, Elsa pensait que déménager était une bonne chose, le signe que je voulais enfin tourner la page. Aussi, au cours de ce même mois de janvier, elle s'empressa de me présenter à l'une de ses amies dans l'immobilier qui me fit visiter une demi-douzaine d'appartements. La veille de cette journée de prospection, il avait neigé toute la nuit. Tout était blanc et ouaté, plus silencieux que d'ordinaire, et de tout ce que Carole Viguéras me proposa, rien ne me plut, jusqu'à ce rez-de-chaussée à quelques centaines de mètres de la station Mairie-de-Montrouge, pour lequel j'eus un vrai coup de cœur. Il était tard, pourtant. Le lieu était affreusement sombre, et évidemment il n'y avait pas de vue, contrairement à l'endroit où j'habitais, mais un jardin pourvu d'arbres qui devaient avoir au moins mon âge, et à la seconde où je les découvris, je sus que leur compagnie me rendrait heureuse. Un gros figuier, deux magnolias et une robuste glycine sous la floraison de laquelle je m'imaginais déjà faire la sieste les dimanches de printemps. Je dis à l'amie d'Elsa que je souhaitais déposer un dossier. S'il était accepté, ce serait la neuvième fois que je déménagerais depuis que j'avais quitté l'appartement de mes parents avenue Georges-Mandel.

Nous avions pas mal abordé le sujet avec Weber, et quand je lui avais révélé ce chiffre, il avait fait un bond : « Neuf déménagements en vingt ans ? C'est-à-dire à peu près un déménagement tous les deux ans ? Mais c'est inhumain ! » Pourtant, déménager avait toujours été une source de grande joie. *Partir* était le mot de la langue française que je préférais. Dès l'enfance, je l'avais souhaité, pour avoir des murs qui m'appartiennent. Cela avait été ma seule ambition. Oui, j'avais toujours voulu quitter le territoire de mes parents où ils étaient rois pour avoir un endroit qui répondrait à mes règles, à mes goûts, à mes désirs, et où je ne me sentirais plus chez eux, mais *chez moi*. Je ne sais pas pourquoi je repensais à cela dans le bus qui me ramenait à mon domicile, mais j'en arrivais à la conclusion que dans notre famille, l'habitat s'était toujours pensé contre. Alexandre Duval, le jour du décès de mes parents, ne m'avait pas dit autre chose en me rapportant leurs propos concernant Les Bulles : Ezra et Maud avaient fait construire cette maison comme un paradis *à l'abri du bruit du monde*. Ils avaient rêvé ce lieu comme *un refuge*. Et si je réfléchissais à tous les appartements dans lesquels j'avais vécu depuis que j'étais partie de chez eux, c'était ce mot-là aussi qui avait toujours guidé mes choix. La première fonction que j'attendais de mon domicile était qu'il me protège. Je voulais m'y sentir comme dans un cocon, en sécurité. Mais je n'y étais jamais arrivée durablement. Quel que soit le lieu où j'avais vécu, je n'avais pas réussi à prendre racine. Mes parents, eux, avaient été arrachés aux leurs, et ils avaient réussi cet exploit, ils s'étaient rempotés aux Bulles. Mais ce qu'on réussit pour soi, comment le transmettre à ses enfants ? Ce qu'on arrache de haute lutte au destin et à l'atavisme – toute la volonté, l'énergie, la rage qu'on met pour ne pas reproduire ce qui fut mais pour inventer quelque chose de neuf –, par quel miracle parvient-on à l'offrir en héritage à ses descendants ? Ce qui se transmet n'est pas ce qu'on fait, mais ce qu'on est au plus profond de soi, c'est-à-dire ce qu'on cache. Et tout ce que mes parents m'avaient caché pour s'en sortir avait pris la forme de ces cartons que je remplissais et déballais régulièrement, comme pour me rappeler de quelle errance nous venions. Était-ce pour cela que je ne leur avais jamais fait visiter un lieu où j'avais décidé de vivre ? Était-ce parce que je savais que je n'y resterais pas longtemps que je n'avais jamais ressenti le besoin d'avoir leur avis, encore moins leur consentement, tout comme eux ne m'avaient jamais consultée pour agrandir leur maison, bien que bâtir fût mon métier ? C'était chacun pour soi. Chacun son toit. Et je ne sais pas pourquoi, mais tout à coup, en entrant dans mon immeuble, je me mis à penser à celui qui les avait recueillis pendant la guerre. Où étaient-ils allés se terrer tous les deux ? Auprès de qui, à Tarbes, avaient-ils trouvé *refuge*, justement ? Simon le savait-il ? Était-ce à lui qu'il fallait que je pose la question ?

Alors que je marchais vers l'ascenseur, la gardienne me vit à travers la porte de sa loge et s'empressa d'en sortir.

– J'ai un petit paquet pour vous, dit-elle. C'est un monsieur qui l'a déposé ce matin. Je reviens tout de suite.

Elle disparut puis réapparut aussitôt avec une enveloppe kraft qu'elle me remit comme un plateau, des deux mains. Je l'en remerciai et, à peine entrée dans l'ascenseur, je décachetai le pli, trop curieuse de ce qu'il contenait. Je trouvai alors un petit livre, *Lettre à D. Histoire d'un amour*, d'André Gorz. Il était accompagné d'une carte rédigée à l'encre noire, et cette carte disait :

Chère Éléonore,

Après soixante ans de vie commune, André Gorz et sa femme Dorine se sont suicidés ensemble, le samedi 22 septembre 2007, dans leur maison de Vosnon, dans l'Aube, à trente-cinq kilomètres de Troyes – ils avaient quatre-vingt-trois et quatre-vingt-quatre ans. Gorz est un journaliste et un philosophe que j'ai beaucoup admiré. Collaborateur aux Temps Modernes *et cofondateur du* Nouvel Observateur, *c'est à lui, en partie, qu'on doit d'avoir théorisé l'écologie politique et la décroissance. J'ai lu tous ses essais, beaucoup de ses articles, mais rien de ce qu'il a produit ne m'a autant bouleversé que ce petit livre adressé à sa femme, et publié un an avant leur commune disparition. À la fois intime et universelle, cette lettre est l'histoire d'un amour comme je nous souhaite à tous de pouvoir un jour en connaître un. C'est un amour réciproque, absolu, qui aura duré près de soixante ans, mais qui surtout aura eu la particularité d'être pourvu d'un projet qui le dépassait : la production littéraire d'André Gorz. Un projet que cet amour ne cessera jamais de nourrir et qui, en retour, sera nourri, grandi et renouvelé par lui. Je voudrais que tu lises ce livre parce que parfois, les mots des autres sont le chemin le plus court pour nous mener vers ceux qu'on aime, mais qu'on est incapable de comprendre. Et si ce livre te plaît, tu me rappelleras, mon numéro est inscrit au crayon sur la page de garde. Mais si tu ne le fais pas, ça n'a aucune importance. Je garderai toujours un merveilleux souvenir de cette moitié de réveillon que nous avons passée ensemble, toi, moi, et notre chaise longue de fille.*

Je t'embrasse,

Joachim

J'ai replié cette lettre. Je suis rentrée chez moi. Je me suis assise dans mon canapé, à côté de mon bananier et des deux urnes funéraires qui étaient toujours disposées à son pied, et j'ai ouvert cette *Lettre à D.* que j'ai lue d'une traite. Ce n'est évidemment pas à cette première lecture que j'ai compris quelque chose de mes parents – il m'en faudrait bien plus –, mais ce qui est certain, c'est que très vite, les mots d'André Gorz sont devenus ceux de mon père. Oui, à mesure que je m'enfonçais dans ce texte, c'est la voix de mon père que j'entendais à mon oreille. Mon père Ezra qui disait à ma mère Maud :

« Nous étions l'un et l'autre des enfants de la précarité et du conflit. Nous étions faits pour nous protéger mutuellement contre l'une et l'autre. Nous avions besoin de créer ensemble, l'un par l'autre, la place dans le monde qui nous a été originellement déniée. Mais, pour cela, il fallait que notre amour soit aussi un pacte pour la vie. »

À quel moment ce pacte-là est-il devenu un pacte pour la mort ?

Si étrange que cela puisse paraître, c'est une question que j'ai écartée de mon esprit, comme s'il était aussi difficile d'imaginer ses parents prendre cette décision que faire l'amour. Et pourtant il aura bien fallu que le projet naisse. Alors qui aura eu l'idée d'abord ? Qui, des deux, aura fait le premier pas ? Mon père ou ma mère ? Je peux dire mon père, au hasard, mais comment s'y est-il pris ? A-t-il invité ma mère à dîner comme d'autres leur future épouse, mais au lieu de lui dire *Veux-tu devenir ma femme ?*, il lui aura demandé *Veux-tu mourir avec moi ? Veux-tu mourir, ou veux-tu te tuer ?* Ce n'est pas tout à fait la même chose. Se tuer est un acte solitaire, une violence faite à soi-même limitée dans le temps, rien d'autre que l'accession à *l'instant de la mort*, cet instant précis de bascule dont parle Maurice Blanchot dans son livre *L'Instant de ma mort*. Mourir, au contraire, pourrait être un état, comme celui de danser, dormir ou bien nager, et si l'on peut dormir, danser et nager à volonté, alors pourquoi mourir ne serait pas, aussi, cette grande activité ? Deux ans plus tôt, l'épisode caniculaire qui s'était abattu sur la France nous avait contraints d'interdire à mes parents de sortir des Bulles. Nous les avions consignés à l'intérieur une semaine entière, les volets clos pour les protéger de la chaleur et du soleil, et sur les conseils de leur médecin traitant, nous les avions forcés à boire quotidiennement trois litres d'eau chacun. Magali s'en était chargée, non sans mal. Résultat, ils avaient eu constamment envie de pisser, ce qui s'était avéré un emmerdement pas possible puisque, plusieurs fois par jour, il leur avait fallu déplier leur corps pour se lever, aller à la salle de bains, baisser leur pantalon, leur slip, plier leurs jambes, s'asseoir sur la cuvette, se relever, remonter leur slip, leur pantalon, retourner au salon, se rasseoir dans un fauteuil, puis une demi-heure plus tard tout recommencer, déplier à nouveau leur corps, *déplier un corps*, se rend-on compte de l'énergie que cela réclame à quatre-vingts ans passés ? Non, personne ne peut l'imaginer. Il faut avoir atteint cet âge-là pour connaître cette purge du poids de son corps, même quand le corps est en bonne santé, et peut-être est-ce donc durant ces journées interminables, martyrisé par le chant entêtant des grillons et de nos plongeons cruels dans la piscine, que mon père aura fini par avoir cette idée lumineuse et libératrice – *Veux-tu mourir avec moi, mon épouse adorée ?*

Mais peut-être était-ce dix étés plus tôt. Peut-être

était-ce lors d'un de ces moments de bonheur absolu où ils nageaient tous les deux avant de prendre leur petit déjeuner et où, arrivés en bout de ligne, ressortant la tête de l'eau la vue délicieusement troublée par des gouttelettes sur leurs cils, conscients de leur chance inouïe d'être là, ensemble, libres de leur corps et de leurs mouvements, mais conscients aussi que cette chance ne pourrait durer éternellement parce que rien en ce monde ne le peut, c'est ainsi, il faut s'y résoudre, que mon père aura fait sa demande – *Un jour, mon amour, voudras-tu mourir avec moi ?* J'imagine alors l'excitation, pour une femme amoureuse, de se voir proposer une chose pareille. Surtout à ce moment-là de l'existence. Mes parents avaient déjà mené à bien toutes sortes de projets. Ils avaient monté et revendu une boîte ensemble, eu un enfant, collectionné des voitures, voyagé dans tous les pays du monde, ils s'étaient offert plusieurs semaines en mer, un rêve de gosse, ils avaient joué en Bourse et au casino, investi dans l'art, l'immobilier, l'innovation, ils s'étaient passionnés pour le vin puis pour les jardins, qu'auraient-ils pu envisager de plus ? Et même s'ils avaient eu encore plein de rêves secrets et d'envies d'ailleurs et d'autres choses, n'auraient-ils pas été physiquement empêchés ? Certes, ils se tenaient toujours droits et dignes, mais ils avaient l'âge qu'ils avaient. Cela voulait dire qu'ils souffraient de mille petits maux invisibles à l'œil nu – arthrose, goutte, hypertension, diabète, glaucome –, lesquels n'avaient fait que rétrécir et rétrécir encore leur univers. Depuis longtemps déjà, celui-ci n'était plus le vaste monde qu'ils parcouraient jadis à sauts de puce en prenant des avions sans cesse, ni la France qu'ils traversaient chaque week-end en TGV pour rejoindre leur Midi chéri, ou même tout simplement Paris qu'un métro, un bus ou un taxi leur permettait d'arpenter à leur guise pour rendre visite à un ami, faire une course, aller chez un médecin. Même s'ils continuaient de marcher, c'était désormais sans but, toujours et toujours le même circuit, dans l'unique souci de ne pas rouiller. Leur univers était devenu leur intérieur – leur chambre, leur salle de bains, leur salon, leur cuisine, et à Ramatuelle, leur terrain. Mais ils ne pouvaient plus en faire le tour. Tout était devenu trop dangereux, les parterres de gravier qui faisaient perdre l'équilibre, les chemins en pente où l'on pouvait glisser, les sillons terreux entre les vignes dont la longueur réclamait trop de force dans les jambes, et puis tous ces espaces sans ombre exposés au soleil brûlant du Sud qu'ils auraient dû traverser en courant – une pure folie. Était-ce ce rétrécissement inéluctable qui avait guidé leur choix ? La peur de devenir dépendants, de perdre la boule, de se retrouver seuls, d'être placés en Ehpad ? Depuis quand la peur avait-elle guidé leur existence ? Je n'y croyais pas, car Ezra et Maud n'avaient jamais eu peur de rien. Ils avaient réchappé au pire, ils s'étaient faits tout seuls, ils avaient pris mille risques, et toujours été en tout dans l'excès. Trente ans étaient passés et pourtant, je me souvenais encore de la sensation physique que me procurait la vitesse infernale à laquelle nous roulions quand, au début de l'été, nous faisions Paris-Ramatuelle en décapotable, sans ceinture et d'une traite pour arriver au lever du jour sur le port de Saint-Tropez. Il fallait à tout prix ne pas rater ceux qui sortaient de boîte, et manger avec eux nos œufs brouillés au bacon du Gorille en regardant le soleil se lever au-dessus des mâts des bateaux – c'était le premier objectif des vacances. Pour l'atteindre, mon père roulait pied au plancher depuis Paris. Il ne se serait arrêté pour rien au monde, sinon à la pompe pour ne pas se retrouver en rade, et quand il entendait le bruit de la bande blanche qu'il avait franchie parce qu'il s'était endormi au volant, il se réveillait en sursaut, se claquait plusieurs fois le visage, puis donnait un petit coup de coude à ma mère pour qu'elle lui allume une énième cigarette. Avec le vent, des bouts de tisons rougeoyants m'arrivaient dans le visage, mais quelle importance ? Cela le maintenait en éveil, c'était tout ce qui comptait. Mes parents fumaient tous les deux comme des pompiers, là était bien la preuve qu'ils n'avaient pas peur d'être malades, de souffrir et de mourir ! Ils fumaient dès le matin au réveil. Avant de partir à l'école, j'entrais dans leur chambre pour leur dire bonjour, au revoir, et je les trouvais enveloppés du même brouillard de fumée dans lequel je les avais laissés la veille, au salon, avec leurs invités. C'était toujours ma mère qui gardait le paquet dans son sac, comme l'argent, pour que mon père puisse sortir les mains dans les poches, libre, entravé par rien. Elle s'occupait des additions, des voyages, des entretiens d'embauche, elle prenait les rendez-vous chez le dentiste, le cardiologue, le dermato, elle hélait les serveurs pour qu'ils viennent prendre la commande, et dans les cocktails, c'était encore elle qui faisait la queue au bar. Ils prenaient un verre pour deux. *Qu'est-ce que tu veux ?* lui demandait Maud, et quoi qu'il réponde – une margarita, une vodka, un gin tonic –, c'était ce qu'elle choisissait. Aujourd'hui, on aurait dit d'elle qu'elle était une femme soumise, sans autonomie ni désir propre. Cela l'aurait rendue furieuse, car elle n'était soumise à rien ni à personne, sinon à l'amour qu'elle lui portait. Mais par amour, elle l'aurait suivi n'importe où. Et quand je ferme les yeux et que je plonge au-dedans de moi, là où sont tapis les souvenirs les plus anciens, ceux de ces années 80 marquées par leur succès et leur arrogance, par ses robes Thierry Mugler, ses manteaux de fourrure, les liasses de Pascal sur leur commode, les mégots partout dans les gros cendriers en verre, l'ambre solaire qui faisait brûler leur peau et les traces de cocaïne sur la paillasse de leur salle de bains, je les vois entraînés dans les bas-fonds de la ville par des oiseaux de nuit que la drogue et le sida n'épargneraient pas, flirtant eux aussi avec le sexe sale, l'oubli de soi et la mort qui ne leur faisait même pas peur. Je vois les corps nus et accouplés de gens que je ne connais pas au bord de notre piscine haricot quand je me réveille au milieu de la nuit, dérangée par des rires en cascade, des plongeons dans l'eau ou la voix de Queen chantant « I Want to Break Free », je vois des nuits blanches en pagaille, des virées aux urgences, des matins où le réveil ne sonne pas, je vois des gens dont on sait qu'ils resteront perchés à jamais et mes parents toujours passer entre les gouttes, comme par miracle, titubant dans le petit matin rose tels les deux rescapés qu'ils étaient, ma mère descendant pieds nus les Champs-Élysées, sa paire de talons à la main, et mon père marchant une trentaine de mètres devant elle au bras d'un mannequin que je retrouverai quelques heures plus tard endormie dans le canapé du salon, ou carrément la tête dans la cuvette des chiottes, malade à crever. Combien en verrais-je, de ces filles-là, au cours de cette décennie ? Des brindilles filiformes venues du Brésil, de Russie ou d'Amérique, que mes parents adopteraient pour quelques semaines et qui seraient ensuite congédiées du jour au lendemain ? Étaient-elles *toutes* les maîtresses de mon père ? Des partenaires sexuelles pour tous les deux ? Ou simplement des filles dont la beauté assouvissait la recherche permanente d'esthétisme que la publicité leur avait inculquée ? Encore aujourd'hui, je serais incapable de le dire, mais je sais que cette présence participait de la tension érotique qui existait entre mes parents, laquelle maintenait à distance ce qui pour eux était la pire chose qui puisse arriver dans l'existence, *l'ennui*. Et si ce pacte suicidaire était avant tout un pacte contre cela ? Et si Ezra et Maud avaient choisi de mourir ensemble pour partager une dernière aventure commune ? Choisir le moment de sa mort pour demeurer vivant jusqu'au bout.

J'ai toujours su qu'Ezra et Maud avaient perdu leurs parents et leurs frères et sœurs dans les camps. Me l'ont-ils un jour formulé, quand j'étais très jeune ? Je ne le crois pas. En tout cas, si la réponse est oui, je n'en ai pas le moindre souvenir, et peut-être est-ce pour cette raison que je n'ai jamais osé poser de questions ou que je n'y ai même tout simplement jamais pensé. Je n'ai pas fait de recherches non plus, dans mon coin. Elles n'auraient pourtant pas été très compliquées : je serais allée sur geneanet.org et en deux clics, j'aurais presque tout su. C'est Joachim qui m'a fait découvrir ce site. Lorsque je l'ai appelé pour le remercier de la *Lettre à D.* qu'il m'avait envoyée, il m'a proposé d'aller boire un verre et nous nous sommes retrouvés sur l'île Saint-Louis. Au cours de la conversation, il m'a demandé d'où venaient mes parents. Je lui ai répondu de Pologne, et j'ai ajouté qu'ils étaient les seuls rescapés de leurs deux familles, mais que je ne savais rien de plus. Dans son métier, Joachim se servait beaucoup de ce site de généalogie collaboratif riche de sept milliards de noms. Grâce à cet outil, il avait pu retrouver des héritiers, des ascendants, des lieux de naissance et de mort, et ainsi remonter à de véritables trésors mobiliers et picturaux. Il était certain que nous allions trouver plein de choses sur Ezra et Maud.

Il a pris son téléphone, a ouvert la page d'accueil du site et, dans la barre de recherche, a tapé en premier Ezra Kerr. Un arbre généalogique est apparu quasi instantanément. J'ai découvert alors que mon père avait un frère et une sœur. Son frère avait deux ans de moins que lui, il s'appelait Isaac, et sa sœur, deux ans de moins que ce frère-là, elle s'appelait Jacqueline. J'ai appris aussi qu'ils étaient tous les trois nés en France, et qu'ils étaient tous les trois les enfants de Rebecca et David Kerr, nés à Lodz, en Pologne (j'avais toujours imaginé Varsovie) – lui en 1886, elle en 1892 –, mais tous les deux devenus français par naturalisation.

Après cela, Joachim a cliqué sur Maud Rozenberg, nom qui figurait à gauche de celui d'Ezra, sur la même ligne, elle était bien notée comme son épouse. Un autre arbre généalogique est apparu, et Joachim et moi avons découvert que ma mère n'avait qu'une sœur, de quatre ans son aînée. Elle s'appelait Mathilde. Elle était née elle aussi en Pologne, comme leurs parents, Esther et Benjamin Rozenberg. Pour tous ces gens, le site indiquait : *mort en déportation.*

– Veux-tu que nous allions au Mémorial de la Shoah ? a proposé Joachim. J'y pense parce que c'est juste en face, nous n'avons qu'à traverser le pont.

J'étais incapable de répondre oui ou non. Je ne savais pas ce que je voulais. Ni même si j'avais envie de quelque chose.

– Je te fais une proposition, dit-il. On marche dans cette direction et quand on arrive devant, tu décides si tu veux entrer ou non. Je peux t'accompagner, je peux t'attendre dehors. On peut aussi aller manger un falafel rue des Rosiers ou une choucroute chez Bofinger. On fait ce qu'on veut. On n'est obligés de rien, c'est ça qui est bien.

Devant les portes du 17, rue Geoffroy-l'Asnier, d'un léger hochement de la tête, j'ai fait signe à Joachim que oui, je voulais bien entrer avec lui au Mémorial de la Shoah. Dans la cour, sur la gauche, s'élevaient plusieurs grands murs gravés de noms, comme d'immenses stèles. Nous nous en sommes approchés. Chaque mur correspondait à une année de déportation. Quelle était celle des miens ? Je n'en savais rien, et les noms étaient si nombreux et si serrés que j'eus l'impression que je ne les retrouverais jamais. Mes yeux continuaient pourtant de se balader sur la pierre de Jérusalem et parfois accrochaient un prénom, une date de naissance ou de décès. Il y avait des enfants, tellement d'enfants que cela m'en a donné le vertige. Je me suis alors dirigée vers l'entrée du bâtiment, et c'est à ce moment-là que j'ai entendu Joachim s'exclamer :

– Voilà, ils sont là, je les ai trouvés !

Ils étaient sur le mur de l'année 42. Oui, tous là, au grand complet – David, Isaac, Jacqueline et Rebecca Kerr, puis un peu plus loin, à la lettre R, Benjamin, Esther et Mathilde Rozenberg.

C'était tout ce qu'il restait de ces sept vies, des noms. Deux familles entières amputées de deux de leurs enfants, Ezra et Maud, qui, eux, n'avaient pas voulu de pierre tombale. Sans doute parce qu'à leurs yeux, cela n'aurait eu aucun sens de voir leur nom inscrit ailleurs qu'ici, auprès de leurs parents et de leurs frères et sœurs. Le mur avait été inauguré par Jacques Chirac et Simone Veil en 2005, Ezra et Maud l'avaient-ils su ? Étaient-ils venus ici en pèlerinage, comme on se rend au cimetière, mais sans rien dire à personne ? Une fois seulement ? Ou peut-être chaque semaine ? Qui pouvait le dire, à présent ?

Dans la base de données du Mémorial, nous avons découvert d'autres choses : mes quatre grands-parents avaient vécu au 98, boulevard de Belleville, dans le XXe arrondissement, et ils étaient tous les quatre « fabricants de vêtements ». J'en déduisis que leur outil de travail était une machine à coudre. Peut-être la même machine que la Singer que j'avais réclamée en faisant des pieds et des mains un dimanche aux puces de Clignancourt et que, de guerre lasse, mes parents avaient fini par m'offrir. J'en eus le cœur retourné. L'article qui leur était consacré disait qu'ils avaient été arrêtés sur dénonciation, à leur domicile, le 14 novembre 1942. Ils avaient tous été embarqués puis déportés, à l'exception d'Ezra le fils des Kerr et Maud la fille des Rozenberg, qui étaient sortis ensemble faire un tour. À leur retour chez eux, un voisin leur avait appris la nouvelle et les avait confiés à l'OSE, qui les avait envoyés chez un couple de professeurs, les Magnier, à Tarbes, pour le restant de la guerre. Ils avaient dix et douze ans.

Avant de repartir, j'ai demandé à la documentaliste comment le Mémorial détenait toutes ces informations, et après avoir cherché dans sa base de données, elle m'a répondu :

– C'est le petit-fils d'Ezra et Maud Kerr, Simon Epstein, qui nous a contactés il y a très peu de temps. Il nous a également donné des documents que ses grands-parents lui avaient confiés. Vous êtes de la famille, peut-être ? Simon Epstein dit dans son mail qu'il est à Shanghai, mais si vous le souhaitez, je peux lui demander l'autorisation de vous communiquer ses coordonnées.

Instagram

Lesamantsdulutetia

Amants / Amour éternel / Droit de mourir dans la dignité
https://www.change.org.pour-une-fin-de-vie-digne

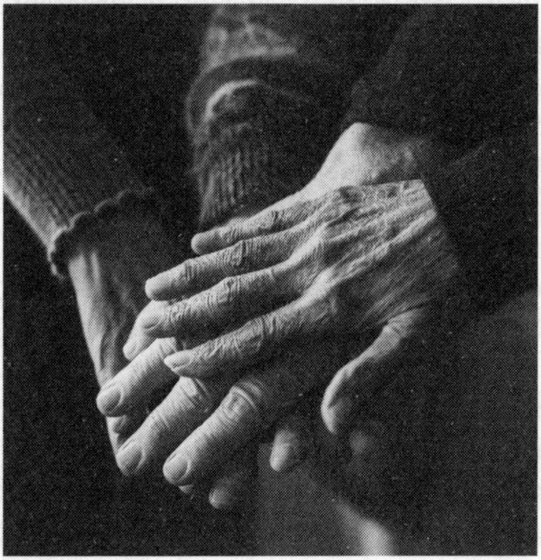

Lesamantsdulutetia Le jeu du sandwich.

C'était un jeu que j'avais depuis l'enfance avec mes grands-parents. Maud faisait la première tranche de pain, moi le camembert, et Ezra le pain du dessus. Et le but était de se déplacer en tenant le plus longtemps possible

comme ça, en carrousel. Mes grands-parents étaient des gens très tactiles, très aimants. On jouait à ce jeu-là sans arrêt, surtout aux Bulles quand il y avait des invités, ou bien quand on allait en ville boire un pastis et manger des cacahuètes, et aux gens qui nous regardaient comme des extraterrestres, on disait qu'on s'aimait trop pour se décoller, qu'on ne pouvait pas. Ça nous faisait bien rigoler. Cette photo a été prise à Paris, le 25 décembre 2017.
SylvianeRavolone Merci, je vais essayer « le jeu du sandwich » avec ma petite-fille. Moi aussi, je suis quelqu'un de très tactile. J'adore lui faire des câlins et des bisous.
Lolocastor Magnifique souvenir, sympa de le partager.
VinVeck C'est dingue, moi aussi je jouais à ça avec mon grand-père... Je pensais qu'on était les seuls !
EleonoreKerr Salut chéri. Le 25 décembre 2017, c'est le dernier Noël que nous avons passé avec eux, à Georges-Mandel. C'était doux et joyeux. C'est marrant comme ils étaient tactiles avec toi, alors que je n'ai pas le souvenir qu'ils m'aient embrassée, ni même tenu la main. Être grands-parents, c'est le meilleur rattrapage qui soit ! J'adore cette photo. Elle m'émeut. Elle est de toi ? Elle est magnifique.
lesamantsdulutetia Bienvenue sur ce compte, maman. Oui, cette photo est de moi. Je t'en ferai tirer une, si tu veux.
EleonoreKerr ♥

Quelques jours après cet échange sur Instagram, je reçus, à l'aube, un appel de mon fils.

– Je suis désolé, je te réveille, me dit-il, mais je voulais te prévenir au plus vite. Je ne vais malheureusement pas pouvoir venir à Pâques pour disperser avec toi les cendres d'Ezra et Maud.

– Ah bon ? Mais je croyais que tu avais déjà pris ton billet ?

– Oui, mais on vient de me proposer quelque chose que je ne peux pas refuser. Quelque chose qui concerne @lesamantsdulutetia.

Simon m'expliqua alors que lorsqu'il était arrivé dans son agence de pub à Shanghai, il avait découvert WeChat, le premier réseau social du pays. Ses collaborateurs ne juraient que par ça. Toutes leurs campagnes digitales passaient par cette messagerie, si bien que pour s'amuser, il avait eu l'idée de créer une version chinoise de @lesamantsdulutetia, et contre toute attente, le succès avait été immédiat, plus grand encore qu'en Occident. Résultat, Ezra et Maud étaient en passe d'acquérir une notoriété post mortem comparable à celle des stars vivantes de Shanghai Television. Après seulement cinq mois d'existence, le compte pouvait se targuer d'approcher les cinq cent mille abonnés. Tout le monde voulait mourir comme eux, en smoking et robe du soir dans un grand palace ! Cet engouement inattendu n'avait pas échappé aux autorités qui avaient tout de suite vu comment tirer parti de ce succès. Shanghai, m'avait dit Simon, était la première ville de Chine. Il y mourait beaucoup de monde chaque année. Les estimations en cours prévoyaient 170 000 décès par an à l'horizon 2030, et 240 000 à celui de 2050. Or les cimetières de la ville, avec un taux d'occupation déjà supérieur à 80 %, allaient bientôt être saturés. C'était un problème majeur qui avait alerté le pouvoir en place dès le début des années 90, si bien que pour y remédier, il avait proposé une alternative à l'inhumation – les sépultures maritimes – et créé une institution publique chargée d'affréter des bateaux pour organiser les dispersions des cendres en mer, le Funeral Interment Service. Mais le succès de ce ministère avait été très limité. D'abord parce qu'en raison des vents, les cérémonies maritimes ne pouvaient avoir lieu que trois mois par an, ce qui réduisait *de facto* le nombre de candidats, et ensuite parce que les Chinois imaginaient mal renoncer à la fête de Qingming, la plus importante de l'année, l'équivalent de notre Toussaint, consacrée à la visite et au nettoyage des tombes familiales. La municipalité était même allée jusqu'à offrir une subvention de six cents euros à ceux qui optaient pour la crémation, ce qui n'était pas rien, mais ni ce « cadeau », ni la nécropole virtuelle ouverte au début des années 2000 permettant la consultation en ligne d'une biographie et d'un album photo ainsi que le dépôt d'offrandes – bouquets de fleurs, musiques, alcools… – n'avaient suffi à désengorger les cimetières de la mégapole. Dans ce contexte, Ezra et Maud apparaissaient comme la solution de la « dernière chance » : les autorités voulaient en faire des ambassadeurs de la crémation.

– Des émissaires de Xi Jinping à Shanghai ont demandé à me voir, poursuivit Simon. Je les ai rencontrés dans le bar d'un grand hôtel, ils étaient hystériques. Ils voulaient tout savoir sur Ezra et Maud, leur pedigree, leur œuvre, leur parcours. Ils me proposent maintenant de faire une grande tournée à travers la Chine pour aller les présenter et prêcher la bonne parole, laquelle sera relayée par notre agence, et je ne te cache pas qu'au-delà de l'expérience incroyable que cela représente pour moi sur le plan professionnel, la fierté qu'éprouveraient Ezra et Maud de se savoir stars ici, dans l'empire du Milieu, me commande d'y aller. La tournée commence le 1er avril et durera un mois. Le 12, je serai donc à Wuhan, petite ville de neuf millions d'habitants ! Je suis désolé, maman, de te faire faux bond.

– Je comprends. Ne t'inquiète pas pour moi.

– J'ai demandé à papa s'il pouvait me remplacer et il a dit oui. Il viendra avec toi le 12 avril. Faut que je te laisse. Je suis à l'agence, on a plein de boulot.

– Attends, attends… Je voulais te dire… J'ai signé les papiers.

– Les papiers de la succession ?

– Oui. Je crois que ça y est, Simon, je leur ai enfin pardonné.

Quand j'ai annoncé à Weber que j'avais choisi la date du 27 janvier pour me rendre aux Bulles et y disperser les cendres d'Ezra et Maud (je n'avais plus du tout envie d'attendre jusqu'au 12 avril maintenant que Simon ne rentrait plus), mon psychanalyste m'a répondu d'un air amusé :

– Vous avez raison, la date anniversaire de la libération des camps me paraît un très bon jour pour faire ce voyage.

Je me suis mise à rire. Et puis tout de suite après, à pleurer. C'était la première fois dans son cabinet.

En sortant, j'ai appelé Vincent pour le prévenir de ce changement de programme, seulement le 27 janvier, il avait un déplacement prévu à Bruxelles et ne pouvait pas se désister. J'ai senti que mon appel le contrariait. Il ne comprenait pas pourquoi tout à coup j'avais besoin de faire les choses dans l'urgence, si bien qu'un tantinet provocateur, il m'a dit :

– Mais pourquoi tu ne demandes pas à ton nouveau mec ? Il pourrait t'accompagner, non ?

Et j'ai répondu :

– Oui. C'est exactement ce que je vais faire.

On prit la route très tôt le matin du 27, sous une pluie torrentielle. Le véhicule était une camionnette de location et Joachim avait glissé à l'arrière sa fameuse chaise longue en peau de vache qu'il voulait déposer à Draguignan. J'y ajoutai les urnes funéraires de mes parents ainsi que ma table à couture qui prenait beaucoup trop de place dans mon salon, puis, notre improbable attelage enfin prêt, on mit le cap au sud, direction l'autoroute du Soleil.

Jusqu'à Lyon, les essuie-glaces balayèrent le pare-brise sans relâche, on ne voyait rien à trois mètres. Il fallut s'arrêter plusieurs fois. Dans une station-service près de Mâcon, on reparla de la *Lettre à D.* d'André Gorz, et je remerciai une nouvelle fois Joachim de me l'avoir offerte parce que j'avais l'impression qu'à chaque fois que je la relirais, je comprendrais quelque chose de plus sur le couple. Il dit que c'était le livre qu'il avait le plus offert dans sa vie, qu'il y avait des livres comme ça, qui étaient des compagnons de route incontournables. Puis il ajouta que dès qu'il avait entendu parler de l'histoire de mes parents dans les médias, il avait pensé à ce passage en particulier :

« Nous aimerions chacun ne pas survivre à la mort de l'autre. Nous nous sommes souvent dit que si, par impossible, nous avions une seconde vie, nous voudrions la passer ensemble. »

En l'entendant, j'eus l'impression stupide que c'était à moi qu'il s'adressait.

On s'arrêta à Montélimar pour acheter du nougat, à Aix pour faire le plein, puis comme prévu à Draguignan. Joachim me fit visiter son hangar et je pensai que mes parents y auraient été comme deux poissons dans l'eau, ils auraient eu envie de tout lui acheter – les vieilles affiches de films des années 70, les lampes champignon, les meubles en tubulaire. Je pris quelques photos comme si j'avais pu les leur envoyer et on reprit la route, non pas celle du littoral mais celle de l'intérieur des terres, direction La Garde-Freinet. À l'entrée de la forêt du Dom, la vision des chênes-lièges avec leur tronc noir charbon et leur feuillage touffu fit naître en moi une nostalgie insoupçonnée. On aurait dit une lame de fond venue du plus profond de mon enfance, capable de m'emporter à des kilomètres du rivage dans des eaux dont je n'étais pas sûre de pouvoir revenir. Mais à quoi bon lutter ? L'enfance est comme le ressac, toute la vie, elle vous revient, parfois avec douceur en vous caressant l'âme, mais parfois pourvue d'une violence qui vous démolit si vous allez contre. Il faut donc lâcher prise. Accepter d'être malmené pour avoir une petite chance, une fois la tempête passée, de se retrouver sain et sauf sur le rivage. Et c'est ce que je fis. Je baissai la vitre, fermai les yeux et offris mon visage au vent comme je le faisais gamine lorsque ces mêmes virages en épingle me donnaient des haut-le-cœur. La pluie était tombée ici aussi. Elle avait réveillé des parfums de mousse et de terre humide qui n'étaient pas fréquents dans la région, mais dont ma mémoire gardait le souvenir, celui de ces petites vacances battues par le mistral et les précipitations diluviennes, quand la presqu'île redevenait un pays sauvage, presque hostile. Un pays qui nous appartenait.

Plus tôt dans le voyage, Joachim m'avait demandé ce que mes parents avaient laissé dans ce monde comme preuve de leur amour. Il avait dit *L'amour d'André et Dorine Gorz nous a laissé des livres, une pensée pour nous aider à mieux appréhender le monde. Seul, Gorz n'aurait jamais réussi à écrire tout cela, et il a l'honnêteté de le dire dans sa lettre. Et tes parents ? Tu dirais que leur amour a créé quoi ?* Sur le moment, je n'avais pas su quoi répondre, mais maintenant que nous arrivions au bout de notre périple, la réponse me semblait évidente : ils nous avaient laissé Les Bulles. Ezra et Maud avaient choisi ce nom pour la forme de la bâtisse, mais aussi pour le champagne qui symbolisait la fête, le chic, la légèreté, tout ce qui avait compté pour eux dans l'existence, et voir ce nom-là inscrit sur le portail devant nous me rappela combien cette propriété complètement dingue, utopiste et disproportionnée qui leur avait pris tant de temps, d'argent et d'énergie, n'était rien d'autre, en effet, que le fruit de leur alliage. Je sortis de la voiture pour composer le code. Les deux battants du portail s'ouvrirent et la maison nous apparut, inchangée, fondue dans une végétation à laquelle elle semblait avoir toujours appartenu. C'était là le génie de Jacques Couëlle, adapter l'habitat à l'habitant, et non l'inverse. Cette vision me procura un sentiment de paix que je n'avais plus éprouvé depuis le coup de fil du commissaire, presque cinq mois plus tôt, mais je compris immédiatement d'où il me venait : je n'étais pas étrangère à cet endroit. Même si j'avais voulu en sortir, même s'il avait abrité mon ennui, ma colère et mes rêves d'ailleurs, c'était là que je m'étais construite. J'étais ici chez moi.

La nuit était tombée. De l'intérieur, on ne pouvait rien voir de la vue, des vignes, des pins et de la mer au loin, mais Joachim voulut malgré tout faire le tour des pièces principales et je lui montrai le grand salon aux murs blancs comme en Grèce, partout incurvés et faits de béton projeté travaillé à la truelle. Il était subjugué. Il avançait derrière moi en caressant la matière, émerveillé par les ouvertures qui ne respectaient aucun rythme ni aucune règle, sinon celles que la nature avait commandées, des ouvertures de tailles toutes différentes qui, le jour, composaient des tableaux magnifiques. Il n'en revenait pas de la beauté des vitraux colorés à certains endroits, des grilles en fer forgé en forme de ronces sur les fenêtres les plus petites, et de ces passerelles entre les pièces qui ressemblaient aux boyaux d'une fourmilière, ce qui donnait la sensation de s'enfoncer dans une caverne pour finalement revenir au salon cathédrale, gigantesque, où trônait une cheminée circulaire à la naissance d'un escalier à moitié dérobé par une peinture murale aussi poétique qu'un Miró. Joachim n'avait pas de mots. Il dit simplement, comme à lui-même, *C'est fou que des gens aient eu la liberté de concevoir un habitat pareil*, et pour la première fois, ces mots résonnèrent vraiment.

On dîna dans la cuisine des conserves qui restaient de l'été précédent – des lentilles, des petits pois, des carottes et des cœurs de palmier –, puis j'eus froid et mon compagnon de voyage proposa de faire un feu. On s'installa au salon, avec la deuxième bouteille qu'il venait de nous ouvrir. Je lui parlai encore de mes parents, de Vincent, de Simon. Je lui racontai même ce que je n'avais jamais osé avouer à Weber, à savoir que j'avais conversé pendant des semaines avec mon fils sur Instagram sous une fausse identité. J'ignore ce qu'il en pensa. Pas que du bien, j'imagine, mais il était trop tard et nos esprits trop embués pour entrer dans ce genre de discussion. Je lui proposai qu'on aille se coucher. Il acquiesça. Je l'emmenai alors dans une chambre d'amis où je me laissai immédiatement tomber, tout habillée, sur le lit. C'était un grand lit en forme de disque avec un matelas fait sur mesure, qui me donna la sensation de m'être échouée sur une île. Je crois que je m'endormis en moins de trente secondes. Mais du fin fond de mon sommeil, je sentis sur moi un regard d'une grande tendresse, puis la chaleur d'un corps ami qui, sans me toucher, s'endormit à mes côtés.

Quand je me réveillai, l'aube était là. Je laissai Joachim et quittai la pièce sur la pointe des pieds. Le salon était vide, froid, silencieux, mais on voyait maintenant la nature entrer partout dans la maison. Il y avait d'un côté la mer, les pins parasols et les vignes, de l'autre, le gazon, les pieds de jasmin qui donneraient des fleurs au printemps, les oliviers. C'était un spectacle si paisible… Ma gorge se noua à l'idée que mes parents ne le verraient jamais plus, et je me dirigeai vers leur chambre. Elle était fermée à double tour, comme toujours en leur absence. Je trouvai les clefs dans la cachette habituelle, au fond de la jarre à droite de la porte, et m'introduisis à l'intérieur. Ce qui me frappa tout de suite, ce fut la sensation qu'ils habitaient encore cet endroit. Magali n'avait touché à rien. Elle avait fait leur lit, comme s'ils allaient revenir aux prochaines vacances, laissé leurs médicaments sur leur table de chevet, quelques livres parus fin août, et les journaux du 30. Il y avait aussi, sur la console qui faisait face à leur lit, l'agenda en cuir vert bouteille qui était le journal de bord de la maison. Ils avaient l'habitude d'y noter les séjours de leurs invités, les fêtes, les dîners, les menus, mais dans cette dernière année, je ne trouvai quasiment aucun événement, sinon des rendez-vous chez des médecins. Ezra et Maud n'avaient reçu personne. Et ils n'avaient été invités nulle part. Voilà ce que le grand âge produit, de l'isolement qui se traduit par une suite infinie de pages blanches dans un agenda… Machinalement, je le feuilletai plusieurs fois, quand soudain une tache noire attira mon attention. Je recommençai mon geste, cette fois plus lentement, et trouvai quelques lignes griffonnées à la date du 23 mars, probablement par mon père. Ces lignes étaient tirées de *Si c'est un homme*, de Primo Levi, et elles disaient :

« Le temps était fini où les jours se succédaient vifs, précieux, uniques : l'avenir se dressait devant nous, gris et sans contours, comme une invincible barrière. Pour nous, l'histoire s'était arrêtée. »

Pour nous, l'histoire s'était arrêtée.

Le soleil est maintenant sorti de terre et je me tiens sur la terrasse surplombant les vignes, avec les deux urnes funéraires de mes parents dont je vide peu à peu le contenu, conformément à leur souhait. Pendant des mois, leurs corps ont flotté devant mes yeux. À présent, ce sont leurs cendres, et le vent est en train de les emporter doucement, les entremêlant puis les mélangeant à la terre avant de les faire valser entre les ceps jusqu'aux pins parasols du bout du terrain, et qui sait, peut-être au-delà jusqu'au cobalt de la mer, là où les moutons blancs dessinent de petites virgules à l'horizon. Je trouve ça simple et beau. Moi aussi, je crois que j'aimerais partir ainsi, avec l'homme aimé, sur une terre qui aura porté l'empreinte de notre joie. La leur ici était si grande. Et si je ferme les yeux, je peux la lire sur leur visage, leur peau bronzée, dans leur silhouette à l'horizon quand ils marchaient tous les deux dans leurs vignes, à la tombée du soir. Oui, je les vois qui marchent devant moi, comme hier, lorsque j'étais encore cette petite fille qui les observait en sortant de ma douche, pleine d'envie et d'admiration pour ce qu'ils représentaient. Ils étaient mes héros, mes stars de cinéma. Puis petit à petit le décor change dans mon esprit et je les retrouve sur ce grand boulevard où se dresse le Lutetia, toujours main dans la main. Le groom les salue. Ils grimpent les marches qui les séparent de la porte à tambour et s'y engouffrent. Dans le hall, des gens sont là, essentiellement des touristes. Ils s'approchent de l'accueil, donnent leur nom, leur passeport, leur carte de crédit. On leur fait remplir une fiche, puis ils récupèrent leur clef et on les conduit à leur chambre. Le garçon d'étage leur demande d'où ils viennent. De concert, je les entends répondre *de Tarbes*. Quand le garçon se retire, ils défont leur petite valise qui contient pyjama et chemise de nuit, trousse de toilette, belles tenues pour le lendemain. Ils décident ensuite de prendre un bain. Ils aimeraient ensemble, comme deux jeunes amants, mais ils ne peuvent plus, l'agilité leur manque, alors ils y vont chacun leur tour, et tandis que l'un est plongé dans l'eau, l'autre, assis sur une chaise devant la baignoire, s'occupe de le savonner et de le rincer à grande eau. Les corps des époux Kerr se connaissent par cœur. Leurs peaux dialoguent depuis plus de sept décennies dans une langue qui n'appartient qu'à eux, et d'où je me trouve, leurs gestes ressemblent à une danse très lente, une dernière façon sans doute de se faire l'amour. Ils ne se parlent toujours pas. Ils s'écoutent seulement, écoutent les muscles qui un à un se relâchent et le corps de l'aimé qui doucement s'abandonne, une manière de jouir. Après cela, je pense qu'ils se sèchent, mettent leur tenue pour la nuit. Maud dit qu'elle a faim et son mari lui apporte la carte des plats servis en chambre. On prend leur commande par téléphone, puis un peu après vingt et une heures, une jeune femme leur livre leur dîner sur une table à roulettes qu'elle dispose, comme pour moi, devant la fenêtre. Ils s'installent aussitôt, trinquent à leur dernier dîner, et comme par magie, la tour Eiffel s'illumine. Mon père sourit, amusé, *Je t'aurai fait la totale jusqu'au bout.*

Leur repas dure sans doute un bon moment. Ils ne sont pas pressés. Ils savourent leur plat, se servent un deuxième verre de vin, probablement un troisième. Ils n'ont plus le souci de ménager leur foie, ni leur crâne, les mauvais mélanges ne les inquiètent plus, ils sont libérés de ces contingences physiologiques. Ils peuvent même être complètement ivres, si ça leur chante, il ne leur reste plus que dix heures à vivre. Dix heures. Puis neuf. Puis huit. Puis sept. Font-ils le décompte tous les deux allongés sur le dos, se tenant la main dans l'obscurité faussement silencieuse de ce grand palace parisien ? Au loin, les klaxons retentissent. Ce pourrait être des sirènes de bateau.

C'est ce qu'ils se disent et dès lors, la circulation, étouffée par les doubles vitrages, devient une rumeur semblable au chant des vagues. Mon père dit peut-être à Maud : *Écoute la mer.* Elle n'en fait rien, mais il insiste. *Ferme les yeux et écoute, je te dis !*, parce que c'était les mots qu'il lui disait chaque été pour la rassurer, lorsque, au mouillage sur notre bateau de lac, elle se plaignait d'avoir le mal de mer. Ici, elle n'en souffre pas. Elle tangue juste. Juste ce qu'il faut pour imaginer que les amarres de leur lit ont été larguées, et que ça y est, ils ont embarqué ensemble, comme promis, pour ce dernier voyage que depuis toujours ils n'envisageaient pas de faire l'un sans l'autre. Car comment l'envisager, quand on a passé une vie ensemble ? Une vie à partager les mêmes bureaux, à dîner dans les mêmes brasseries, à rouler dans des voitures de sport, à flâner le dimanche aux puces ou dans les musées, à partir en week-end dans les plus beaux hôtels du monde ; une vie à plaire, à séduire, à donner des fêtes et des dîners, une vie à visiter des capitales, à marcher dans des villes la nuit, à fumer sur des toits d'immeubles ; une vie à s'acheter des robes, des chaussures, des costumes, des tableaux ; une vie à chercher ensemble le bon slogan, l'image qui fera date, la campagne dont tout le monde se souviendra, une vie qui n'avait pas lieu de finir, en somme, riche, gaie, libre, douce, confortable, une vie sans grand drame ni grand chagrin qui donnait, pour cette raison même, l'illusion qu'elle durerait toujours. Et puis voilà maintenant qu'elle se termine. Oui, ça y est, c'est la fin de l'histoire, quelle surprise. Et pourtant là, maintenant, les minutes sont trop longues, elles comptent chacune pour des heures. C'est la mort qui rôde, qui se fait visage puis rêve et qu'il faut réussir à chasser loin pour ne pas se laisser envahir par la peur.

– Tu as peur ? demande Maud.

– Non, répond Ezra, puisque je suis avec toi.

Elle se souvient alors, et c'est une chose folle, qu'il lui avait donné exactement la même réponse à Marseille, la nuit où ils s'étaient unis pour la première fois. Leur chambre, blanche et dépouillée, donnait directement sur l'eau. La pièce était toute petite, l'exposition aveuglante. Il y avait juste un lit recouvert d'un couvre-lit en crochet blanc, deux chevets en bois et des persiennes aux lattes manquantes qui laissaient voir un grand carré bleu, celui de la mer et du ciel à parts égales, c'était cela qui leur avait plu. Ils avaient loué pour la semaine. Ils étaient le plus jeune couple de cette pension, et le seul à ne pas avoir d'enfants. Chaque famille en comptait au moins deux ou trois qu'ils croisaient dans les escaliers le matin en partant pour la plage ou le soir en allant prendre leur douche. La salle d'eau se trouvait sur le palier et ils la partageaient avec des Italiens qui n'arrivaient pas à se faire obéir de leurs petits. Chaque soir, c'étaient les mêmes cris, des gifles qui partaient sans prévenir, des crises de larmes aiguës. Les parents n'étaient pas vieux, ils devaient avoir une trentaine d'années à peine, mais ils étaient si exténués qu'ils en paraissaient quinze de plus. Ezra et Maud les observaient avec beaucoup d'empathie. Ils étaient tout ce qu'ils ne voulaient pas devenir. Ils se le répétaient tous les jours, et se répétaient aussi qu'ils n'auraient pas d'enfant, soucieux de rester libres comme ils l'étaient enfin à Marseille cet été-là, libres d'aller et venir à leur guise, de nager le matin au réveil, de manger à n'importe quelle heure du jour et de la nuit, de dormir, de lire, de rêver. Ils n'en revenaient pas de pouvoir disposer ainsi de leur temps, comme de leur corps. C'était une chose tout à fait nouvelle pour eux, qui s'appelait la liberté, et ils entendaient bien la conserver. Cela faisait presque trois ans qu'ils étaient revenus de Tarbes à Paris. Mais ils ne l'avaient toujours pas fait. Tout simplement parce qu'ils n'y avaient pas pensé, trop occupés ces années-là à récupérer des forces, gagner de l'argent, oublier le passé. La chaleur et le changement de décor avaient mis fin à ce cycle. Ils s'étaient tout à coup vus nus, ils avaient pris du plaisir à sentir leur corps flotter à la surface de la mer, à se laisser tomber de tout leur poids sur le lit, tard le soir, un peu ivres, en rentrant d'un dîner de poissons dans le petit port des Goudes, et petit à petit, leurs sens anesthésiés s'étaient réveillés. La dernière nuit, du plat de la main, Ezra avait doucement parcouru le corps de Maud. Il avait caressé ses seins, son ventre, son sexe. Il était ensuite monté puis entré en elle, et très vite et très simplement, ils avaient joui ensemble. Après, une sorte de grand calme les avait envahis, un sentiment profond de plénitude qu'ils apprendraient à nommer la paix, et qu'ils regardèrent se répandre en eux jusqu'au petit matin comme une chose à laquelle, après la disparition des leurs, ils ne s'attendaient plus.

Soixante-douze ans plus tard, le petit matin finit aussi par arriver, dans cette chambre Eiffel Deluxe de l'hôtel Lutetia. Alors ils se déplient doucement, se redressent, mettent un pied hors du lit. Maud va se laver les dents, faire pipi, puis c'est le tour d'Ezra. Ensuite, ils prennent tous les deux leur tenue dans l'armoire et la déposent sur le lit, le temps pour lui d'ôter son pyjama et pour elle, sa chemise de nuit. Quand ils se retrouvent nus, ils se tournent l'un vers l'autre, se regardent un instant, chairs flasques, et se demandent s'ils ne devraient pas demeurer ainsi, dans ce dépouillement total auquel ils seront de toute façon condamnés. Ce serait peut-être ça, le vrai courage. Mais qui la photo ferait-elle rêver ? Ezra s'assied au bout du lit, tandis que Maud enfile sa gaine en dentelle, met son soutien-gorge et sa robe Miyake.

– Tu es belle, lui dit Ezra.

– Tu n'es pas mal non plus, lui répond Maud.

Elle se met à ses genoux, elle a encore cette force grâce à la piscine, même si ses articulations sont douloureuses, et elle l'aide à mettre son caleçon puis son pantalon. Il enfile seul sa chemise, mais c'est encore elle qui la lui boutonne, et s'il fermait les yeux, il pourrait se croire le jour de leur mariage, les gestes étaient exactement les mêmes.

– Tu peux me fermer mon collier, s'il te plaît ? lui demande-t-elle.

Ezra s'exécute. Maud admire le résultat dans le miroir. Le papillon de son collier est bien à sa place entre les deux petits os saillants à la base de son cou. *C'est déjà ça*, pense-t-elle. Puis, se tournant vers lui :

– Quelle heure est-il ?

Il regarde sa montre.

– Huit heures moins le quart.

– Qu'est-ce qu'on fait ?

– On y va.

Ils refont rapidement le lit, prennent la lettre qu'ils ont écrite la veille à mon attention avec mon nom sur l'enveloppe, *À notre fille Éléonore*, et la déposent sur la table de chevet où se trouve le téléphone. Ensuite, ils s'emparent des deux grands sacs de congélation transparents qu'ils ont mis dans leur valise, la taille est celle que Maud utilisait pour son pain et ses gigots. Ils en prennent un chacun, s'installent sur le lit, et ma mère appelle le room service. Ça sonne trois fois dans le vide, puis elle tombe sur une jeune femme à qui elle commande deux petits déjeuners continentaux. La fille demande quelle boisson chaude à leur préférence, thé, café, chocolat ?

– Un thé vert pour moi, un café pour mon mari et deux jus d'orange, répond ma mère.

– Des œufs, du jambon, des céréales ?

– Non, non, rien, merci. Un panier de viennoiseries, ça ira très bien.

– C'est noté, madame. Vous serez livrée d'ici une vingtaine de minutes.

Maud raccroche, pose sa tête sur l'oreiller. Celle de mon père est déjà calée dans le sien. Ils se tournent l'un vers l'autre et se fixent encore, une ultime fois. Leurs yeux sont humides, leurs sourires discrets mais bien réels.

– Merci, murmure ma mère. Merci pour cette longue et heureuse vie traversée ensemble.

– Merci à toi, lui répond Ezra. Et merci pour ça.

Puis, comme il lui mettrait la bague au doigt, il fait doucement glisser le sac de congélation sur sa tête, et ensuite, c'est à elle de faire ce geste pour lui. Ils sont maintenant cagoulés. Mais ils se regardent encore à travers le plastique, comme aimantés, et ils se sourient aussi, ils se sourient toujours, même si chacune de leurs inspirations fait entrer un peu plus loin le sac de congélation dans leur bouche. La douleur vient et ils essaient de ne pas y penser, elle sera courte. Ils ne pensent pas non plus au grand saut qu'ils s'apprêtent à faire, au néant qui les attend. Ils savent de toute façon que rien de très grave ne peut leur arriver, ils sont ensemble.

LA MAISON

NOTE DE L'AUTEURE

En 2013, un couple d'octogénaires s'est donné la mort à l'hôtel Lutetia, à Paris. Ils s'appelaient Georgette et Bernard Cazes. Leur pacte suicidaire et la revendication du droit à choisir l'instant de sa mort ont été le point de départ de mon roman, mais les personnages d'Ezra et de Maud sont des êtres de fiction. Toutefois, les articles de presse des pages 85 et suivantes m'ont directement été inspirés de ceux parus au lendemain du décès des époux Cazes.

Pour un effet de réalisme, j'ai prêté à Maud et Ezra Kerr la paternité d'une « Lettre à un jeune P-DG » (p. 131), rédigée en réalité par les publicitaires Bernard Roux et Jacques Séguéla, et parue dans *Le Figaro* en 1970, l'année où les deux associés ont monté leur agence. De la même manière, la campagne « J'enlève le haut » (p. 132) a été empruntée à Pierre Berville. Et j'ai imaginé que Jean-Paul Goude, photographe iconique des années 80 et 90, pouvait être celui que les époux Kerr avaient choisi pour leur portrait officiel.

Pages 174 et 175, l'énumération des pactes suicidaires de personnes âgées n'est pas fictive. Tous les cas dépeints sont bien réels.

Enfin, j'ai voulu faire revivre Jacques Couëlle dans une correspondance avec les Amants du Lutetia (p. 181) afin de donner à voir son travail. Pour une connaissance approfondie de son œuvre, voir le très beau livre de Gilbert Luigi aux Éditions Pierre Mardaga, *Jacques Couëlle. Parenthèse architecturale.*

REMERCIEMENTS

Que soient remerciés ici mes premiers lecteurs, Deborah Khan-Sriber, Cécile Térouanne, Caroline Guez, David Foenkinos.

Merci à Jacky Cukier pour l'idée lumineuse d'Alexandre Duval.

Merci à Jérôme Guedj pour la documentation sur les pactes suicidaires, et pour tout le reste durant ces cinq années d'écriture.

Merci à Jacques Séguéla pour l'autorisation de reproduire sa « Lettre à un jeune P-DG ».

Merci à Myriam Anderson pour le travail accompli en souterrain.

Merci à Alexandra et Marc Amzallag pour la dernière relecture dans leur paradis Rosebud.

Merci à Marie Alstadt et Hélène Morin pour leurs lectures attentives et leurs corrections précieuses.

Et merci, surtout, à Anna Pavlowitch pour sa confiance, et pour le chemin parcouru ensemble sur ce texte.

CRÉDITS DES ILLUSTRATIONS

Page 139 : © Lisa-Blue / iStock / Getty Images Plus

Page 159 : René Magritte. *Les Amants*, 1928. New York, Museum of Modern Art. Photo © akg-images © Adagp, Paris, 2023

Page 181 : Paul Signac, *Pins parasols aux Caroubiers*, 1898. Saint-Tropez, musée de l'Annonciade © Bridgeman Images

Page 219 : © Lisa-Blue / iStock

Pages 281 et 293 : croquis de la main de l'auteure

Page 339 : © Shutterstock / Rawpixel.com

Page 365 : une maison de Jacques Couëlle
© Christophe Coënon

DE LA MÊME AUTEURE

Les Vies denses, Ramsay, 2001
Une femme normale, Ramsay, 2002
Le Sourire de l'ange, Ramsay, 2004
Le Film de Jacky Cukier, Anne Carrière, 2006
La Mort d'un pote, Panama, 2006
24 jours. La vérité sur la mort d'Ilan Halimi, avec Ruth Halimi, Seuil, 2009
Chouquette, Actes Sud, 2010
Les Collectionneurs, Les Éditions du Moteur, 2010
Deux étrangers, Actes Sud, 2013
Un jour qui n'existe pas, avec Jess Pauwels, Actes Sud, 2013
Un petit garçon tout lisse, Actes Sud Jeunesse, 2013
Un homme dangereux, Stock, 2015
Je vous sauverai tous, Hachette, 2016
Vivre ensemble, Stock, 2018
Les Engagés, Hachette, 2022

Composition : Nord Compo
Impression : Normandie Roto Impression s.a.s.
Éditions Albin Michel
22, rue Huyghens, 75014 Paris
www.albin-michel.fr

ISBN : 978-2-226-48116-0
N° d'édition : 25317/01
N° d'impression : 2301398
Dépôt légal : août 2023
Imprimé en France